新装版

女喰い

広山義慶

祥伝社文庫

目次

一章　殺された情婦

1

その男をひと目見たとき、立花(たちばな)警部は、

〈臭(くさ)い——〉

と、思った。犯人(ほし)——と直感したわけではないが、それに近い匂いを嗅(か)ぎ取った。

その男は、ベッドの脇に突っ立って、ピンク色のシーツの上に横たわった若い女の絞殺死体を見下ろしていた。大きな男だった。身長は一八〇センチを越えているだろう。年齢は三十二、三といったところだろうか。ダークスーツをラフに着こなして、ネクタイも地味だし、一見すると普通のサラリーマンふうだが、横顔が険悪なほど精悍(せいかん)で、殺気のような緊張感を漂(ただよ)わせている。

〈筋者(すじもの)か？〉

立花は理由もなく胸騒ぎを覚えた。ベッドの上に白目を剝いて若い女が殺されているというのに、それを見下ろす男の表情があまりにも澱みがなさすぎたのだ。名工の鑿が彫ったような、彫りの深い鋭角的な男の横顔には、悲しみも、驚きも、狼狽もなく、いっさいの感情を拒絶するかのように動かなかった。

「何者だ」

立花警部は、リビングルームから現われた若い刑事をつかまえて、男の方を軽く顎でしゃくった。

「仏さんのこれらしいです」

私服になりたての若い刑事は、ベテラン刑事のような仕草で、白い手袋をはめた手の親指を立ててみせた。

「第一発見者か」

「いえ。たった今、ひょっこり現われたんです。恋人に用があって、訪ねて来たと言ってますが……」

男と並んだ佐々木刑事が男に何か言っていた。佐々木刑事はずんぐりむっくりの体型だから、天井を見上げるような恰好になっていた。男はベッドの上の遺体を見つめたまま、無表情で小さく頷いた。遺体を確認したのだろう。

立花警部は男に近づいて声をかけた。

「城東署の立花です」

振り返った男の眼は熱を帯びたように輝いていた。

「失礼ですが、お名前は」

強い眼光を弾ね返すように言った。

「菅原と申します」

男は神妙な声で答えた。低くて、しかも太い声だった。日灼けした顔の中で、歯並びのいいガッシリとした歯だけが皓かった。

「あちらでちょっと、お話をうかがいたいのですが」

立花は男を寝室の隣りの六畳間へ促した。

東陽町の高層住宅の十階の一室である。間取りは3LDKだが、部屋の間仕切りが取り払われて、いかにも若い女の部屋らしく、カラフルな簾やカーテンが仕切りの代わりをしているから、実際の間取りよりもずいぶん広く感じる。

六畳間には、畳の上にワインカラーのカーペットが敷きつめられ、同系色のレースのカーテンが引かれた窓辺には、可愛らしいラタンの三点セットが置かれていた。窓の外は幅一メートルほどのベランダで、そこにはグリーンの人工芝が敷きつめられ、その向こうには、白い外壁を持つ同じような型の高層住宅群が、初冬の午後の陽光を受けてひろがっている。かつてこの辺りは、高い煙突と三角屋根が林立する工業地帯だったが、今は高層マンションが建ち並ぶ人工の街と化し、昔日の面影はどこにもない。

「菅原さんは、被害者とはどういうご関係ですか」

ラタンの三点セットに向かい合って、立花警部は切り出した。

「これは、取調べですか」

男はまっすぐ立花を見つめて言った。間近に向かい合ってみると、思った以上に大きな男だった。眉は太く、眼も鼻も大きく、肥っているとは思えないのに、スーツの下には鍛え抜かれた鋼鉄のような筋肉が隠されているのがわかった。立花は男の存在そのものに圧倒されるような息苦しさを覚えた。

「いえ。単なる事情聴取です」

立花は男の威圧感を受け流すために微笑を浮かべて答え、そして付け加えた。

「もっとも、正式な事情聴取のために、後ほど署まで来ていただくことになりますが」

「井上真弓は、私の愛人です」

男は無表情に、しかし案外素直に答えた。

「愛人？」

立花警部は聞き咎めたような口調で問い返した。恋人――ではなく、愛人――という言葉にひっかかったのだ。しかし男から返事は返って来なかった。恋人と愛人の違いなど頓着していないという顔だった。

「愛人――と言いますと、失礼ですが、菅原さんはご結婚を？」

「いえ。独身です」

男はボソッと答えた。

独身でも、愛人――と言うのだろうか？　立花は考えた。が、そこに立ち止まらずに話を進めた。

「井上真弓さんは、どこかへお勤めでしたか」

井上真弓――というのがこの部屋の住人で、セミダブルのベッドの上で全裸のままネクタイで絞め殺されていた女の名前だ。

「新小岩の喫茶店でウエイトレスを……」

不機嫌な声だった。早くこの場を立ち去りたいような、そんなふうに立花の耳には聞こえた。

「喫茶店の名前は？」

立花は訊問口調で続けた。逃がすものか、という刑事根性が疼き始めていた。

「〈ほたる〉です」

「もう長いのですか？」

「二年前からです」

「このマンションは分譲だと聞いていますが、井上さんの所有物ですか？」

「いえ……」

男の濃い眉の間に、暗いものが浮かんだ。

「持主から、借りているわけですか？」

「いえ。私の持物です」

「ほう……」

立花警部は思わず声を上げ、職業的な眼になって眼の前の威圧的な体格のいい男を値踏みした。

この辺りのマンションは、都心の地価狂騰の煽りを喰らって、ことごとく急騰している。都心に近いわりには、東京都の東側＝千葉県に近いということで割安感があるために、近頃は人気も急騰しているらしい。新築のマンションだと、３ＬＤＫで六千万以下という物件はないらしい。このマンションは、築二年ということだから、それでも四千五百万くらいはするだろう。この男は、そんなマンションに愛人を住まわすことが出来る男なのだろうか。

「菅原さんは、ご職業は？」

「サラリーマンです」

「お勤め先は？」

「昭和物産です」

「……!?」

男の口から、こともなげに超一流企業の名前が飛び出して、立花はもう一度驚いた。昭和物産といえば、日本の総合商社の中でも、常にトップクラスにランクされる世界的な大企業だ。円高不況でこの一、二年こそ業績低落傾向にあるが、それでも大学生の就職希望ランクでは、常に上位を占めている。

〈この男が、昭和物産の社員……？〉

立花は俄かには信じられなかった。昭和物産の社員といえば、サラリーマンの中でもエリートに属する。一流の大学で優秀な成績を修めた者だけが選ばれて入社できると聞いている。もしこの男が実際に昭和物産の社員なら、三十そこそこの年齢で、このくらいのマンションを所有できてもおかしくはない。

しかし、立花の眼の前に岩のように腰を下ろした男からは、およそエリート臭は感じ取れない。むしろ、インテリジェンスのかけらもないような、粗野で野性的な迫力さえ感じる。それに、昭和物産の社員の恋人——たとえ愛人だとしても——が、新小岩の喫茶店のウエイトレスなんて……。

「失礼ですが、名刺をいただけませんか」

この男に、もう三度も〝失礼ですが〟という言葉を使っているそのいまいましさを隠して、立花警部は愛想のいい口調で言った。男は黒っぽい名刺入れから、昭和物産のマークの入った名刺を一枚抜き出した。

《昭和物産株式会社・東京本社・企画開発三課・菅原志津馬(しずま)》

名刺にはそう記(しる)されていた。

〈志津馬だと？〉

立花は妙な名だと思った。偽名(ぎめい)ではないか？　この名刺も、はたして本物なのか？

「昭和物産の本社は、たしか丸(まる)の内(うち)でしたな」

「そうです」

「今日は、こちらへは何しに？」

「所用で近くまで来たもんですから」

「来てみると、こういう事態になっていたというわけですか？」

「何があったのか、説明してもらえませんか」

菅原志津馬は、立花警部の顔を射るような眼で見つめて言った。怒ったような、押し殺した声だった。黒眼の大きな眼の底に、殺気を隠しているように立花には思えた。この男が本気で怒ったら、かなり迫力があるに違いない。強持てのする顔ではないが、濃い眉にも、動きの少ない眼にも、太くて鋭角的な鼻柱や大きな口にも、脂肪ぎったエネルギーを感じる。

「じつは、午後一時十分頃、署に電話があったのです。タレ込みという奴です。東陽町のスカイタウン・八号棟の一〇一四号室で女が殺された——という電話でした。そこで、飛んで来てみると、このとおりです。こういうことは稀しいんです。タレ込み電話というのは、たいがいイタズラなんですが……」

「誰が電話を……」

「わかりません。この種の電話というのは、いちいち名乗りませんからね。それに、犯人自身が電話をしてくるということもありますから……」

「…………」

「犯人に心当たりはありませんか」

立花の質問に、男は大きな眼をギロリと光らせた。

「ありません」

「正午前後、菅原さんはどちらにおられましたか」

　立花はたたみ込んだ。

「出先におりました」

「出先とおっしゃいますと？」

「兜町(かぶとちょう)の岡一(おかいち)証券です」

「どなたか、それを証明してくださる方がおられますか？」

「秘書課の生越(うぶこし)という女性に訊(き)いてもらえばわかります」

「岡一証券を出たのは何時頃ですか？」

「一時ちょっと前だと思いますが」

「何時頃、岡一証券へ行かれたのですか？」

「十一時半頃です」

「十一時半から一時過ぎまで、生越という秘書課の女性とご一緒だったのですか？」

「そうです」

「ずっとお二人は社内にいたのですか？」

「そうです。お疑いなら、電話で確かめてみてはいかがですか」

「いや、結構です。念のためにお訊きしただけですから、気になさらんでください」

若い刑事が顔を出して菅原を呼んだ。室内捜査に立ち会ってもらうらしい。紛失しているものがあるかどうかを、菅原に点検してもらうのだ。

〈何者だろう〉

六畳間を出て行く男のがっしりとした背中を見送って、立花は考え込んだ。あの男を犯人(ほし)と睨(にら)んだわけではないのに、妙に神経を逆撫(さかな)でされる。六千万円はすると思えるこのマンションの持主で、被害者は愛人だというから、今流行(はや)りの地上げ屋かそれに似た職業かと思っていると、超一流企業の社員だという。人は容貌で判断はできないが、それにしてもエリートサラリーマンにはとても見えない。

それとも、出来の悪い資産家の息子か、あるいは柄(がら)の悪い政治家の二代目が、縁故(コネ)で超一流企業へ潜(もぐ)りこんだのか。いや。あの顔は資産家の息子——という顔ではない。柄の悪い政治家の二代目——というなら理解できるが、資産家の家に育った育ちの良さがどこにも感じられない。むしろ、逆の場合の精神の強靭(きょうじん)さを感じさせる。立花のたたみかける質問にも、男は眉一つ動かさなかったではないか。

城東署の刑事になって十年、立花は捜査の第一線であらゆるタイプの犯罪者と出会ってきた。殺人者、詐欺師(さぎ)、こそ泥、窃盗(せっとう)犯、恐喝犯、色魔、強姦犯、放火犯、愉快犯……。

自分が殺した女の傍らで平然と別の女を抱いていた極道もいるし、病弱な妻と子を殺して、ブラックホールに自分の身を閉じこめ、一年間、言葉も感情も失ってしまった中年男もいる。小金を貯めた女ばかりを狙って、甘い言葉で接近し、根こそぎ金を浚ってしまう常習的詐欺師もいれば、若い女の下着ばかりを狙う懲りないこそ泥もいる。

刑事を十年もやっていれば、千変万化の日陰の人生がほぼ全面的に見えてくる。

しかし、あの男は、これまで立花が出会った男たちとはまるで異質のタイプだ。日陰で鍛えた強靭なエネルギーを感じさせながら、それでいて暗さがない。昭和物産の社員というのが嘘か真実かはともかく、これだけのマンションを持ち、若い愛人を囲っている。

〈いったい、どういう男なのか――〉

立花警部は頭痛持ちのような顔で眉間に縦皺を寄せた。あの男がなぜこんなに彼の心を悩ませるのか、立花にはそれが不思議で、不当に思えてならなかった。

「警部――」

佐々木刑事に呼ばれて、立花は我に返った。振り返ると、寝室のベッドの上の遺体はすでに運び出され、鑑識班の姿も消えていた。

「室内は荒された様子はありませんし、紛失したものもなさそうだということです」

「物盗りではないわけか」

「あの男、ここに残しますか？」

「いや。もういいだろう」

立花はちょっと考えてから答えた。

「それでは、これから署へ同行して事情聴取に当たります」

「そいつは私自身がやろう」

「は？」

「きみにはやってもらいたいことがある」

「なんでしょうか」

「あの男の経歴、交遊関係、家族関係など、一つ残らず丸洗いにしてほしいんだ」

「臭うんですか？」

佐々木刑事は声を潜めて眼を輝かせた。

「いや。そうではないが、ちょっと気になるんだ。若い連中を二、三人使ってもいいから、大至急だ。ご苦労だが、頼む」

「わかりました」

ずんぐりとした佐々木刑事は、それ以上の質問はせず、すぐに部屋を出て行った。机上の捜査よりも、身体を動かしているほうが性に合う叩き上げの刑事だった。

2

その夜、佐々木刑事が城東署へ戻って来たのは、午後十一時を過ぎていた。井上真弓殺人事件の第一回目の捜査会議も終わって、捜査員たちは家路につき、ガランとした刑事部屋の片隅で、立花警部がひとり佐々木の帰りを待っていた。

「ご苦労さん。疲れたろう」

立花警部は愛想のいい微笑と労いの言葉で、頼りになる部下を迎えた。

「どうも遅くなりました。佐藤くんと松沢くんは先に帰しました」

佐々木は部屋の片隅のソファに立花と向かい合って腰を下ろしながら言った。佐藤と松沢というのは、佐々木が同行した若い刑事である。

「ご苦労さん。大変だったろう」

立花は部下のために熱いお茶を淹れてやってもう一度言った。佐々木刑事の面上には、どす黒い疲れの色が浮かんでいた。それでいて、眼だけは油を引いたようにギラギラしている。立花より四つ上でもう四十に手が届く年だが疲れを知らないタフな刑事だ。

「それで、成果は——？」

佐々木がお茶を一口するのを待って、立花が促した。佐々木は茶碗をテーブルに戻すと、スーツの内ポケットから手帳を取り出して開いた。

「菅原志津馬――芸名みたいな名前ですが、こいつは本名です。年齢・三十三歳。昭和三十年一月三十日生まれ。独身。本籍地・福井市明里町一ノ×番。――当地には、長男夫婦が家業の米屋を継いで住んでいるそうです。係累は、母親、兄が二人に姉一人、弟一人。父親は二十年前に死亡。昭和四十九年四月、一年間浪人の後、東南大学夜間部入学。同五十三年四月、昭和物産入社。今日に至る――」

「昭和物産の社員というのは、事実なのか」

立花は口を挟んだ。

「事実です」

佐々木はお茶を一口すすって先を続けた。

「交遊関係は今のところ不明です。そこまで調べる時間がなかったものですから」

「現住所は？」

「墨田区錦糸町二―三―×号……」

佐々木は手帳のメモを読み上げてニッと笑った。

「ほう。所轄内か」

錦糸町を中心に、両国、亀戸、新小岩などが城東署の所轄になる。

「錦糸町の場外馬券売り場のビルの近くに、三階建てのビルを所有しています」

「ビルを？」

「一階が〈マラゲーニヤ〉という南欧風の洒落た喫茶店で、弟夫婦にやらせています。二階がこの夫婦の住居。三階が菅原志津馬自身の住居です」

「マンションだけではなく、三階建てのビルのオーナーか」

「それだけじゃありません。他にも土地やマンションを持ってるらしいんです」

「!?」

立花警部は言葉もなかった。昭和物産の社員というのが事実であるというだけでも驚きなのに、錦糸町駅前の一等地に三階建てのビルを持ち、東陽町のスカイタウンだけではなく、他処にもマンションや土地を所有しているとは！

「昭和物産の社員というのは、そんなに給料がいいのか」

「刑事の給料に較べたら月とスッポンだと思いますが、あの年齢でこれだけの財産を作るってのは徒事じゃあありません」

佐々木刑事も自分よりはるかに若い菅原志津馬の資産には、疑惑——と言うより、反感を持っているようだった。

「親の財産でも分けてもらったのか」

「いや。そんな様子はありませんし、マネーゲームで当てた形跡もありません。とにかく、やけに臭うんですよ」

佐々木刑事の眼が獲物を見つけた猟犬のように光った。

「東南大学夜間部出身というのも妙な話だ」

「それなんですが、私も変だと思って、昭和物産のあの男の同僚に訊いてみたんです。そしたら、どうも縁故か何かで入社したらしいですね。同僚も言ってましたが、とにかく社員のほとんどが一流私立大か旧帝大出身だそうで、東南大学出身の人間が入社したのは、後にも先にも、あの男ただ一人だそうです」

「昭和物産では、何をやっているのだ」

「それが、何もやっとらんのだそうです」

「何もやってない？　どういうことだ」

「昭和物産の企画開発三課というのは、落ちこぼれ――つまり窓際族の溜（たま）り場らしいんです」

「窓際族？」

「私も聞いて驚いたんですが、あの男はとにかく入社以来、ずっと企画開発三課にいるんで、社内ではちょっとした名物男になってるそうです」

「…………」

立花は信じられなかった。あのエネルギッシュで迫力ある容貌の男が、窓際族だと⁉

昭和物産の社員というのも信じ難いが、窓際族の落ちこぼれというのはもっと信じ難い。

いったいどうなってるのだ？

「私が会って話を聞いた相手も、企画開発三課の人間なんですが、この人が言うには、菅原志津馬はここ四、五年、会社へは週に一、二度顔を出すだけで、そのときもタイムカードを押すとさっさと帰っちまうそうです」

「それじゃあ、あの男は、何をやってるんだ」

「おそらくアルバイト——つまり副業に励んでいるのではないか、と……」

「副業？」

「かなり実入りのいいアルバイトをやってるらしいとのことです」

「どんなアルバイトだ」

「そいつを探るために、手は打っておきました」

「——？」

「東正会の池田組に笠森という男がいます。錦糸町の盛り場に巣喰うワルですが、こいつがなかなかの情報通でしてね。ソープのマネージャーをやってるんですが、こいつに訊けば何かわかるんじゃないかと思いまして、十二時半に飲み屋で会う段取りをつけておいたんです」

佐々木刑事はチラッと腕時計を覗(のぞ)いて言った。

東正会とは、関東を中心に全国に勢力を持つ広域暴力団である。傘下(さんか)の組織は、北は北海道から南は九州まで、その数約二六〇団体。組員はおよそ二万六〇〇〇名。関西系の広域暴力団・誠和(せいわ)会と、勢力を二分している。池田組というのは東正会関東支部の京葉(けいよう)地区会に属する組織で錦糸町から新小岩にかけての盛り場を、誠和会系列の組織、中岡(なかおか)組と二分してシマとしている。佐々木刑事はそこに情報網を持っている。

「十二時半なら、もうすぐじゃないか」

「明日の朝までには、調べ上げてみせます。それまで時間を——」

自信ありげに言って、腰を上げた。

「私もお伴しよう」

立花も一緒に腰を浮かした。

「…………」

一瞬、佐々木の面上に、困惑の色が走った。有能な刑事というのは、自分の情報源は公開したがらないものだ。が、立花警部はそれを無視して出口へ向かった。佐々木刑事も、口に出しては拒まなかった。

「捜査会議はどうでしたか」

署の玄関を出ると、佐々木が口を開いた。立花の強引な同行で気分を悪くしているはずなのに、そんな腹の内はおくびにも出さなかった。

「おそらく捜査本部を設くことになるだろう」

立花は夕方から開かれた捜査会議の模様をかいつまんで報告した。難しそうな事件の場合は、捜査本部を設置して専従の捜査員を決めることになっている。井上真弓殺人事件もその部類に入りそうだった。

「……死因は絞殺。窒息死だ。死亡時刻は、午後零時から一時までの間。体内から精液が検出されている。血液型はO型。暴行されてから殺されたと思われる。現場からめぼしい指紋は出ていない。物盗りの線は消しだ。怨恨・痴情関係が本線だ。目撃者は今のところなしだ。伊藤班が現場近辺の聞込み、田口班が被害者の交遊関係を洗うことになった」

「菅原志津馬の血液型は？」

「O型だ」

「不在証明は？」

「岡一証券の重役秘書嬢が証明した」

「すると、あの男は完全にシロですか？」

「実行犯でないことだけは確かだ」

「…………」

佐々木刑事は、立花が言わんとするところを理解したようだった。

歩道に立った二人の前に、タクシーが停(と)まった。二人は無言で乗り込んだ。

数分後、新小岩の繁華街から少し外れた小さな飲み屋の前で、二人はタクシーを降りた。十二時半を数分まわっていた。

「この先に喫茶店があります。そこへ連れ出しますから、待っててくれませんか。奴が警戒するとまずいですから」

店の暖簾(のれん)の前で、佐々木が言った。情報屋をいきなり立花に会わせては、何か都合の悪いことでもあるらしい。

「いいだろう」

立花は素直に踵(きびす)を返した。部下の秘密、あるいは恥部を、のぞく気はなかった。

通りに面した、照明の明るい喫茶店だった。時計の針は午前一時に近づいているのに、駅前の盛り場からはちょっと離れたこの喫茶店は、宵(よい)の口(くち)のように客が多い。若い男女が数人、カウンターに近いボックスで大声を上げ、その他にも数組のアベックがいる。近辺の深夜族の溜り場になっているらしい。

立花は植込みの陰のボックスを選んでコーヒーを注文し、そのコーヒーを半分ほど飲み干したところへ、佐々木が現われた。佐々木の背後に、佐々木と同年輩の坊主頭がくっついていた。

「ウチの立花警部さんだ」

佐々木が男に立花を紹介した。

「どうも……。笠森と申します。佐々木さんにはお世話になっております」

男は愛想笑いを浮かべて頭を下げた。

「どうぞ。掛けてください」

「失礼します」

男は、慇懃(いんぎん)な態度で立花の前に腰を下ろした。立花のことは佐々木から充分にレクチュアされているようだった。

「ところで、話というのは?」

注文を取りに来たボーイが立ち去ると、笠森が立花と佐々木の顔を見較べて言った。立花は黙っていた。ここは佐々木の領域である。佐々木の守備範囲を犯すつもりはない。

佐々木は立花の意を察したらしく、身を乗り出して口を開いた。

「錦糸町の場外馬券場の近くに、〈マラゲーニヤ〉という洒落た喫茶店があるんだが、知ってるかね」

「ああ、知ってますよ。錦糸町には珍しく気の利いた店だっていうんで、結構、流行ってますよ。私に言わせりゃ、キザな店ですがね」

「あの店のオーナーを知ってるかね」

佐々木の質問に、笠森は一拍、間をおいて、立花の顔をチラッとうかがった。

「まさか、菅原志津馬って野郎のことじゃないでしょうね?」

いきなりあの男の名前が飛び出して、立花と佐々木は思わず顔を見合わせた。

「菅原志津馬を知っているのか?」

佐々木は内心の驚きを抑えかねて膝を乗り出した。たちまち笠森に付け込まれた。

「何かわけありですね?」

笠森が佐々木の顔を覗きこんだ。

「いや。そういうわけではないんだ」

佐々木があわてて身を引いたが、笠森は騙されなかった。

「教えてくださいよ。そうすりゃあ、いい情報を提供できると思いますがね」

悪の世界で鍛えられたしたたかさを、笠森は下品な微笑の裏に覗かせた。

「菅原志津馬という人物を、ちょっと調べているだけだ」

苦しい言い逃れを佐々木は試みた。

「そりゃないでしょ。ちょっと調べるのに、警部さんが乗り出して来たんですか?」

笠森は喰らいついた獲物を離しそうになかった。佐々木が助けを求めるように立花を顧(かえり)みた。

「お話しましょう」

立花は口を開いた。

「じつは、今日の午後、東陽町のスカイタウンで発生した殺人事件の容疑者の一人として、菅原志津馬という人物が捜査線上に浮かび上がっているんです。それで彼についての内偵を進めているわけです」

笠森の顔が俄(にわ)かに綻(ほころ)んだ。

「そうですか。そこまで話してくれたんですから、私のほうも話しましょう。……奴は、外道(げどう)ですよ」

「外道?」

佐々木が鸚鵡(おうむ)返しに言った。

「ヒモですよ」

「ヒモって……スケコマシのことか？」

佐々木刑事は身を乗り出して眼を丸くした。

「スケコマシ、ヒモ、ジゴロ――。呼び方はいろいろありますが、要するに、女を喰いものにするとんでもねえ悪（ワル）ですよ。男の風上（かざかみ）にも置けねえ野郎です」

「そいつは――本当なのか？」

「私がダンナにガセネタを摑（つか）ませたことがありますか？」

「…………」

佐々木は、あの男の意外な正体に言葉もないといった様子だった。立花も同じ気持ちだった。しかし彼は冷静な声で質問した。

「ヒモというからには、女が何人かいるんですね？」

「当然ですよ。詳しいことまでは知りませんが、常に四、五人の女は握ってるって話ですよ。ソープランド、ホテトル、高級クラブ――そういうところで働かせているらしいですね。ここだけの話ですが、あの三階建てのビルだって、女に貢（みつ）がせ、女から吸い取った金で買ったらしいですよ。警察のダンナも、なんであういう野郎を野放しにしておくんですかね。ありゃあ、完全に女の敵ですぜ。女を喰いものにして、てめェはあんなビルをおっ建てて優雅に暮らしてるんですからね。立派に犯罪と言えるでしょう。私たちみたいな極道ばかり取り締まらないで、たまにはああいう外道を掃除してみてはどうですかねえ」

ヤクザ稼業（かぎょう）の笠森には、同じ日陰に咲く人生でありながら、女に吸いつくヒモ稼業で優雅に暮らす菅原志津馬という男が、我慢のならない存在のようだった。


ヒモ、あるいは、スケコマシ――。

どちらも辞書には載（の）っていないヤクザ言葉だ。スケコマシの語源は、『女＝スケ』と『撒餌（まきえ）＝コマセ』が繋（つな）がって、『女（スケ）を撒餌る（コマセ）』、つまり、『女を、餌を与えて釣り上げる』という意味になったと言われているが、正確なところは定（さだ）かではない。いずれにしても、ヒモ、スケコマシというのは、女をひっかけ、女をモノにし、女を働かせ、女に貢がせること、あるいはそれを生業（なりわい）にする男たちのことである。ジゴロというのは、『女に頼って生きる男＝男妾（だんしょう）』を意味するフランス語だ。戦前のフランス映画から流行したと言われる『ジゴロ』は、今はほとんど使用されていない。

スケコマシ、ヒモ――これに似た言葉に、『サオ師』というのがある。これも語源は定かではないが、小金を持った女――たとえば、ソープランド嬢とかホテトル嬢、あるいは稼ぎのいいキャリアウーマンや金持ちの人妻――などに近づいて、甘言と甘美な性技（セックス）によって金を騙し取ってはドロンを決めこむ――つまり一種の詐欺師である。

どちらも女から金を吸い取るところは似ているが、サオ師が一回勝負なのに較べて、ヒモ、スケコマシは、女が稼がなくなるまで喰らいつく。その意味では、スケコマシ、ヒモのほうがはるかに残酷で罪深い。ただし、スケコマシ、ヒモも、サオ師も、性技（セックス）が女に対しての餌の一つになってるところは同じで、サオ師の『サオ』も、男の性器を意味するところあたりに語源があるのかもしれない。つまり、サオ一本で金を稼ぐの意味であろう。

いずれにしても、笠森が言うように、ヒモもスケコマシもジゴロも、男の風上に置けないかどうかはともかく、反道徳的な稼業であることは間違いない。日陰の裏街道を歩く極道からも白眼視される卑（いや）しい稼業であり、とても白昼堂々と表通りを歩ける稼業ではない。


もっとも、ヒモ、スケコマシを白眼視するのは、関東の伝統的極道だけで、関西では、それも男の生活（しのぎ）の一法として認められている。さらに、極道の生活（しのぎ）が難しい地方――極道が喰らいつく企業などの少ない北陸地方などでは、極道自身が女房や愛人を、芸者やソープ嬢として働きに出し、ヒモ、スケコマシとして生活（しのぎ）を立てている。したがって、女をモノにする腕がなければ、極道として立ち行かないわけであり、ここに極道が女に対する術を磨き、すなわち、ときとして極道が女にモテる、という構図が生まれる。

しかしこれは、私が取材した限りでは関東の伝統的極道には通用しないようだ。

関東の極道にとっては、女という存在は、あくまで男のほうから貢ぐ対象であって、貢ぎものの大きさで、モノに出来る女のランクが決まる。これが関東の極道の勲章なのである。いい女には当然貢ぎ物も大きく、貢ぐ力がない極道は、ロクな女しか手に入れることは出来ない。したがって、女を働かせて女に貢がせるような男は、男とも言えない男であって、男の風上にも置けない野郎、と唾棄されても仕方がない。

だが、警察はもちろんのこと、関東の極道がいかに彼らを白眼視し、唾棄しても、ヒモもスケコマシも、それ自体は法に触れる犯罪ではない。女をモノにし、貢がせ、吸い取ったとしても、そこに暴力や脅迫などの強制的な因子、あるいは騙しなどの詐欺の要因が介入しない限り、法によって取締まることも罰することも出来ない。そこがサオ師と異なる点だ。サオ師は初めから甘言——ときには結婚という言葉を餌に女を騙しにかかるが、ヒモ、スケコマシには、そのような騙しの要因がない。ここにこの稼業の巧妙さと非情さがある。

〈あの男が、スケコマシとは⁉〉

立花警部は顔には出さなかったが、腹の中で唸った。立花の認識しているスケコマシ、ヒモとは、ヤクザにもなれず、堅気(かたぎ)にもなれず、仕方なく弱者である女をモノにし、脅し、女の稼ぎにすがって生きるしか能のないろくでもない連中のことだ。世間からは卑しい男と蔑(さげす)まれ、ヤクザからも軽蔑され、薄暗い日陰しか歩けないものと相場が決まっている。

それがどうだろう。あの男は堂々と天下の大道(たいどう)を歩いているではないか。ひとも羨(うらや)む超一流企業に籍を置き、三階建てのビルを持ち、マンションや土地まで持って、おまけに薄暗い影を背負うどころか、堂々として明るい。

〈どうなってるんだ⁉〉

立花は混乱した。

「あの男がスケコマシとは、驚きましたね」

笠森と別れて喫茶店を出ると、佐々木刑事が呻(うめ)きに似た声を上げた。佐々木も混乱しているようだった。

「警部は、どう思われますか。あの男がスケコマシだとすると、殺された井上真弓も、あの男に吸い取られていたってことになりますが……」

あの男が井上真弓のことを、恋人ではなく、愛人、と言ったのはその意味なのだ――と、立花は今になってわかった。

「こいつは、臭いですね。井上真弓が何かの理由で稼がなくなったとしたら……。金を稼がない女は、スケコマシにとっては、無用の長物どころか、邪魔者ですよ」

あの男にはアリバイがある。それでも尚、佐々木刑事はあの男を本筋と睨んでいる。

「どうです。これからでも、もう一度、任意でしょっ引きますか」

「いや。しょっ引いたところでどうなる相手でもない。徹底的に洗うんだ。別件でもいい。身ぐるみ剝いで洗い立てろ」

立花警部は自分の混乱に決断を下すように言った。あの男を井上真弓殺しの犯人として疑っているのか、それとも、彼の神経を逆撫でするようなあの男の存在自体を憎んでいるのか、立花自身にもわからなかった。

二章　新外道

1

バスルームから出て来た真弓は、湯上がりの裸身にピンク色のバスタオルを巻きつけていた。頭にはバスタオルとお揃いのタオルが巻かれ、豊かな長い髪がその中に包まれていた。

〈絵になる――〉

と志津馬は思った。真弓は色の白いほうではない。肌は小麦色に灼けて、南国の健康的な海から獲れたてのような、潮の香と降り注ぐ太陽の匂いをたっぷりと身に沁み込ませた肢体の持主だった。身長一六五センチ。かもしかのようなしなやかな手と脚が印象的だった。肩や腕の肌が小麦色に輝いて、湯上がりの汗をうっすらと光らせている。バスタオルの下に隠された乳房はそれほど大きくはないが、その下のウエストのくびれ、そしてヒップの固くしまった曲線が、日本人離れしていて、ピンク色のバスタオルがよく似合った。

「おいで」

志津馬はベッドの上の、自分の傍らに空けたシーツの空間を軽く叩いた。彼はすでに素っ裸でベッドの中に潜りこみ、剝き出しの男根は毛布の下で早くも勃起していた。

真弓はおずおずとバスタオルを着けたままベッドへ膝から昇って来た。志津馬は真弓が身体を横たえるのを待って、唇を近づけた。睫毛の長い黒目の大きな眼がジッと下から志津馬を見上げ、ゆっくりと閉じられた。かすかに石鹼の匂いが首筋のあたりに漂っていた。

志津馬は唇に軽く自分の唇を触れさせた。唇を薄く開けて、熱い息をほんのりと吹きかけた。真弓の唇が感応して動くのがわかった。軽いタッチに入り、唇を左右に動かしながら、唇の間から覗かせた舌で真弓の厚ぼったい上唇の上縁の線をなぞった。真弓はくすぐったいとみえて唇を動かし、それでも自分から唇を突き出して、腰のあたりを小さく蠢かし、次の行為を促すような仕草を見せた。

志津馬は焦らした。真弓の下唇に唇を移行させ、唇の端から端まで、小さく覗かせた舌先で充分に撫で回した。

「ああ……」

真弓の口から、切な気な声が洩れた。志津馬はようやく唇を重ね合わせ、それを待っていたように志津馬の口の中へ進入して来た真弓の舌を、自分の舌に絡め取り、舌の裏側を中心にこね上げた。真弓の舌は薄く小さく、それでいて腰が強かった。真弓は鼻から熱い息を吐いて身体を押しつけて来た。志津馬は真弓の頭からタオルを取り、胸から腰を覆ったバスタオルを剝ぎ取った。志津馬の手は、真弓の背中へ回されて、触れるか触れないかのフェザー・タッチでゆっくりと尻の方へ降りて行った。真弓は感じていた。しきりに背中を動かし、その度に下半身を志津馬の勃起した部分に押しつけて、あッ、あッ、というような短い声を発した。

真弓の尻は、志津馬が睨んだとおり、肉付きがよかった。なめし革のようなしっとりとした強靭な肌の下に、みっしりと肉が詰めこまれた感じだった。けっして大きな尻ではない。前から見たら、むしろ柳腰のようにほっそりとしている。尻が後ろへ張り出しているのだ。それも、上へ向いて張り出しているから脚が長く見える。こういう尻は、得てして尻の両側に肉が足りなくてへこんで見えるものだが、真弓の尻には、そのへこみもなく、どこを指で押しても弾ね返される。尻の曲線に一点として弛みがないのだ。腿の境目からの尻の谷間の切れ込みも深く、指を差し込む隙間がないほどぴたりと合わさっている。理想的な尻だ。

志津馬は唇を離して充分に真弓の裸身を観賞した。

「すばらしい。南国の女神ってところだ」

讃嘆の言葉を送っておいて、志津馬の唇は乳首へ移った。乳首は、砂浜に落ちているピンク色の小石のように、透明感のある茶色がかったピンクだった。周りの乳暈は肌の色に溶けこむほど色が淡く、寒さに顫えるように鳥肌が立っていた。真弓は乳首の感触に耐えかねるように背中を反らせた。焦れているのだ。早くインサートしてほしいと、肉体が訴えている。おそらく花芯はすでに蜜を溢れさせているに違いない。しかしそこへ志津馬の舌と手が到達するのはまだまだ先だ。志津馬は焦らした。女の性感というものは焦らせば焦らすほど、最後の快感は深く永いものとなる。それが志津馬のやり方だ。

透き通った乳首を唇に挟んで舌先でくすぐり、あるいは舌の腹で薙ぎ倒し、真弓の身体がトロトロに柔らかくなった頃、志津馬の舌は腹部へ降りて行った。よく削げた小麦色の腹が波打っていた。志津馬の唇が肌をついばみ、強弱をつけた舌先が肌を小突き、舌の腹が這って臍の周辺から脇腹に達すると、真弓は息を詰まらせ、白いシーツに赤くマニキュアをした爪を立て、左手の甲を口の中へ押し込みながら一度目のエクスタシーに達した。

志津馬は真弓の肉体から力が抜けるのを待って、脚を左右に大きく開かせた。真弓の陰毛は脱色されたような茶色で、ねじれの強い短毛だった。量は少なく、恥骨の上に小さな逆三角型をつくり、それが花芯の亀裂（きれつ）の途中で途絶えていた。恥骨は低くなだらかだった。志津馬の想像したとおりだった。尻が後ろへ張り出している女は、たいがい恥骨が低くなだらかだ。腰の骨全体が後ろへ引っぱられるからではないか、と志津馬は考えている。陰唇は一本の筋（すじ）状に割れ、その隙間から、小麦色の肌よりも鮮やかなサーモンピンクの粘膜が覗いていた。そこはすでに蜜液で濡れ光り、かすかに汗と体液の入りまじった匂いが鼻孔に漂った。

志津馬は陰唇の周辺は簡単に通過して、唇を脚先へ向けた。真弓の身体は再び欲情して声が切な気になっている。志津馬の唇が花芯に触れずに通過したので、はぐらかされた気持ちになったのだろう。尻を持ち上げるような動きを数回繰り返して、無意識に右手が花芯に降りて来た。志津馬は好きにさせておいて、真弓の足指を口に含んだ。あああ――というこらえ切れない声が真弓の口から洩れ、花芯に伸びた右手が陰唇を包みこむような形で股間に押しつけられた。二度目の軽いエクスタシーに達したのだ。声を洩らしながら、

「早く……早く……！」

と、志津馬のインサートを促した。

志津馬はそれも無視した。真弓の裸身を裏返しにした。女の肉体（からだ）は裏側の方が美しい。

言葉を変えれば、裏側の美しい女がいい女——と志津馬は信じている。真弓の裏側は理想的な形をしていた。背中からウエストへかけての線が油を引いたようになめらかで、そこからいきなり尻の曲線が盛り上がり、腰から尻の肌が獲れたての肉体のように輝いている。

志津馬は真弓の脚を大きく割ってその間に膝で立ち、真弓の重みのある尻を持ち上げた。真弓はその型でインサートされると思ったのか、自分から尻を上げて突き出した。志津馬はインサートしなかった。腰を落として真弓の尻を眼の前に引きつけた。陰唇が口を開いて、淡いピンクの粘膜が収縮運動をしているのが見えた。その上の肛門の動きと連動して動いているのだ。志津馬は両手の親指で陰唇を左右に大きく開き、ツンと顔を覗かせたクリトリスに熱い息を吹きかけた。

「あッ……あッ……あッ……」

真弓は断続的な声を発して、シーツに頰を押しつけ、右手の爪を枕カバーに立て、左手の甲はやはり口許へ行っていた。昇りつめる瞬間、手の甲に歯を立てるのが癖らしい。

志津馬はクリトリスの上に舌を遊ばせた。舌の力を抜いて、唾液のぬめりだけでクリトリスの固さを包みこみ、押し、しゃぶった。真弓は連続的に甘い憚(はばか)りのない声を上げた。志津馬の舌は亀裂の中に溢れた蜜液を下から掬(すく)い取るように舐め上げて、一挙に肛門まで達した。

「あああ！　いや……いや」

　真弓は思いがけない場所を舐められて、驚きと快感の声を同時に発した。尻が左右に振られて腰が逃げた。志津馬は逃がさなかった。唾液と蜜液でたちまち真弓の肛門は淫蕩に濡れ輝き、志津馬は舌先を尖らせて、拒むようにすぼまった中心点に突き進んだ。

「ああッ……ああッ！」

　声が裏返って、尻が逃げた。志津馬は粘膜の中に潜りこんだ舌を左右にこねまわした。真弓は甲高い声を発し続け、顔を左右に振った。長い髪がシーツの上に乱れ散った。

　志津馬は舌を抜いて、立膝の姿勢になり、間合いを取らずに勃起しきった男根を正常な粘膜の中へゆっくりと埋めこんだ。

「うううッ」

　真弓は背中をのけ反らせ、手の甲をほとんど口の中へ押しこみ、なめらかな小麦色の尻は粉を吹いたように汗を噴き出した。立て続けにエクスタシーの嵐に身を沈め、志津馬がピストン運動を始めると、獣のような唸り声を発し、志津馬が放射すると、ヒーッ！　という声を洩らし、全身に痙攣が走って、やがてシーツの上に腹から落ちて失神した。この痺れるような悦楽が、真弓を生涯、志津馬の虜にさせることとなった。

「お客さん――」

誰かに声をかけられて、志津馬は我に返った。

「そろそろ看板の時間なんですが――」

カウンターの向こうでチェックのベストと蝶ネクタイを付けた中年のバーテンダーが疲れた顔で志津馬を見ていた。

「何時だ」

志津馬は指の間で灰になりかけていたタバコを灰皿に揉み消した。

「一時を過ぎました」

「長居をして悪かったな」

新宿歌舞伎町に近い裏通りの小さなバーだった。客は誰もいなかった。城東署を出た後、いつのまにか新宿へ来ていた。宵の新宿の街をあてもなく歩き回り、いつこのバーへ入ったのか、志津馬は覚えていない。新宿は真弓を見つけた街だ。この街のデパートの化粧品売場で、真弓は働いていた。化粧品売場というのは、商品の性質上、見映えのする女店員が配置される。志津馬のような色事稼業の男にとっては、恰好の猟場となる。真弓は数人いる化粧品売場の女店員の中でも、ひときわ眼を惹くプロポーションをしていた。東南アジア系の美貌だった。しかしプロのスケコマシにとっては、容貌は第一義のものではない。醜女よりは美女の方がいい、という程度のものだ。第一番に問題にするのは、尻の形だった。小さくて貧弱な尻は、子供は産めるが金は産めない。丸味を持って後ろへ突き出ているような尻——つまりよく発達した尻は感度もよく、適度に淫蕩で、しかも女性本能に長けている。これが金と快楽を生む尻だ。真弓はスカートの上からでもはっきりとわかるほど丸味を持った大きな尻をしていた。しかも美貌だった。

志津馬は三日間、彼女のいる化粧品売場へ通い、四日目に喫茶店へ連れ出し、五日目にホテルへ誘った。その夜のことを、見知らぬバーのカウンターに坐って、水割りを呷りながら思い出していたのだ。

志津馬はスケコマシといわれる色事稼業の道に入って、女体を悦ばせ虜にする愛技によって、この十年間に十人の女たちをモノにしてきた。真弓はちょうど十人目の女だった。十人の女たちは、志津馬を愛し、志津馬のために身体を張って働き、志津馬のために貢いでくれた。その金が彼を富ませ、錦糸町のビルを生み、東陽町のマンションの他に二つのマンションを生み、さらに他にも不動産を生んだ。

彼は常に三人の女を掌握していた。三人のうちの一人と別れると一人を補充し、そして十年間に十人——。その十人目の、最も新しい情婦が、真っ昼間に素っ裸で殺された

――。

「おいッ」

志津馬はいきなり誰かに背後から肩を押さえられた。歌舞伎町裏の見知らぬバーを出て、靖国(やすくに)通りへ歩いている途中だった。新宿区役所の横手の薄暗い通りにさしかかっていた。振り向くと、四、五人の男の眼が志津馬を暗闇の中から見据(みす)えていた。

「俺になんか用かい」

志津馬が暗い声で呟(つぶや)いた。男たちは一瞬ギョッとした。振り向いた志津馬の眼が野獣のように闇の中に燃えていたのだ。

「人にぶつかっといて黙って行く気か」

唇の厚い坊主頭が虚勢を張って志津馬のスーツに手をかけた。

「俺がぶつかったのかい」

「あたりめえだ」

「そうか。それなら人にぶつかられないように気をつけて歩け」

「なんだと、この野郎ッ」

坊主頭が志津馬のスーツを摑んだ手を引き寄せた。志津馬は上体と一緒に一歩足を踏みこんで、膝を蹴り上げた。坊主頭がギャッと声を上げて股間を押さえながら身体をくの字に折った。そこを志津馬のキックが顎を掬い上げた。坊主頭はのけ反って尻から後ろへ落ちた。

「野郎ッ、ふざけやがって！」

咄嗟の出来事に茫然と突っ立っていた残りの男たちが、ようやく驚愕から眼が醒めて身構えた。どの顔もチンピラふうだった。坊主頭の子分のようだった。

「舐めんじゃねえ」

空手の心得のあるらしい革ジャンの男が、志津馬の右側から水平拳の構えで突っ込んで来た。志津馬は右へ体をねじりながら男の腕が伸び切ったところへ手刀を振り下ろした。男の腕が革ジャンの袖の中で妙な音を立て、男は肘を押さえて区役所の外壁に頭から激突した。スポーツ刈りとパンチパーマが同時に飛びかかって来た。猪型の体つきのパンチパーマが志津馬の腰に取りつき、スポーツ刈りの拳が志津馬の顎をとらえた。弾けるような痛みが志津馬の中に獰猛な怒りを呼び起こした。腰にしがみついたパンチパーマの背骨に両手ハンマーを強烈に打ち下ろして、体勢を崩したところを膝で蹴り上げ、スポーツ刈りの第二撃を素早く両手で受け止め、懐へ引っぱり込んだ。スポーツ刈りがたたらを踏んで前へ泳いだ。志津馬は軽くステップ・バックして伸び切った男の肩の付け根めがけて蹴り上げた。ゲッと呻いてスポーツ刈りは地べたに這った。その首筋を背後から踏み付け、そこへ突っこんで来たひょろ長い男の股間を思い切り蹴り上げた。四人の男が地に這っていた。一分とかからぬ乱闘だった。肩を押さえて起きあがろうとしていたパンチパーマの顔を土足で踏みにじりながら、志津馬は冷酷な怒りで心に誓っていた。

〈真弓、おまえの怨（うら）みは俺が必ず晴らしてやる！〉

2

志津馬が錦糸町の自宅へ戻って来たのは、午前二時に近かった。錦糸町の場外馬券売場のビルから百メートルほど奥へ入った三階建てのビルの三階が、志津馬の家である。二階は弟夫婦が住み、一階が喫茶〈マラゲーニヤ〉になっている。

「どこへ行ってたんですか。瀬戸内（せとうち）さんと黒崎（くろさき）さんが、ずっとお待ちかねです」

三階のドアを入ると、弟の加津彦（かずひこ）が迎えに出た。二人の客の相手をしていたらしい。

十六畳の広いリビングルームのソファに、白髪を後ろへ撫でつけた小柄な瀬戸内甚左（じんざ）と、眉毛（まゆげ）の秀でた、賢（かしこ）そうな眼をした若者が並んで水割りを舐めていた。

「待たせて申し訳ありません。英夫（ひでお）もすまなかったな」

志津馬は弟の加津彦を階下へ帰してから、二人の客の前に腰を下ろした。

「相当こたえたようだな」

瀬戸内甚左がいたわるように言った。

「警察を出て、気がついたら新宿のバーでした。それで遅くなっちまって——」

「警察では、なんて言ってるんですか?」

英夫が眉を曇らせて身を乗り出した。

「怨恨、痴情関係の絡んだ殺しとみている」

「警察は、おまえがスケコマシだってことを知っているのか」

甚左が言った。

「いや。——だけど、すぐに調べはつくでしょう。立花という警部がいましてね、この警部がどうやら俺を臭いと睨んでるんです」

「それは危いですよ」

黒崎英夫が志津馬と瀬戸内老人の顔を見較べた。英夫はれっきとした京葉大の学生だった。学生でありながら、十五人の女子大生や専門学校の生徒などを使って秘密の会員制のデートクラブを経営している。大学では情報処理工学を専攻し、アルバイトに渋谷のコンピューター専門学校でソフト開発を教えると同時に、その学校の女生徒や大学の女友達に売春を斡旋して小遣い稼ぎをしているところを志津馬と瀬戸内老人に見込まれて、本格的な営業になったのだ。

大学でコンピューターを駆使しているだけあって、営業のノウハウは卓越していた。志津馬がこれはと見込んだ女を見つけて来ると、英夫は徹底的に女についての情報を収集し、パソコンで女の性格や趣味、行動を分析・処理し、そのうえで口説きにかかる。成功率は九十パーセントだという。客に関する情報も彼のパソコンにインプットされ、常連客は暗証ナンバーを伝えるだけで好みの女の子が派遣されることになっている。したがって客は常連が多く、女の子の質が良いために上質の客が付き、まずはめでたく商売繁盛というわけだ。それが志津馬との関連で、警察に目を付けられることを英夫は心配しているのだ。警察が志津馬を疑えば、当然、志津馬の交友関係の線上に黒崎英夫の名前も浮かんでくる。そうなれば、英夫のパソコンに密封された色事商売も、いつばれるかしれない。

「だからおまえに、立花警部の情報収集を頼んだんだ。調べはついたか」

立花警部直々の事情聴取から解放されて城東署を出た後、志津馬は直ちに英夫に連絡を取り、立花の身辺調査を命じていたのだ。

「それが、あんまり時間がなかったんで詳しいことはわからなかったんですけど、いちおう、調べておきました——」

英夫はそう言って、胸のポケットから小さなメモを取り出した。

「立花則之、三十五歳。二年前、三十三歳の若さで警部になってます。これはかなりのスピード出世だそうです。エリートなんだと思います。自宅は中野区中野坂上の官舎です。家族は奥さん三十一歳。長女七歳。次女四歳の四人です。給料は手取り三十二万五千円。故郷の長野市に母親と妹がいて、月々五万円ほど仕送りしているらしいです。趣味は将棋。柔道二段。捕縛術の大会で城東署の代表になったことがあるそうです。以上、そんなところです」

「三十二万五千円の月給で、田舎に五万円仕送りしているとなると、生活はきついだろうな」

志津馬が呟いた。

「奥さんが洋裁の内職をしているそうです」

「よし。それで行こう」

「え？」

「まさか、刑事に鼻薬を利かそうというんじゃないだろうな？」

甚左が小さな眼でジロリと志津馬を睨んだ。

「先輩、本気ですか？」

「洋裁の仕立て物を頼むんだ。その手付け金を受け取ってもらうだけだ」

「いくら受け取ってもらうんです？」

「田舎への仕送りが月五万で、年に六十万か。三年分で百八十万──きりのいいところで二百万ってところだな。すまんが明日にでも、適当な口上で届けて来てくれ」

「わかりました」

英夫が頷(うなず)いた。

「志津馬、まさか犯人捜しをやろうと言うんじゃなかろうな」

甚左が冷静な声で言った。

「いけませんか、おやじさん」

「犯人に心当たりがあるのか」

「そいつは、英夫に訊きたいんだ」

志津馬は黒崎英夫に向き直った。真弓は新小岩の喫茶店に勤めながら、英夫のデートクラブで稼いでいた。

「真弓の客の中に、真弓にのぼせ上がっていた男か、怨みを持っていたような野郎はいなかったか。血液型はO(オー)型だ」

英夫のパソコンには、客の星座・血液型など、あらゆる情報が収められていた。

「真弓ちゃんの客は、四十代の中年が多いんです。たいがい所帯持ちですから、のぼせ上がっていたような客はいなかったと思いますが、いちおう、チェックしてみます」

「それと、〈ほたる〉関係だ。〈ほたる〉の従業員、客――そいつも調べてみてくれ」

「わかりました。――他には？」

「そんなところだ。今夜は引き取ってくれ。遅くなって悪かったな」

志津馬は玄関へ英夫を見送った。

「志津馬、狙われたのは、おまえじゃないのか？」

リビングルームへ戻ると、甚左が暗い口調で切り出した。

「どういうことです？」

「さっき、弟さんから聞いたんだが、今日の午前中、妙な男がおまえに会いたいと言って訪ねて来たそうだ」

「妙な男？　誰です」

「一目見て、臭ったそうだ」

「ヤクザ者ですか」

「弟さんが言うんだから、間違いあるまい」

志津馬の弟・加津彦は、高校時代から始めたボクシングの腕がめきめきと磨きがかかり、それが災いして悪い仲間に袖を引かれ、そうこうするうちに傷害事件を起こし、自棄になって本格的に道を踏み外した。そこへ今の女房が現われたことで足を洗い、悪い仲間とも縁を切り、心機一転、兄の志津馬を頼って上京したのだ。今は、どこから見ても真面目でおとなしい喫茶店のマスターだが、体内を流れる血の中には、昔の稼業の残滓が残っている。そう兄の志津馬はみている。

「どうだい。思い当たることはないかい」

甚左に念を押されて、志津馬は太い眉を顰めた。

「ヤクザ者に怨みを買うような覚えはありません。……が、一つだけ、気になることが」

「何だい」

「こいつは、警察にも黙ってたんですが、昨夜、ここへ妙な電話があったんです。真弓の友達と名乗る女の声で、明日の正午過ぎに真弓がマンションへ来てほしいって言ってると言うんです。妙だ、と思って折り返し真弓に電話を入れたんですが、真弓は留守で、そのまま忘れちまったんですが……」

「それで今日、真弓のマンションへ出かけたわけか」

「途中、岡一証券へ寄ったもんで、遅れたんですがね」

「遅れなかったらどうなっていた」

「真弓の死体の傍らに突っ立ってるところへ、警察が駈けつける……」

「そうなっていれば、どう弁解したところで、二、三日はブタ箱だ」

「狙われたのは、やはり俺ですか?」

「断言は出来んが、用心に越したことはない」

「真弓は、俺の身代わりってことですか?」

志津馬は鋭い目で甚左を見つめた。

「志津馬、まさかおまえ、本気で真弓に惚れていたわけではあるまいな」

志津馬の眼光を弾ね返して、甚左が詰問した。志津馬の眼から光が消えた。

「一人の女に惚れてはいかん。三人いれば三人平等に惚れろ——そうわしは教えたはずだ」

「真弓は、俺の身代わりに殺されたのかもしれないんですよ」

「真弓はいくら稼いでいた」

「月に八十万ってところです」

「それなら、怒りも悲しみも八十万円分にしておけ。他のエネルギーは残った女たちに分けてやれ。それがスケコマシの作法ってものだ」

「しかし……」

「しかしもカカシもない。いいか、志津馬。これだけは言っておく。城東署の警部にワイロを贈るのも結構。英夫に真弓の客を調べさせるのも結構だ。だが、間違っても真弓の仇を取ろうなんて思うなよ。そんなことは刑事にまかせておけばいい。おまえに刑事やヤクザの真似はさせたくない。スケコマシが暴力を使えば、その瞬間からスケコマシでもヒモでもなくなる。おまえには、夢がある。わしが叶えられなかった夢を叶えてもらいたいんだ。真弓のことは今夜を限りに忘れろ」

一昔前、稀代のスケコマシと言われた瀬戸内甚左が志津馬をいつくしむように言った。

「妙な因縁です」

神妙に甚左の言葉に耳を傾けていた志津馬が、ふっと表情を崩した。微笑うと眼許が少年のようにあどけなくなる。

「今年は、圭子の十三回忌です」

「ほう。もうそんなになるか」

「彼岸は過ぎてましたが、この間、北海道へ墓参りに行って来ました」

「そいつはいいことをした」

「最初の女の十三回忌に、十人目の真弓が殺されるなんて……。まさか圭子が俺を呼んでるんじゃないでしょうね」

「圭子が呼ぶとしたら、わしのほうが先だ」

「いい女でした」

「わしが育てた女だ」

「惚れたのは、俺です」

「思い出の箱の中に入れるのは、圭子だけにしておけ」

「飲みましょう。二人の女のために」

「いいだろう」

二人は水割りのグラスを目の高さに持ち、無言で乾杯の真似をして目を見合わせた。

3

石油（オイル）ショックの嵐が怒濤（どとう）の如（ごと）く日本列島を吹き抜けた昭和四十八年早春、菅原志津馬は青雲（せいうん）の志（こころざし）を抱いて大学受験のために上京した。

志津馬には大きな夢があった。東京へ出て、一流大学を出、一流企業に就職し、世界を股（また）にかける一流ビジネスマンとなり、やがては重役か大社長——。それは夢というより、福井の街の片隅で、来る日も来る日もシンキ臭い表情（かお）で細々と暮らす両親や長兄の背中を見ながら、北陸の冬空に刃向（はむ）かって、志津馬の胸の中に培（つちか）われてきた野心であった。

〈俺は陽の目を見る男じゃ！〉

志津馬は自分にそう言い聞かせて生きてきた。

志津馬には、もう一つ現実的な夢があった。高校の三年間、胸の奥に想い続けて来た同級生の島岡純子が、もし大学受験に合格すれば、志津馬に処女を捧げてくれると約束したのだ。

「私も頑張るから、志津馬さんも頑張って」

「頑張るとも。これが頑張らんでおれるかい！」

大学に合格し、大きなホテルの一室で純子と二人きりで祝杯のワイングラスをカチンと合わせる。その後で志津馬の眼の前で着ているものを一枚一枚脱いで行く純子の幻影が瞼の裏に渦巻いて、志津馬は有頂天になり、のぼせ上がった。

それが悲劇の始まりだった。瞼の裏に焼きついた純子のヌード姿は、試験場に臨んでも消えなかった。志津馬は夢現のまま試験に挑み、気がついたときには、みごとに失敗していた。試験に落ちたのだ。

「来年があるわ。私待ってるから」

純子はつぶらな瞳に涙を浮かべて志津馬を励ました。色白の丸い顔が受験に失敗した志津馬を非難しているようにも、あるいは同情しているようにも見えた。しかし要するに、ホテルの一夜は一年間のおあずけになってしまったのだ。純子は第一志望の女子大に合格していた。純子を東京に残して志津馬はいったん福井へ戻った。家業を継いでいた長兄と母をかき口説いて一年間の浪人を許してもらい、授業料と生活費は自分で稼ぐ決意で予備校へ通うために再度上京した。予備校へ行くというのは口実だった。純子と遠く離れているのが苦痛だったのだ。苦労をするなら、純子と同じ空の下で苦労をしたかった。

　東京駅へ着いて、志津馬はその足で下北沢(しもきたざわ)の純子のアパートへ向かった。一刻も早く純子に上京したことを知らせ、東京で一年間、予備校へ通うことになったと報告したかった。純子はきっと喜ぶに違いない。運がよければ、感激のあまり処女の肉体を志津馬の前に横たえてくれるかもしれない。体育の時間に見た純子の白い太腿は今でも志津馬の瞼(まぶた)に焼き付いていた。制服を着ているとほっそり見えるのに、ぴっちりとした体育服に着替えると、純子の下半身は驚くほどのボリュームで、肉感的だった。ふっくらと丸味を持った尻の形と、白い腿に食いこんだ体操パンツを見て、男子生徒は思わず唾を呑みこんで、男根を勃起させたものだ。その純子の太腿が目の前にちらついて、下北沢の駅からアパートへ向かう足が自然に速くなった。

　駅から十分ほどの、静かな住宅街の一角に、純子のアパートはあった。生垣に囲まれた白いモルタル造りの二階建てだ。純子の部屋は一階の一番奥にあった。窓に灯(あかり)が洩(も)れていた。志津馬は入り口の門を潜って庭へ入った。庭に向かって各部屋のドアが付いている。

「!?」

純子の部屋の前に来て、ドアを叩こうとした瞬間、ドアの内側から男の切迫した声が聞こえ、志津馬はドキッとした。時刻は夜の九時をまわっている。一人住まいの女子大生のアパートに、男客がいるべき時間ではない。まさか純子に新しいボーイフレンドが出来て、こんな時間まで彼女の部屋に籠っているのではあるまいな——。志津馬はくらくらするような不安を感じて、庭伝いに裏手へ回った。純子の部屋は角部屋だから、窓が二つある。南側の部屋はすりガラスだが、西側の窓は透明のガラスで、中が覗けることを志津馬は知っていた。

二つの窓にはカーテンが引かれていた。南側の窓のカーテンには、上から下まで隙間はなかった。が、西側の窓のカーテンは、端に五センチほどの隙間が出来て、窓際に置かれたテレビとオーディオのデッキの向こうに、六畳の部屋の中が覗けた。志津馬はガラスに顔を近づけてみて、ウッと喉を鳴らした。

正面のベッドの上に二人の人間の足が見えた。男と女の脚が絡み合っていることは、すぐに理解できた。毛むくじゃらの二本の脚が、柔らかそうな白い脚を左右に裂くように拡げられ、なめらかな白い脚が毛むくじゃらの脚を抱えこむように絡みついて、しかも激しく動いている。

志津馬はさらに顔をガラス窓に押しつけて、荒い息を吐いた。ベッドの上の男と女の上半身が見えた。女は男の下で髪を振り乱し、眉根を寄せ、苦しそうに口を開き、鼻の穴まで広げ、痩せた男の背中に腕を回して喘いでいた。骨ばった男の胸の下で豊かな乳房が押し潰され、背中は反り返り、腰が下から突き上げられ――それがまぎれもなく島岡純子――志津馬の純子のあられもない姿だった。

そして、純子の上に乗った、みっともないほど痩せた毛深い男は、志津馬と高校の同じクラスの、現役で東大に合格したガリ勉の男・山内久司だった。

志津馬は動けなかった。窓を突き破って乱入し、山内久司の首根っこをへシ折ってやりたいと心の中で思いながら、足が金縛りに遭ったように動かなかった。

ベッドの上の痴態はさらにエスカレートした。山内久司の細い尻の動きが激しくなり、やがてぶるっと顫えて平らになった。射精したのだ。志津馬が三年間、指一本触れずに大事にしてきたわだ憧れの女の白い体内に、運動などしたことのないような不健康な男の薄汚いザーメンがたっぷりと注ぎ込まれたのだ。志津馬の身体が怒りで慄えた。

純子が山内の下から身体を起こした。

「……!?」

志津馬は思わず息を呑んだ。純子の形のいい額(ひたい)には汗が輝き、絹のような黒髪が乱れてこびりつき、眼の縁(ふち)をほんのりと赤く染め、そしてつぶらな瞳がキラキラと光っている。志津馬が一度も見たことのない妖(あや)しい美しさだった。

純子はベッドの下へ手を伸ばし、ティッシュペーパーを二、三枚抜き取って自分の股間に挟み込んだ。初めて垣間(かいま)見る純子の秘所だった。赤味がかったピンク色だった。その中心が複雑な形状をしていて、全体に謎めいている。ヘアは淡(あわ)く、春霞(はるがすみ)が漂う感じに似ていた。あれは元来、志津馬のものとなるべきものだったのだ。

純子は男を仰向(あおむ)けにさせ、萎(な)えたペニスをティッシュペーパーで拭いてやっていた。持主の体格に似た貧弱なペニスだった。純子の白くくっきりと盛り上がった乳房と、美しい曲線を持つ豊かな尻には不釣合いのペニスだった。それなのに、純子はうっとりとした顔でペニスを優しく拭き、ニッと白い歯を見せて、ペニスの頭に口づけをし、やおらそれを口に呑み込んだではないか。

山内久司のペニスが元気を取り戻し、手も純子の尻に伸び、裏側から股間へ指先が潜りこんだ。セックスのことなど考えたこともないような、純真で無垢(むく)な純子のぽっちゃりとした色白の顔に、ぞくっとするほど色っぽい淫(みだ)らな微笑が浮かんだ。次の行動は志津馬を仰天させた。純子が男の胸を膝でまたぎ、逆向きになって男の上に乗ったのだ。純子の股間はモロに山内久司の鼻先にひろげられ、純子は久司のペニスの上に顔を落とし、小さな唇の中へ勃起したそれを咥えこんだのだ。久司は胸の上に載った純子の尻の割れ目を乱暴に左右に押し開き、鼻を潜りこませてペロペロと舐めた。純子が久司のペニスを口に含んだまま、尻を快げに振り、眉根に縦皺を寄せ、くぐもった声を上げるのがかすかに聞こえた。

志津馬は骨まで慄えた。握りしめた拳の中で、指の爪が掌に食い込んで痛かった。いまにも咬みつきそうな形相で窓ガラスに額を押しつけていた。

ガチャン！

ガラス窓が額の圧力で砕け散った音で、志津馬は我に返った。同時にベッドの上で互いの性器を舐め合っていた二人も、ギョッとなって窓を振り返った。割れた窓の外に、純子の恋人・志津馬が突っ立っているのに気がついたのは、山内久司のほうが先だった。

「す、す、す、菅原くん!?」

山内久司は幽霊でも見たような顔ですくみ上がり、ベッドの上からころげ落ちた。無理もない。高校時代の志津馬は、一年生のときから剣道部の主将を務めるほどの人物で、五人の上級生を相手に決闘をし、竹刀一本で全員を叩きのめしたという武勇伝の持主である。その志津馬が、額から血を流し、もの凄い形相で窓の外の暗闇にぬうっと突っ立っていたのだから、誰だって肝を潰す。

しかし純子は、肝を潰した様子はなかった。ひどく落ち着いていた。怒ったような顔で、いきなりカーテンを乱暴に閉め、志津馬に向かって何か言っていた。

「もう来ないでちょうだい。――私は山内さんのものよ。――私たち、婚約したの――」

純子のそんな言葉を思い出したのは、ずっと後になってからだった。志津馬はどうやって窓の外を離れ、電車に乗ったのか、まるで憶えていない。気がつくと、どぶの臭いのする下町の屋台で飲み潰れ、街角公園の公衆便所の裏で朝を迎えていた。

志津馬は高校時代の悪友の下宿先に居候をして、昼間は予備校へ通い、夜はアルバイトに精を出した。赤坂の中流のクラブでボーイのアルバイトをやっていた。

そのクラブに、圭子という女がいた。源氏名をミチコと言い、年齢は志津馬よりひとまわり以上も上なのに、若いホステスにまじって多くの客を持っていた。目鼻立ちの整った上品な感じの美形だった。顔全体はいくらか古風な感じだが、二重瞼の大きな眼が現代ふうで、志津馬から見ると、雲の上の大人の女という印象だった。

「あなた、昼間は予備校へ行ってるんですって?」

ある日、圭子のほうから志津馬に話しかけてきた。

「私、大学生だとばかり思ってた」

志津馬の際立った体格に、圭子は目を細めた。

「受験に失敗した一浪です」

志津馬は圭子の白い胸許から匂い立つ香水の香りにドキドキして答えた。剣道着の汗臭い匂いや、喧嘩をしたときの鼻の奥にツソと来る焦げ臭い匂いには馴れていたが、女の香りは苦手だった。

「こんなところでアルバイトをしていたら、二浪も三浪もしちゃうわよ」

「仕方ないです。授業料も生活費も自分で稼がなくちゃいけないんですから」

「あら、そうなの。偉いわね」

「偉くなんかないです」

志津馬は初めて大人の女性から褒められて照れ臭かった。

「でも、アルバイトなんか止めて、勉強に打ち込んだほうがいいわよ」

「そんなことしたら、生活できないです」

「私が援助してあげる。予備校の授業料も、生活費も、大学に受かったら入学金も学費も、全部私が面倒見てあげる」

「……？」

一瞬、志津馬にはどういうことかわからなかった。

「安心なさい。だからって、若いあなたを縛りつける気はないのよ。あなたは自由」

そう言われて、志津馬は言葉の意味を理解した。理解したとたんに下半身が欲望に疼いた。

二日後、志津馬は居候をしていた悪友のアパートにおさらばをして、三田の圭子のマンションに転がりこんだ。

志津馬は圭子に溺れた。三十五歳の熟れきった圭子の肉体の甘美な魔力の虜囚になった。夜のバイトを止めて、その分余った精力をセックスに振り向けて、毎夜、圭子の肉体にのしかかった。予備校が休みの日曜日には、朝から晩までベッドから降りず、ときには予備校を休んでまで肉体を貪り合った。一昼夜半――つまり三十六時間ぶっ続けで身体を繋げていたこともある。剣道でインターハイの三位にまでなった、鍛え抜いた一八三センチの肉体が、凄まじい荒淫に耐えさせてくれた。

一五九センチ、五二キロの圭子も、若い志津馬のとどまるところを知らぬ欲望に一度も音を上げなかった。音を上げないどころか、むしろ志津馬を巧みにリードして、射精で萎えた志津馬の男根をすぐに回復させてくれた。

圭子はいわゆるグラマーな女ではなかった。バストは八二センチだから標準と言える。そのかわりウエストが五〇センチと細く、ヒップは逆に九〇センチあった。顔が面長だから、着物を着るとほっそりと見えた。骨細なのだ。手首や腕、肩なども頼りないほど骨が細い。得てしてこういう体型の女が、性欲は強い。一般には、乳房の大きな、見るからにグラマラスな女のほうが性欲は強いと思いがちだが、事実は逆と見ていい。楚々として頼りなげな風情の、ほっそりと見える女のほうが、性欲ははるかに強い。そして淫蕩である。男根で子宮を突けば突くほど、こんこんと欲情が湧いて来る。セックスに対する好奇心も強い。グラマーな女、あるいは肥っている女で好色な女というのはいない。いたとしても極く少数だろう。その医学的な原因はわからないが、グラマーな見た眼に美しい女性よりも、ほっそりとした女性のほうが、ベッドの上でははるかに疲れを知らないというのは、確かである。ほっそりとしているくせに、尻の肉だけはきっちりと充分に付いていれば、なおさら性欲は強い。圭子がまさしくその体型だった。

　圭子は性技にも長けていた。最初の夜、気ばかり焦った志津馬が圭子の入り口に先端が触れただけで洩らしてしまうと、圭子は志津馬のものを口に含んですぐさまふるい立たせてくれた。フェラチオという性技を、志津馬は雑誌で読んだり八ミリフィルムで見たりして知ってはいたが、実体験はむろん初めてだった。その快さは名状しがたく、天国へ昇るような気持ちになり、二発目もまた圭子の口の中に発射してしまった。

圭子は何も言わずにそれをおいしそうに飲み下し、再び志津馬を口に含み、五分で回復させ、志津馬はようやく三度目に本来の女の箇所で果てた。

圭子の得意技は、舌技にあった。志津馬の耳や乳首を舐めるだけではなく、陰嚢から肛門へかけての、いわゆる蟻道といわれる箇所への舌技が絶妙だった。舐めるというより固く尖らせた舌先で雀が餌をついばむように小突くのだ。その感触は、実際にそこへ蟻を這わせるのに似ている。背骨に沿って電流のような快感が走り、澱んでいた血が沸騰する。これをやられると、五度の射精で精根尽きていても、たちまち回復して六度目が利く。

志津馬は圭子によって、セックスに眼醒めた。男と女が媾合うというのは、これなのかと驚嘆をもって悟った。男も女も、これのために血眼になり、ときには殺人を犯したり、あるいは自殺したり、常軌を逸した行動に走るのも、無理はないと納得した。それほど圭子との性交は、甘美で強烈だった。

志津馬は圭子と正式に結婚してもいいと思った。圭子のためなら、大学進学の希望も、純子を奪った山内久司を見返してやるという復讐心も、大をなすという野心も捨てられると思った。それを圭子に話すと、圭子は微かに笑って首を振った。

「志津ちゃんが三十になったら、私は四十六よ。志津ちゃんが四十になったら、私は五十六のおばあちゃん。志津ちゃんが男盛りの五十になったら、私は六十六歳よ」

「年齢(とし)なんか関係ない。俺はたとえ圭子が七十六歳になったって、圭子のオメコを舐めてやれる。尻だって舐められる」

志津馬はムキになった。

「バカなことを言わないで。志津ちゃんはうんと大きくなる人よ。大学へ行って、一所懸命勉強して、一流企業に就職して、うんと出世してちょうだい。大きく、大きくなって。それが私の夢……」

4

翌年、志津馬は三つの大学を受験し、合格したのは三流どころの東南大学、それも法学部の夜間部だった。予備校をさぼって勉学をおろそかにし、ベッドの中で圭子からセックスを学習することばかりに精を出していた報酬(むくい)だった。

それでも圭子は祝福してくれた。マンションから五分ほどの散歩道の途中にある慶応(けいおう)大学の夜の構内へ潜り込み、志津馬を不合格にした腹いせだと言って樹陰(こかげ)で放尿した。志津馬も横に並んで小便を放ち、ついでに芝生の上で圭子と交わった。

圭子は約束どおり、入学金も授業料も出してくれて、月々の小遣いまでたっぷりとくれた。

「たまにはピチピチした女子大生と遊んでもいいのよ。私に遠慮しないで」

女子大生と遊ぶための必需品だと言ってスカイライン２０００ＧＴまで買ってくれ、その上に十万を越える小遣いを欠かさなかった。

「小遣いくらいは自分で稼げる。昼間、時間はたっぷりあるんだから」

志津馬は一度、そう言って月々渡される小遣いを拒んだことがある。そのときも圭子は首を振った。

「約束よ。約束を破るなら、私たちは終わりよ」

志津馬の小遣いが月平均十万円。その他にクルマのローン、大学の授業料、志津馬の衣服など、志津馬だけのための出費が平均十万円。これにマンションの家賃が十二万円。圭子自身の服装・化粧品代などが月に約十万。二人の食費が約十万円。光熱費、電話代、交通費などの諸経費が約十五万円。合計約六十七万円。いくら売れっ子の圭子でも、月にこれだけの出費を支える稼ぎは容易ではなかった。

志津馬は圭子に内緒でアルバイトを始めた。当時、雨後の筍のように出現しだした引越しセンターに入った。力仕事には自信があったし、バイト料も悪くはなかった。週に三回、圭子には昼間の授業を受けると言ってマンションを出て、引越しトラックのハンドルを握った。それだけで、月々の小遣いとクルマのローン分くらいは楽に稼げた。

しかしその間に、圭子のほうもアルバイトを始めていた。志津馬にとっては最悪のアルバイトである。志津馬が朝から出かける週三日だけ、川崎・堀之内の昼間のソープランドへ働きに出ていたのだ。

三十五歳の圭子にとっては重労働だったにちがいない。毎日、最低一度は志津馬と濃厚なセックスを行ないながら、さらに昼間は湯気の満ちた密室で客の相手をするのだ。熟し切った女体の持主でも、身体が保つはずがない。疲労が溜って、夕方出勤するまでベッドから降りられない日が重なった。休みの日は一日中、ベッドにいることが多くなった。志津馬との交わりも間遠になり、セックスの代わりに、志津馬は圭子の全身を念入りにマッサージをしてやった。

「志津ちゃんは、優しいから、きっと一生涯、女の人に不自由はしないわ」

ある日、志津馬のマッサージを受けながら、圭子がしみじみと呟いた。

「女性にモテる男でなけりゃ、大きくなんかなれないわ」

「モテなくて結構だ。俺には圭子がいる」

「将来のために教えてあげる」

「何を?」

「女の扱い方」

「俺には圭子ひとりで充分だ」

「私は志津ちゃんより十六も年上。私のほうが先に死ぬわ」

「縁起でもないことを言うなよ。怒るぞ」

「女ってね、結局はお金より優しさよ。優しさよりお金のほうがいいと言う女もいるかもしれないけど、それは嘘よ。女の強がり。自分を騙しているだけ。だって、優しい男のためなら、女って、肉体(からだ)だって売れるし、生命だって投げ出せるもの。お金持ちの男のために、そんなことが出来ると思う?」

その翌日、圭子は堀之内へ出かける途中、タクシーの中で倒れ、救急病院へ運ばれた。腎臓(じんぞう)障害だった。すでに手遅れで、医者も手の付けようがなかった。圭子が堀之内のソープランドでアルバイトをしていたことを、志津馬はこのとき初めて知った。

「志津ちゃん、大きくなってね」

病院へ駈けつけた志津馬の手を、圭子は弱い力で握りしめた。

「何も言うな。圭子は働き過ぎたんだ。ゆっくり養生しろ。今度は俺が汗水流す番だ」

　圭子はいやいやをするように首を振った。

「教えてあげたでしょ、女の扱い方を。志津ちゃんのためなら、いくらでも貢いでくれるという女が、いっぱいいるわ」

　それが圭子の最後の言葉になった。北海道から圭子の母親と中学生の弟が上京して来て、圭子を故郷へ連れ帰り、それからわずか一週間後に圭子の訃報が届いたのだった。

　圭子に死なれて、志津馬はバイト学生に戻った。引越しセンターに正式に雇ってもらって、センターのある門前仲町の安アパートへ移った。

《志津ちゃんのためなら、いくらでも貢いでくれる女がいる――》

　という圭子の言葉が、ヒモを意味するとはその時志津馬は思ってもいなかった。むろんそういう女を見つける気もなかった。圭子との思い出が日に日に胸の中に膨らんで、このまま生涯を独身で通そうと決意していた。

　志津馬が大学四年に進級して間もなくの頃、四畳半一間の志津馬のぼろアパートに、一人の男が訪ねて来た。

「菅原志津馬というのは、あんたかね」

　六十歳を過ぎたと思える、顔の小さな小柄な男だった。半白の頭は坊主刈りで、着ているものも上等とは言えず、吹けば飛ぶような男に見えたが、志津馬を見上げる眼つきは鋭く、どことなく荒んだ色を帯びていた。

「ええ、そうですが」

志津馬は身構える声で答えた。

「ふむ、あんたか……」

男は改めて志津馬の全身を、木枯が吹き荒ぶような眼で睨めまわし、

「もう少し薄汚れた男かと思っていたが、わしの予想は外れたらしい」

と、謎のような言葉を呟いた。

「どなたですか」

志津馬の声がさらに尖った。

「ミチコ……いや、相馬圭子の亭主だ」

「!?」

志津馬の心臓が飛び上がった。圭子の亭主だと?　そんなバカな!?　圭子に亭主がいたなんて、初めて聞く話だ。

「ちょっと旅に出ている間に、わしの大事な女を骨まで喰いつくしてくれたそうだな」

「…………」

　喉が詰まって、声が出なかった。

「圭子の味はどうだったね？　さぞかし美味かったろうな」

「なんの……用ですか」

　やっとかすれた声が出た。

「圭子が生命まで貢いでやった男がどんな男か、見に来たまでだ」

「帰ってください」

「なるほど。圭子が生命までくれてやっただけのことはある。いい面構えだ。知っていたかね？　圭子は悪にしか惚れん女だ。それもとびきり上等の悪にな」

「……？」

「喉が渇いた。ビール……と言いたいが、お茶でもご馳走してもらおうか」

　男は志津馬の返事も待たずに部屋の中へ上がりこんだ。冷蔵庫もテレビもない殺風景な四畳半だった。

「貧乏しているようだな」

　男は座卓の前に腰を下ろして部屋の中を一瞥した。枯木のような身体なのに、胡坐をかいた姿は、小憎らしいほど迫力があった。

「スケコマシに貧乏は似合わん」

「スケコマシなどやってません」

「なぜ自分の才能を生かさんのだ。あんたなら、いくらでも女が食わしてくれる。圭子もそう言っていたはずだ」

「誤解しないでください。圭子……いや、圭子さんは、ぼくが頼んで食わしてもらったわけじゃありません。圭子さんのほうから、援助を申し出てくれたんです」

「それが才能というものだ。貢げ、稼げと頼んで、貢いでくれる女がいるかね？」

クソ爺ィ！

志津馬は肚の中で歯軋りしていた。なんでこんな薄汚い爺ィにヒモ扱いをされなくちゃならないんだ⁉　彼女に甘えたことはあるが断じてヒモではない。

「圭子が面会に来てあんたのことを言っていた。あんたは今に、どでかい男になる――この私がしてみせる、とな」

面会だと⁉

志津馬は咄嗟に悟った。この枯木のような男は、刑務所帰りの男なのだ！　何が旅に出ていただ！

「だが、圭子は死んだ。先週、わしは北海道へ圭子の墓参りに行って来た。圭子の墓の前で誓って来たんだ。おまえが見込んだ男を立派なスケコマシに育ててみせる、と」

「冗談じゃない。バカなことを言わんでください」

「それが圭子さんの遺志だ」

「ぼくには圭子さんがただ一人の女です。他の女など愛せません。帰ってください」

「女を愛す必要はない。言っておくが、スケコマシに愛情など不要だ。百害あって一利なし。不特定多数の女――女という存在そのものを愛せばよい」

「いいかげんにしてくださいッ。ぼくがスケコマシなどやると思ってるんですか！」

「この女をスケコマしてみないかね。金になる女だ」

志津馬の昂奮を頭から無視して、男は一枚の写真を座卓の上に投げてよこした。ビキニ姿の若い女が写っていた。志津馬は逆上した。

「ふざけるな。スケコマシがやりたかったら自分でやれっ。さっさと帰れ！」

男は動じなかった。

「それとも、わしが丹精(たんせい)をこめて育て上げた女を生き返らせてくれるかね？　五年もかけて創(つく)り上げた女を骨まで喰いつくしたおとしまえを、きっちりとつけてくれるかね？」

そう言って志津馬を見上げた男の眼は、ゾッとするほど冷酷だった。志津馬は蛇に睨まれた蛙のように、その場に竦(すく)み上がっていた。

5

写真の女の名前は、沢村（さわむら）かずみ。二十四歳。六本木のクラブに勤めていた。写真よりも実物のほうがいい女だった。ロングヘアが、色白で引きしまった顔によく似合い、いくらか肉の薄い唇とつぶらな瞳に、清潔感があって、それでいてくびれたウエストから尻へかけての曲線が色っぽかった。

落とすのは簡単だった。自分でも不思議に思えるくらいに、スムーズに事は運んだ。最初の日に、五千円で買ったアクアマリンのまがいもののネックレスを用意して行き、帰りがけに、何も言わずにかずみの手に握らせて、一週間置いて二度目に足を運んだとき、わざと別の女を指名して、閉店間際（まぎわ）にかずみに近づき、そっと耳許に誘いの言葉を囁（ささや）いた。かずみは虚を衝（つ）かれたみたいに無言で頷き、二十分後には、志津馬に抱えられるようにして渋谷（しぶや）のラブホテルの入り口を潜っていた。

清潔で初心（うぶ）な外見と異なって、沢村かずみは体内に淫蕩な血を隠し持っていた。ラブホテルの赤と青のネオンを見たときから、身体がとろけて、悦楽の予感に震えていた。部屋へ入るとシャワーも使わずにいきなり志津馬の唇を求め、そのままベッドの上へ倒れこんだ。

志津馬はかずみの小さな舌を吸い寄せて、自分の口の中で舌を絡ませた。そうしておいて舌先を尖らせ、かずみの薄い舌の裏側の付根をくすぐり、続いてかずみの上の歯茎の裏側に舌先を這わせた。圭子が教えてくれたキスの高級技だ。かずみはそれだけで、鼻から熱い息を吐いた。

志津馬は唇でかずみの舌を吸い込んだまま、着ているものを剝いだ。上質の陶器のように肌理の細かな白い肌が、黒いレースで縁どられた下着の中から現われた。肌が湯上がりのように血の気を帯びてピンク色に染まっていた。ビキニ姿の写真から想像したとおり、丸みを帯びた尻は弾力性にとみ、下腹はふっくらとほどよく膨らんで、急角度に股間へ向かって落ちこんでいる。いくらか出っ尻で、ウエストのくびれが前面だけではなく背面にまでつづき、圭子によく似た体型だった。ヘアは薄く、短く、その下の亀裂部は、蓋を閉じた貝の口のように赤味がかった線状である。そこから汗だけではない淫らな牝特有の匂いが立ち昇っていた。

志津馬は自分も素っ裸になって、唇をかずみの下半身へ進めながら身体の向きを回転させた。唇を臍のまわりに這わせせつつ、かずみの片脚を持ち上げて、舌を尻の方へ旋回させ、裏側から花園へ近づいた。圭子に教えてもらった舐めの道筋だ。

一口に舐めると言っても、いろいろな方法がある。単に肌の上に舌を這わせる方法もあれば、舌の代わりに唇をソフトタッチで這わせるのも舐めの一種だし、舌先をさまざまに変形させ、ときには舌先を固くして肌を小突いたり、舌をたたんで勢いよく伸ばし、舌の裏側でクリトリスを叩いたり、あるいは舌先にその突起物を搦め取り、口全体でしゃぶるようにするのも、舐めだ。

性技において、舐められる快感の大きな要因は、舌の持つ肌ざわりの柔らかさと、水分に関係している。舌がカラカラに乾いていれば、いくら舐められたって快感は期待できない。ところが、舌に分泌する液体＝唾液には限度があって、相手の肌を舐めている内に、すぐに乾いてしまう。水分を失くしてしまうわけだ。こうなると、舐めるほうも舌が肌との摩擦によって痛くなるし、舐められるほうも、乾燥したコンニャクで舐められているようで、快感どころか痛みを覚える。したがって、舐めの限度は、長くて五分と言われている。五分以上舐めていると、舌は水分を失って、女に快感を与えるのはとてもおぼつかなくなる。それに舌だって生身の生き物だから、五分も舐めていれば舌根が疲れて来る。並みの人間——この場合、大半が男だが——が女体を舐めつづけられるのは、せいぜい三、四分だろう。三、四分経ったら、舌を休ませ、唾液の補充を待たなければならない。

しかし志津馬は並みの男ではなかった。圭子の指導で、鍛練を積んでいた。彼の舌根はこんこんと唾液を溢(あふ)れさせ、舌の筋肉はあきれるほどタフで疲れを知らなかった。彼は舌のなめらかさを保ちながら、一時間は休みなく舐めつづけるタフネスを身につけていた。

　志津馬の舌はかずみの脚の裏側に沿って足指へ行き、一本一本の足指とその付け根の谷間を唾液で濡らし、もう片方の足へ移って這い上がった。この間約四十分。かずみはシーツを摑んで悦楽の波に翻弄(ほんろう)され、志津馬の舌がさらに上昇して花園の縁——陰唇を舐めまわすと、こらえていた声がついにかずみの喉を突き破ってほとばしり出た。

　それでも志津馬は止めなかった。身体を繋(つな)げてと哀願するかずみの声を聞きながら、花園の深い亀裂から泉のように湧き出た透明の愛液を、舌で丹念に舐め取り、さらに亀裂を左右に開いて、上方部に突起した核(クリトリス)を舌と唇の先でついばみ、舐め、それを十分間続ける間に、かずみは五度頂点に達し、ようやく志津馬はそこへ逞(たくま)しいものを埋め込んだ。

　かずみはほとんど正気を失って、白眼を剝(む)き、自分の指を咬み、顔をのけ反らせて、それでも腰は挑発的に動いていた。

　志津馬はゆっくりと腰を動かした。焦(じ)らすような動きだった。それを一分ほど続けて、突如、アクセルを目一杯に踏みこんだ。男根を根元まで突き込んで、フルアップさせた。かずみは獣(けもの)の臨終(りんじゅう)を思わせるような声を放ち、背中を半円形に反り返らせ、めくるめく頂上へ押し上げられ、そのままドッとシーツの上に落ち、気を失った。圭子の言葉を借りると、この間、女は宇宙にいるという。かずみは三十分以上も宇宙にいた。

「こんなの……私、初めて」

宇宙遊泳から生還したかずみは、かすれた声で言った。眼がトロンとして焦点が合わず、まるでこの世に生まれたばかりのような顔をしていた。

「もう離れられない。私をあなたの女にして」

言いながら、かずみは志津馬の胸に頰をすり寄せて来た。

「俺は学生だぜ。女を持てる身分じゃない」

「お金なら大丈夫。私が稼ぐわ」

「考えておこう」

悪い気分ではなかった。こういう結末なら、圭子もあの世で拍手してくれているに違いない。この女といい仲になれば、刑務所(ムショ)帰りのあの小男を出し抜ける。

幸せな気分で女と腕を絡ませながらラブホテルの玄関を出た。午前二時を過ぎていた。すでに通りには人影もなく、深夜の冷たい風が吹き抜けていた。

いつ男たちが現われたのか、志津馬は気がつかなかった。暗闇から湧き出る夜の妖怪のように、数人の男たちが志津馬の行く手を塞(ふさ)いでいた。

「他人(ひと)の女(すけ)を可愛がってくれたようだな。礼を言うぜ」

眼の前の首の太い男が暗い声で言った。防禦のヒマがなかった。言葉が終わるか終わらぬうちに、重いパンチが志津馬の眉間に炸裂した。志津馬の身体は三メートルほど後ろへ吹っ飛んだ。後のことは何も覚えていない。剣道で鍛え抜いた志津馬だから、手に木刀に代わる武器さえあれば、四人の相手なら叩きのめすことも出来ただろうが、生憎武器はなく、その上、不意討ちに等しい攻撃だったから、ほとんど一方的に蹴り上げられ、撲られ、叩きのめされた。

気がつくと、ごみ溜めのようなところを這いずりまわっていた。両方の瞼が半分潰れていた。唇が脹れ上がっていた。自分の顔のような感じはなかった。

「クソッ……」

呻きながら外灯の明かりの方へ這った。灯影の下に男が立っていた。刑務所帰りのあの男だった。男はニヤリと笑っていた。

「これが、圭子を喰ったおとしまえか！」

志津馬は男の脚にしがみついて立ち上がろうとした。腹に力が入らなくて起てなかった。

「だいぶやられたようだな。しかし、そんなものは時間が経てば癒る」

男がひどく落ち着いた声で言った。

「……ひとを、騙しやがって！　ヤクザの情婦なんかスケコマせやがって！」

「ヤクザの情婦じゃない。昭和物産という大企業の顧問とかいう爺さんの愛人だ。あんたを可愛がってくれた連中は、その爺さんに雇われた用心棒さ」

「クソッ……汚えよ。汚えぞ！」

「せいぜい喚け。それが負け犬のおまえにはお似合いだ」

男は志津馬の手を振りほどいて、闇の中へ踵を返した。

「待て」

志津馬は腕だけで地べたを這った。

「負け犬だと？　この俺が負け犬かどうか、やってやろうじゃねえか！」

男が立ち止まり、振り返った顔がニヤリと歪んだ。

「ふん。圭子が聞いたら、泣いて喜ぶ科白だぜ」

それが、昭和三十年代、夜の銀座・赤坂界隈で〝スケコマシの甚〟と呼ばれた稀代のスケコマシ・瀬戸内甚左であった。

三章　絶頂案内人

1

菅原志津馬の朝は早い。どんなに夜が遅くても、午前六時には起床する。

起床後、まずコップ一杯の生水（ミネラルウオーター）を飲み干し、次に熱湯シャワーを浴びて身体の中の睡気を洗い流し、そのまま腰にバスタオルを巻きつけて人工芝を敷きつめたテラスへ出、腕立て伏せ百回、腹筋運動百回、さらに木刀の素振り五百本をこなす。それも普通の木刀ではない。赤樫（あかがし）の根で出来た特注の木刀である。握りの部分が直径四センチ。先端へ行くにしたがって太くなり、節くれ立っていて、重量は千八百グラム。並みの木刀の二倍の重さがある。そして汗の噴（ふ）き出た身体に、今度は冷水シャワーを浴びる。この間約一時間半。

『スケコマシに必要なものは、一に体力、二に体力、三、四がなくて、五に優しさだ』

これが稀代のスケコマシであった瀬戸内甚左の教えである。

『男と女の関係は、体（からだ）七、愛情三。どんなに愛情や金があっても、体（セックス）がなければ女は逃げる』

瀬戸内甚左の教えを守って、志津馬はこの十年間、起床直後のコップ一杯の生水と、半裸のままの運動を一日も欠かさなかった。おかげで三十三歳になった今も、鋼鉄（はがね）のような筋肉に衰えはなく、セックスに関しても一夜に六回、それを一週間は楽に続けられるスタミナを保持している。三人の女を充分に満足させ、なおかつ週に一人や二人はつまみ食いをして、それでも彼の体力は余力を残す。

セックス増強のための小細工はほとんどしていない。ただし、木刀の素振りのときに、振りおろす瞬間、意図的に肛門をきつく閉じる。これが肛門から男性器を囲む括約筋の鍛練になっている。この鍛練のおかげで、射精を自由にコントロールできるまでになったのだ。

ちなみに、志津馬の性器はけっして大きくはない。ごく普通の標準サイズである。身長一八三センチの立派な体格だから、多少日本人男性の標準よりはサイズが上まわるかもしれないが、それでもせいぜい一センチくらいのものだろう。通常時の長さは約七センチ。臨戦態勢に入ると十四センチになる。膨張（ぼうちょう）率が二倍だからかなり高いと言えるが、十四センチというのは、けっして巨根の部類には属さない。むしろ平均値に近い。

　形状は、正常な成人男子の性器の模範的な形をしていた。皮は完全に剝けて亀頭部が逞しく、膨張すると、やや上向きに反り返っている。強いて言えば亀頭部の笠の部分がグッと張り出して、茎部が先へ行くほど細くなっている。いわゆるカリが大きいという形状だ。

　男性器の優劣を表現する言葉として、巷間『一黒二太三長』――つまりいちばん優れているのが黒いペニス、二番目が太いペニス、三番目が長いペニス、とよく言われているが、これはあまり信用できない。志津馬のペニスは、黒くも太くも長くもなく、それでいて相手の女性を百パーセント満足させている。

　さらに付け加えれば、ヒモ、スケコマシに限らず、セックスで女を虜にする男性には、ペニスに真珠を埋めこんだ人間が多いと言われているが、これも根拠のない俗説である。

　ヤクザや遊び人の中には、たしかにペニスの茎部の表皮の下に、真珠やそれに代わるプラスチックの玉状のものを三つも四つも入れている者もいるが、そのためにかれらがとりわけ女性にモテはやされたという話は聞かない。異物入りのペニスは、女性器に異物感による快感を与えるかもしれないが、そういうペニスを歓迎する女性は数少ない。また、そういうペニスを尊ぶ女性は、男のために体を売って稼いだり、貢いだりはしない。

私が取材したスケコマシ氏も、ペニスに真珠などは埋め込んでいなかったし、その件についても次のように語っていた。

「真珠入りのペニスが好きだなんて言う女にロクな女はいません。そういう女は男が好きなんじゃなく、セックスだけが好きなんです。私ら、一度でも真珠入りペニスを咥え込んだ女には、絶対に近づきませんね。そういう女に近づいたら、貢いでくれるどころか、こっちが逆に金と体力を吸い取られるだけですからね」

瀬戸内甚左の教えは厳しかった。甚左は志津馬を新しいタイプのスケコマシに育てようとした。

「女の稼ぎに頼って、パチンコや競輪・競馬にうつつを抜かすしか能のないスケコマシはもう時代遅れだ。女の稼ぎを肥料(こやし)にして、陽の目を見る大きな男になれ」

最初に甚左は、志津馬にそう言い渡した。

「いい女というものは、誰でも惚れた男に貢ぎたがってるものだ。だが、千円の値打ちしかない男には、千円しか貢がない。一万円の値打ちの男には一万円しか貢がない。百万円の値打ちの男には、百万円貢ぐ。百万円貢ごうと努力する。おまえは、百万円ではなく、一億円の男になれ」

一億円の男になるための第一段階として、甚左は志津馬に、昭和物産に入社するよう命じた。

「昭和物産の名刺はいい女を呼び寄せてくれる。商社マンのスケコマシというのは世界でも初めてだ。ぜひとも昭和物産に入れ」

甚左は、自分の思いつきが気に入ったようだった。

「昭和物産へ入れるくらいなら、スケコマシなどやるもんですか。第一、ウチの大学なんかには昭和物産から求人も来ないし、来たとしても俺の成績じゃ無理でしょうね」

当時、昭和物産は、学生の就職希望No.1の企業だった。

「誰が大学の格や成績で勝負しろと言った。おまえには、女という誰にも負けない武器があろう」

甚左は、昭和物産のお偉いさんの愛人であったかずみを当てにしていたのだ。

「女の力を馬鹿にしてはいかん。スケコマシの心得、その一。――全面的に女に頼れ。女の力を信じて頼れば、女は山をも動かしてくれる。岩をも砕いてくれる」

その夜、志津馬はベッドの中でかずみを抱いている最中に、ふと行為を止めて物思いに沈んだ。

「どうしたの？」

かずみが志津馬の顔を下から仰ぎ見た。

「どうしたのよ。途中で止めるなんて、いやよ」

快楽が中絶されて、かずみは焦(じ)れていた。

「頼みがある。一生に一度だけの、どでかい頼みがある」

「何よ。言ってごらんなさいよ」

「俺を男にしてくれ」

「どういうこと?」

「おまえだけが頼りだ。おまえだけにしか出来ないことだ」

「だから、何よ」

「おまえの力で、俺を昭和物産に入社させてくれ」

志津馬は祈るような眼つきで言って、返事を聞く前に、半分抜けかけていた男根を深々と突き入れ、激しく動いたかと思うと、間髪(かんはつ)を入れずに引き抜いて身体を入れ替え、クリーム状の白い愛液に濡れたかずみの花芯に誠心誠意の舌技を加えた。

かずみは昭和物産の重役をたらし込んで愛人になり、志津馬は翌年の四月、縁故入社という形でめでたく昭和物産本社の玄関を潜った。

瀬戸内甚左の言葉どおり、昭和物産社員の名刺は女に対して強力な武器になった。女に近づいて名刺を渡すと、たいがいの女が気を許して、中には積極的に志津馬のベッドへ入りたがる女もいた。志津馬は名刺を乱発した。一流企業の独身社員と聞いただけで結婚を夢見、すぐにパンティを脱ぎたがる女の愚かさが面白くて仕方がなかったのだ。

だが、甚左はそれを許さなかった。

「いいかげんな女と寝るな。寝ればそれだけおまえの性技が鈍る」

甚左は志津馬の遊びを戒めて、女の選び方に教訓を与えた。

「女は前から選ぶな。後ろから選べ」

これは女の容貌（顔）で惑わされる男心を戒めたものである。顔が綺麗な女＝美人には、男は弱い。ついふらふらと近づいてしまう。だが、美人にロクな女はいない。美人というのは男にちやほやされることに馴れているから、間違っても男に貢ごうなどとは考えない。スケコマシにとっては、いちばん無用な女だ。

それに男にちやほやされる女は、肉体も緊張感が不足している。したがって、あまりいい肉体の持主はいない。女は後ろの体型を見て選ぶのがコツだ。背後というのはいかなる女でも無防備で、手を入れることが出来ない。背姿にこそ女の本質が滲み出る。くびれたウエスト、丸くてやや大きめの尻、先細りした脚、それをまず確かめてから前を見る――という意味の教えだった。

「女の前には、顔や乳房がある。そんなものに惑わされては、ロクな女は摑めん。まず後ろから見ろ。顔や乳房など、極言すれば、あればいいのだ」

甚左の教えを守って、志津馬はこれまで八人の女を選んでモノにした。最初の相馬圭子と、二番目のかずみを入れれば十人になる。

どの女も一級品ばかりだった。圭子から数えて三人目の女――つまり、かずみの次に選んだ三番目の女は、国内線のスチュワーデスだった。四番目が水着の売れっ子モデル、五番目が銀座の高級クラブのホステス、六番目は銀行員、七番目がバレリーナの卵、そして現在進行中の八番目と九番目は、新劇女優の卵とマスコミ関係の女――殺された井上真弓が十人目の女で、彼女はデパートの売り子だった。

「女は趣味で選ぶな。あくまでも金になりそうな女を選べ」

甚左の教えどおりに、背後から見て選んだ女だ。甚左の言葉に間違いはなかった。彼女たちは進んで志津馬のために金を貢ぎ、

「事業を起こして、日本一の事業家にのし上がりたい」

と、男の野望を寝物語に聞かせて協力を頼むと、自ら性産業の中へ足を踏み込んでくれた。

「女が稼いだ金は、出来るだけ多く吸い取れ。女に金を残すと、女は怠(なま)ける。百万稼いだら七十万円は吸い取れ。それが女のためであり、おまえのためだ」

これも甚左の教えだった。

甚左はヒモと女との関係を、次のようにも訓戒してくれた。

「アメとムチの操縦法などもう通用しない。女には絶対に暴力を振るうな。ムチを振り上げるな。女にはアメだけを与えろ。おまえのムチは、男根だと心得よ」

志津馬はこの十年間、女に向かって暴力や腕力を使ったことはない。

甚左は女との別れ方も教えてくれた。

「別れるときは一ミリずつ別れろ。それが出来なければ、相手から別れさせろ。女を悲しませたり不幸にしたりは、スケコマシには禁物と心得よ」

この教えも、志津馬は遵守して来た。かずみ以来別れた女が六人いるが、いずれも納得ずくで別れてきた。ある女には玉の輿を世話してやり、ある女には立派なパトロンを見つけてやり、今は全員が幸せに暮らしているはずだ。

〈いや……。はたして六人が六人とも、幸せだろうか——。俺に恨みを持ってる女が、はっきりいないと言えるだろうか？〉

朝の運動の後、加津彦の妻の雅子が運んで来てくれた熱いコーヒーを味わいながら、志津馬はふと、胸の奥に小さな棘のようにひっかかっている女の面影に気がついていた。

2

午前十時――

志津馬は丸の内のど真ん中に聳(そび)え立つ総ガラス張りの昭和物産本社ビルの広い玄関を潜(くぐ)った。

今日が週に一度の出社の日だった。警察の事情聴取では、昨日は会社から兜町の岡一証券へ出向いたと話したが、事実は自宅から岡一証券へ直行したのだ。それも公用ではない。岡一証券の秘書を落としてみないかと、瀬戸内甚左に頼まれて、さっそくアタリを付けに出かけたのだ。生越佐千子(さちこ)、二十六歳。重役秘書。甚左が勧めるだけあって、いい女だった。だが、OLを落とすのはなかなか難しい。特にキャリアウーマンと言われるインテリがかったOLを落とすのは骨が折れる。しかし志津馬は昨日の接触で自信を得ていた。

昭和物産の企画開発三課＝通称・第三課は五階の一隅にある。社内では第三課のことを姥捨(うばすて)山と称しているとおり、五階の北側の奥の、トイレの隣り――一日二十四時間の内、一秒たりとも陽の当たらない部屋だ。

課員は課長以下十二名。世界経済の第一線を飛びまわる経済戦士の集団の中にあって、春風駘蕩、直下型地震があろうが大恐慌が来ようが、びくとも動じない連中ばかりだ。入社以来二十二年間、出社は週に一度と決めて、モリアオガエルの研究に没頭している男。毎日出社して世界中の推理小説を十年間、読み続けている男。ほとんど会社にも顔を出さないで海外の山を踏破している男。タイムカードを押すだけに出社して、自分で小さな出版社を経営している男等々。

週に一、二度は顔を出す志津馬などは、まだ真面目なほうだろう。志津馬の場合は、名刺を渡した女たちから会社のほうに電話がある可能性があり、その伝言を確かめに顔を出すだけだった。

「菅原くん――」

窓際のデスクへ行って腰を下ろしたとたんに、後ろのデスクから河合勇市という中年の同僚が声をかけてきた。デスクの上に伝言メモはなかった。

「どう。コーヒーでも喫みに出ないか」

出社したばかりの志津馬を外へ誘った。

「いいですね。行きましょうか」

志津馬は愛想のいい声で坐ったばかりの椅子から腰を上げた。

河合勇市は、志津馬が入社した十年前から、すでに第三課の窓際に坐っていた。東大出身の、語学に堪能な優秀な社員で、かつてはアメリカやカナダで経済戦士の尖兵としてめざましい活躍をしていたらしい。それが、昭和四十八年の石油ショックへの対応を誤って、会社に天文学的な損失を与え、そのことによって情報処理能力ゼロと判定され、姥捨山へ追いやられたという。

今では第三課の居心地が良いらしく、陽の当たらない窓際に盆栽を持ち込んで、毎日、盆栽の手入れのために出社している。

眼鏡をかけた、善良そうで平凡な中年男だった。商社マンとして北米大陸を飛びまわっていた頃の面影は消えて、どこから見ても家庭人という感じがする。ただし、毎日出社しているだけに、経済の情報処理能力ゼロと判定されたわりには、社内の情報に通じていた。

「菅原くん、何かあったのかね?」

物産ビルの近くの喫茶店へ入ってテーブルに向かい合うと、河合勇市は善良そうな顔に好奇心を露骨に浮かべて身を乗り出した。

「何かって、なんですか?」

一瞬、志津馬は、昨日の事件のことを言われたのかと思った。しかし河合勇市が事件を知っているはずがない。テレビのニュースや、今朝の新聞に真弓の事件は報じられているが、志津馬の名前は出ていない。

「昨日、城東署の刑事がきみのことを訊きに来たよ」

河合勇市が声を潜めた。志津馬は立花警部の顔を思い浮かべた。あの男はやはり志津馬を疑っているのだ。志津馬の事情聴取の間に、部下を聞き込みに走らせていたのだ。あの男のことだから、昨夜のうちに志津馬の正体を調べ上げているに違いない。

「土田さんが応対したんだが、きみのことを根掘り葉掘り訊いて行ったそうだ。いったい何があったんだね」

「友達が交通事故を起こしたんです。そいつがぼくの名前と勤め先を偽称したもので、迷惑してるんです」

志津馬は適当に言いつくろった。

「それはお気の毒に――」

「刑事の他に、誰か会社へぼくを訪ねて来ませんでしたか?」

「さあ。私の知る限り客はなかったような気がするが、そういうことは土田さんがいないとわからないね」

土田というのは第三課の最古参の係長だ。

「土田さんは、今日は休みですか」

「奥さんと熱海（あたみ）へマンションを見に行くと言ってたね」

「熱海へ——？」

「温泉付きの高級マンションだそうだ。来年、定年になったら、町田（まちだ）の家を売り払って、そちらへ移り住むらしい。あの人は子供がもう大きいから、気楽なものだ」

土田係長は糖尿病だった。四十代の働き盛りに倒れ、一年間の入院加療で体重を二十キロ減らして、停年までの余生（よせい）を送るために自ら進んで第三課へ移って来たのだ。

「土田さんはいい時に停年を迎える。きみや私はどうなるかわからんからね」

「そいつは、どういうことですか？」

「菅原くんは知らないのか？」

「……？」

「会社もいよいよ第三課を廃止するらしい」

「ほんとですか？」

「円高不況の慢性化で、ぎりぎりのところまで減量するのだろう。これまでは会社の面子（メンツ）と組合への遠慮から姥捨山を切り離せないでいたが、面子にこだわってはいられなくなったんだろう」

「三課の人間はどうなるんです？」

「クビか、あるいは子会社への出向だろうね。それも北海道とか九州とか。いずれにしてもていのよいお払い箱さ。菅原くんも覚悟だけはしておいたほうがいいね」

昭和物産という超一流企業にも、無為徒食の無能社員を飼っておく余裕がなくなったということか。

クビを切られても、生活に困るという心配は、志津馬にはなかった。昭和物産からもらう給料は、手取り三十一万二千八百円。年二回のボーナスは同期社員内の最低で合計百二十万程度。

それに較べて個人収入は、吉原のソープランドに勤める今井京子から七十万円、赤坂のクラブに勤める時川美智子から八十万円、加津彦夫婦に任せている喫茶店から四十万円、駐車場として貸してある門前仲町の百坪の土地から百五十万円、英夫のデートクラブから三十万円、計三百七十万円の月収がある。真弓が生きていれば、これに五十万円が加算される。その他にも、堅実な投資からの配当金が約百万。月々甚左に七十万円の生活費を渡しているが、それでも月収は四百万を越える。

十年前に甚左との妙な因縁で足を踏み入れた男と女の肉の掛け引きによって、墨田区錦糸町の一等地に百坪の土地を購い、ビルを建て、東陽町と両国と浅草橋にマンションを購い、さらに門前仲町に百坪の土地を購い、それらがすべて都心の地価急騰で値上がりし、今や志津馬の資産は軽く見積っても二十億を下らない。

昭和物産をお払い箱になっても、左団扇で暮らせるが、しかし志津馬はおとなしくクビを切られるつもりはなかった。志津馬には野望があった。その野望を実現させるためには、十億や二十億の資産ではまだまだ不充分だった。

河合勇市と喫茶店の前で別れて、志津馬は英夫の事務所へ電話を入れ、両国のうなぎ屋へ呼び出した。

丸の内からタクシーを拾って両国駅に近いうなぎ屋へ着くと、英夫はすでに先に来て待っていた。

「昼めしはまだなんだろう。つき合ってくれ」

志津馬はうな重を二人前注文してビールをつけ加えた。ここの店は客の顔を見てからうなぎを割く。若い客には脂肪の乗った天然物、成人病を心配する年代の客には、脂肪の薄い養殖うなぎ、という具合に区別している。だから客の口へ入るまでたっぷりと時間がかかる。その間に酒が進むというわけだ。

「今日は、京子さんのところですね?」

志津馬のグラスにビールを注ぎながら、英夫がニヤリと皓い歯をのぞかせた。志津馬の八番目の女、今井京子が、この店から五分ほどのマンションに住んでいる。京子は今日と日曜日が休みだった。英夫は志津馬の女のことならすべてお見通しなのだ。京子と美智子がいつが休みで、いつが生理日なのかまで知っている。彼女たちの誕生日、血液型、星座、学歴、家族関係まで調べ上げてパソコンにインプットしてある。

「調べのほうはどうだ」

グラスのビールを一息に飲み干して、志津馬は本題に入るよう促した。真弓殺しの件で昨夜、頼んだ調査の結果を聞くために呼び出したのだ。

「ウチの客には怪しい人物はいませんね。真弓ちゃんを毎週一度指名して来る客がいるんですが、この男は家庭持ちの四十六歳の中年で、血液型はＡＢ、星座も水瓶座で、どう見ても女にのぼせ上がるタイプでも人を殺すタイプでもありません。真弓ちゃんの常連客を調べてみてわかったんですが、Ｏ型の男性がいないんです。これは珍しいですよ。なじみ客が二十人ほどいるんですけど、圧倒的にＢ型とＡＢ型の男が多いんです。真弓ちゃんはわりとエキセントリックだったから、客のほうもそういうタイプの客が多かったんですね。調べてみて、ちょっと驚きました」

統計を出したり、調べたりすることが何よりもこの男は好きなのだ。

「〈ほたる〉関係ではどうだ」

「〈ほたる〉の従業員はマスターを入れて、早番が五人、遅番が三人で、真弓ちゃんは早番だったから、同僚は四人います。そのうち二人が男ですが、一人は中学出たての十六歳で、もう一人も高校出たての十九歳で、二人ともシロと見ていいと思います。二人とも真面目でおとなしい坊やで、マンガとアイドル歌手に夢中というガキですから。マスターは、問題外です。俺と四年間のつき合いになるけど、奥さん以外の女には絶対に手を出さないってタイプですから」

「客は？」

「マスターと二人のボーイに聞いてみたんですが、真弓ちゃんに熱を上げていたような客はなかったみたいです。真弓ちゃんのほうも、プライベートにつき合うような客は持ってなかったようです」

「〈ほたる〉のウエイトレスの中に、真弓と親しい娘(こ)はいるのか」

「女の子ですか？」

「昨夜、言い忘れたが、一昨日(おととい)の夜、真弓の友達だという女から電話があったんだ。明日の正午(ひる)頃、マンションへ来てくれってね」

「ほんとですか？」

「言われたとおり正午に行っていたら、俺が真弓の死体の傍(そば)に突っ立っているところへ、警察が駈けつけたことになったろうな」

「それじゃ、その電話は、先輩をハメるための罠(わな)だったんですか？」

「罠にしては幼稚な仕掛けだが、俺をハメたがっている人間がいることだけは確からしい」

「でも、誰がそんなことを？」

「そいつがわかれば苦労はない」

「先輩に心当たりはないんですか？　誰かに怨まれるような……」

「情婦(おんな)を殺され、その犯人に仕立てられるような怨みを買う覚えはない」

「でも、たとえば、これまでに別れた女に怨まれているとか……」

若いだけに、言いにくいことを率直に言った。志津馬は苦笑した。

「あ、すみません。変なこと言っちゃって。先輩が、別れた女にはいちばん気を遣ってるのはわかってるんですが……」

「かまわねえよ。気にするな。おやじさんの教えを守って女と別れるときには、女の幸せが続くように手配して別れてきたつもりだが、そいつはこっちの言い分で、もしかすると怨んでる女もいるかもしれない」

「心当たりがあるんですか？」

「いや――」

と、首を振りながらも、志津馬の脳裏には、これまでに別れた六人の女たちの顔が次々に浮かんでいた。

「そっちのほうは俺が調べるから、おまえは電話の女を探してみてくれ。真弓がよほど親しくしていた女と考えていい。俺の自宅の電話番号を知っていたくらいだからな」

「〈ほたる〉のウエイトレスの中には、そういう女の子はいなかったですね。……もしかしたら、ウチの女の子かな」

英夫がビールのグラスを宙に止めて首を傾げた。英夫のデートクラブには二十人の女が登録している。しかし女たちの横の繋がりはない。すべての連絡は電話でされているから、女たちはいちいち英夫の事務所へ顔を出す必要がない。必然的に互いに顔を合わせる機会もないわけだ。このあたりが英夫の創意工夫を凝らしたシステム作りであって、おかげでデートの料金にばらつきがあっても、女たちには知られずにすむ。クラブは順調に発展している。真弓がクラブに所属している他の女とつき合っていたとは、考えにくいのだ。

「とにかく、もう一度調べてみます」

「頼む」

志津馬がそう言ったとき、ようやく注文のうな重が運ばれて来た。

3

京子は志津馬の顔を見ると、まるで亭主を迎える新妻のような顔で志津馬の胸の中にしがみついてきた。新劇の女優の卵だったせいでもあるまいが、喜びや悲しみ、怒りなどの感情を身体いっぱいに表わす女だ。それがまた、ちょっとバタ臭い顔によく似合う。普通の女がこれをやると、嫌味でキザになるが、京子の場合は少しもキザに見えない。自然なのだ。

「食事は済んだのか」

「ええ」

「それじゃあベッドへ行こう」

「ここで食べたい」

京子はいやいやをするように首を振って、ソファに坐った志津馬のズボンのベルトを外し、ジッパーを素早くおろした。眼のふちがほんのりと赤く上気していた。志津馬は髪の毛を愛(いと)おしむように撫でてやった。京子はズボンの前をひろげ、ブリーフの中ぐりから志津馬のペニスを引き出して、まだ勃起しきらない、ペニスの頭に軽く口づけして、頬ずりをして、それからゆっくりと舌全体で舐めはじめた。

男女のセックスの場合、互いに舐め合うというのは重要な前戯だが、順序から言えば女の方が舐め、次ぎに男が舐めるというのが正しい。得てして、男は情に流され、女を裸にするやそのまま舐めに入り、その後、女に舐めてもらい、そのままインサートするという場合が多いが、この順序だと、男はすぐに射精する危険がある。舌による前戯で昂まっているときにインサートすれば、そう持ちこたえられるものではない。これを逆にして、女が先に男に対して舐めの前戯を行ない、その後に男が女を舐めれば、その間にペニスに充血した血もいくらかは冷え、インサートしてもすぐに射精することはない。それに、男性が舐めからスムーズにインサートに移れば、花芯も唾液で濡れているからスムーズに挿入できる。ただし、志津馬の場合は、その順序は関係ない。彼は射精を自由にコントロールできる。

十分ほど京子のフェラチオを楽しんでから志津馬は京子の身体を腕に抱えてまっすぐベッドルームへ行った。何はともあれ、まずセックスが肝要だった。ヒモとその女の絆(きずな)は、《愛情二、セックス七》だ。

脚の低いセミダブルのベッドの上に京子を下ろして、志津馬は自分の手で京子の着ているものを一つ一つ脱がしてやった。一枚脱がす度に、志津馬の口から女体を愛でる言葉が流れ出た。

「いつ見てもきれいな肌だ。すべすべしている――」

「色っぽいおっぱいだ。乳首がなんとも言えんいい形だ――」

「会いたかったぜ、この可愛い臍に――」

女は惚れた男の言葉に弱い。自分の肉体を褒めそやす言葉を聞くだけで昂まって来る。女の性的な昂まりは愛情に換算できるから、「愛している」だの「好きだ、惚れてる」などとあらためて言う必要がなくなる。

「ああ、京子の匂いだ。くらくらっと来るぜ」

最後の一枚のパンティを脱がせると、志津馬は股間のヘアに顔を埋めて、すでに濡れはじめている割れ目に鼻を押しつける。

「ああ、あなた……！」

京子はそれだけで自分の乳房を掻きむしるような仕草をして、背中をのけ反らせた。

軽いジャブを与えておいて、志津馬は身体を離し、自分も裸になった。充分に欲情している京子は、志津馬がベッドへ横たわるやいなや、再び志津馬の男根にかぶりついてきた。志津馬は京子の裸身を後ろ向きにさせ、胸の上をまたがせた。

女の性器の形は女の唇に似る、あるいは鼻や耳に似る、とよく言われているが、どれも適当とは言えない。志津馬も初めのうちは、女の唇や鼻、耳を見て、その女の性器の形状を想像していたが、その度に想像は打ち破られてきた。

女の性器の形は千差万別。実際に見てみないとわからないが、強いて言えば、女の性器は、その女の持っている雰囲気に似ている。見た感じや話した感じが、どことなくゴツゴツしていると、性器のほうも間違いなく男性的で、大陰唇が発達して割れ目の外へ大きくむくれ出し、女が屈んだ状態でその股間を背後から見ると、小さな陰茎と見間違うほどだ。

瀬戸内甚左に言わせると、大陰唇の発達した性器は、見た目には悪いが内部の機能は大陰唇の未発達な性器と変わりはなく、むしろ男根を挿入したときに、発達した大陰唇がまつわりつく感触が快く、戦前は一部の粋人にはこの構造が特別好まれ、珍重されていたという。だが、志津馬の印象からいうと、そういう形状の性器の持主は、セックスに関して、いわゆる淡白である。体位や前戯などでも、通りいっぺんのことはやるが、それ以上の好奇心や冒険心はなく、並みのセックスで満足する。

その点からいうと、男にとっては体力、精力を使わずに済むから楽ではあるが、そのかわり、いわゆる面白味はない。亭主に浮気されるのは、こういう性器の持主ではないか、と志津馬は思っている。
　そこへいくと、大陰唇が割れ目の中へ埋没している性器——外見は、陰毛(ヘア)の下に一条の筋となった割れ目が縦に走り、左右に開いてみないと大陰唇が見えない性器、あるいは条(すじ)状の割れ目から、貝の足のようにチロッと陰唇がのぞいている性器——の持主には、好色な女が多い。好奇心と冒険心が強く、それ以上に性欲が強い。こんなにおとなしそうな顔をしているのに、と、寝て見てその淫蕩さに驚かされるのは、百パーセントこの種の形状の持主だ。
　この形の女性は、たいがい土手(どて)が低い。恥骨(ちこつ)の角度がゆるやかで、したがって抽送運動のときの衝撃が少なく、恥骨が発達した土手高の女性との行為のときに感じる痛みがない。女としても男性の恥骨とぶつかる痛みがないから、大胆に激しく動けるのかもしれない。（余談になるが、ここで言う土手とは恥骨のことであるが、本来、土手とは花芯の割れ目の両サイドを言う——という説もある。割れ目を川に見立てて両側の肉の盛り上りを土手と見立てるのだが、ここでは恥骨を土手とする）
　志津馬の十人の女たちは、すべてこの形状の持主だった。これまでに関係を持った女の中には、大陰唇が発達した女も数多くいたが、不思議に彼女たちとは、ヒモと女という関係にはいたらなかった。大陰唇発達派は、男のために稼ぎ貢ぐという性格とは相反する

——と志津馬は経験から考えている。

京子の性器は典型的な割れ目型(クレバス)だった。恥骨の角度がなだらかで、割れ目の左右の肉付きがよく、陰毛(ヘア)は薄い。目鼻立ちが大きく、ハーフと間違えられる派手な顔立ちに似て、性器も西洋人に似ている。ひとによっては、陰毛の下に一本の条が縦に走っているだけだから、単純すぎて面白くないという男もいるが、志津馬はこの形が好きだ。

志津馬は京子の裸身を俯伏せにして舌と唇による愛撫を始めた。愛撫のコースは決まっていた。京子の右の耳の後ろの生え際(はぎわ)からスタートして、首、肩、背中の縁に沿って下って行き、ちょうど臍の裏側のあたりで斜めに背中を過(よ)ぎり、左側の尻の丘の裾野(すその)へ出、尻の肉の縁に沿って肛門の上の尾骶骨(びていこつ)あたりで右側の尻の丘へ移り、ふたたび尻の裾野を辿って上って行き、臍の裏側で往路と交差し、左側の背中、肩、首の縁をなぞって左側の耳裏へ達する。要するに、女の右耳裏を起点とし、臍の裏側あたりを交差点として、8の字を描くように舌と唇が進んでいく。この間、約三十分。

むろん両の手も遊んではいない。左手は京子の裸身の下に潜りこんで乳房をまさぐり、右手は尻の肉の狭間へ滑りこんで、割れ目(クレバス)の両サイドから肛門の周辺へと指先が這いまわっている。けっして割れ目(クレバス)の中へは指を進入させない。あくまでも周辺を愛撫するだけだ。これによって女体は焦らされて、それだけ欲情が加速される。

背面の愛撫が終わる頃には、女の裸身に血の色が差し、割れ目（クレバス）からは透明な愛液を湧き出し、溜息とも吐息ともつかないあえかな声がはっきりとやるせない喘ぎ声に変わり、白い手が志津馬の股間に伸びて男根をわし掴みにしてしごく。

志津馬の舌技はそれだけで終わりになるのではない。京子の裸身を仰向けにし、今度は足の指先から舐め上げる。足指の一本一本を口に含み、甘咬（あまか）みを加えながら指の間に舌を這わせ、すねから膝、腿（もも）へと上って行き、花芯へは寄らずにそのまま乳房へ直行する。これがやはり約三十分間。

この頃になると、京子はシーツの上でのたうちまわり、志津馬の男根を割れ目（クレバス）に求める。しかし志津馬はなおも焦らして、いよいよ股間への舌技に入る。股間はすでに愛液によって濡れ光り、割れ目（クレバス）がゆるく綻（ほころ）びて内側の小陰唇のひらひらが顔をのぞかせている。志津馬は京子の脚を左右に大きく割っておいて、割れ目（クレバス）の下から上へと厚い舌をいっぱいに伸ばして舐め上げる。

「あああ！」

ここで京子は最初の頂上に昇りつめる。志津馬は休息を与えずに舌を割れ目（クレバス）の中へ潜りこませ、ゆっくりと熱い肉壁の感触を味わいながらクリトリスを探り当て、舌先で小突く。それを十分ほど続けながら、右手を肛門へ伸ばし、流れ落ちた愛液でぬるぬるになった肛門の入口を爪を軽く立てるようにして優しく引っ搔く。

京子は我慢の限界に達し、二度目の頂上へ昇りつめ、背中を痙攣（けいれん）させながら志津馬の股間に顔を埋めて来た。

志津馬は初めてベッドの上に仰向けになり、京子の裸身を後ろ向きにして胸の上をまたがせる。

京子は志津馬の腹の上に平らになって怒張（どちょう）した志津馬の男根に頰ずりし、喉を鳴らして口の中へ咥え込む。志津馬は眼の前に口を開いた花芯に舌を差し込み、右手の中指でゆるんだ巾着（きんちゃく）ふうの肛門を、円を描くように撫でまわした。左手は京子の乳房に伸びて、やや大きめの乳首をいらっている。

京子は志津馬の男根を咥えたまま喉の奥で声を上げ、尻を細かく振り立てて三度目のエクスタシーに到達した。志津馬は割れ目（クレバス）を左右にさらに大きく押し開き、顔を埋めてクリトリスを唇に挟んで吸い上げた。京子のエクスタシーはそのまま昇華されて四度目の頂上をめざして欲情が燃え盛る。

志津馬はいくらか顔を起こして京子の尻を上から押さえつけ、充分に濡れてゆるんだ肛門へ舌を這わせ、その周辺を舌先で小突き舐めまわし、京子の声が昂まった頃合いを見はからって、舌を筒状に硬直させ、肛門の中心へ押し込んだ。舌は根元まで肛門の中へ埋まった。

「ううう！」

京子がシーツと志津馬の脚を一緒に掻き抱いて四度目の頂上へ達した。

志津馬は休まなかった。身体を起こして京子の尻を抱え上げ、バックから身体を繋げた。京子は喘ぎ、喚き、のたうちまわった。身長一六四センチ、BWHがそれぞれ88・65・94という西洋人ふうのプロポーションを持つ肉体が、日本人離れのしたオーバーアクションと声とでベッドの上で悦楽に身を捩り、反り返り、そして断末魔の獣のような声とともにシーツの上に平らになった。志津馬は射精を半分で止めた。どんな時でもスケコマシは不慮の出来事（むろん女との行為を意味する）に備えねばならない。したがって、常に余力を残しておかなければならない。一度の交わりで全精力を発散させることはめったにない。

4

京子はシーツの上に頬を押しつけるような恰好で、死んだように動かなかった。おそらく夕方まで眼を覚まさないだろう。志津馬はカエルのように伸びた京子の背中に花柄模様の毛布を掛けてやった。

京子は四年前、新宿のクラブで志津馬が見つけた女である。有名な新劇の劇団研究生とかで、週に三度、そのクラブでホステスのアルバイトをしていた。

尻の形も全体の印象も悪くはなかったが、目鼻立ちが華やかだから目立つ女だった。あまり目立つ女にいい女はいない。目立つことに馴れてしまうと、女は確実に心が腐る。だが、それにしても後ろ姿がよかった。腰のくびれがヒップの丸みを強調して、背後から見ると、神が女体を借りて創りあげた至上の芸術作品のように思えた。その店へ通う男たちの眼が華やかな顔と豊かなバストに注がれているとき、志津馬は京子の背後に視線を注いでいた。スカートの下に隠された尻の肉の動きが志津馬の気持ちを動かして、ある日、志津馬は彼女の芝居を観に行き、楽屋へバラの花を百本送った。

芝居が千秋楽を迎えた夜、今度はランを十本持って出かけ、食事に誘った。彼女は研究生仲間の男友達を一緒に連れて来た。単なるボーイフレンドではなく、肉体の関係のある恋人のようだった。

志津馬は二人を都心のホテルのスカイラウンジのレストランへ誘っておいて、英夫に電話をした。当時、英夫は京葉大学へ入ったばかりで、大学の女子学生や新小岩界隈の遊び好きな女の子を束ねて、なんとか金儲けの道はないかと試行錯誤を繰り返していた。

レストランでの食事を済ませて地階のバーへ降り、カウンターに三人並んでブランデーを舐めているところへ、英夫が二人の女の子を連れて現われた。英夫と二人の女は何喰わぬ顔で志津馬たちの脇に腰を下ろし、二人の女の子は京子の恋人に熱い視線を送り、会話のきっかけを作って談笑が始まった。

やがて京子の恋人がトイレへ立つと、続いて二人の女の子も席を立ち、その後に英夫が続いて、そのまま彼らは戻って来なかった。むろん志津馬の差し金である。京子の恋人はそのままラブホテルへ連れ込まれ、後から高い代金を請求されることになる。

「私、帰ります」

京子は沈んでいた。

「今に戻って来る。もう少し待ってあげたほうがいいんじゃないか?」

志津馬はあくまでも紳士を装った。昭和物産のエリートサラリーマンの顔を崩さなかった。

「いいんです。帰ります」

「そうか。それじゃあ送って行こう」

志津馬はＢＭＷを地下駐車場から出して来て、玄関へまわした。

「彼を責めてはいけないいな。若い男性にはありがちなことだ」

志津馬は吉祥寺のマンションまで京子を送り届け、別れ際に釘を差した。

「彼には、きみはもったいなさすぎる。自分を安売りしてはいけないな」

その夜はそのまま別れて、しばらく新宿のクラブへも足を向けなかった。

志津馬が女を落とせる確率は、ほぼ十・一である。意外なことだが、十人口説いて、ベッドまで行けるのは一人である。そのうえベッドまで行ったからといって、すぐにスケコマせるわけではない。

志津馬のためにソープランドやデートクラブ、ホテトルなどへ身を売ったり、あるいは高級クラブなどへ出て金を稼ぎ、貢いでくれる女は、彼とベッドへ行った女の約五十人に一人と計算できる。つまり五百人の女を口説いても、ベッドへ行き、肉体の関係を結べるのは五十人、そのうち志津馬が最終的にモノにできる（スケコマせる）女は、たったの一人ということだ。毎日一人ずつ口説いて十日に一人の割でベッドへ連れ込んだとしても、一年四ヵ月半に一人しかモノにできないという計算だ。

志津馬のように女を厳選しなければ、年間四、五人は楽にスケコマせるだろうが、そのかわりそういう女の稼ぎはたかが知れている。しかも年に四、五人もスケコマしていては、ヒモとしての労働が大変だ。したがって志津馬の場合は、常時女は三人までと決めているから、新しい女は一年四ヵ月に一人で充分なのである。

ちなみに私が取材したスケコマシ氏は、二人の女のヒモになり、現在、もう一人の女を口説いている最中だった。二人の女の年収はそれぞれ約千五百万円。そのうち、一千万円ずつを彼が受け取って事業に注ぎこんでいた。年間千五百万円を稼ぐ女をスケコマすのに、彼は丸二年間を費（つい）やしたと言っていたが、その女たちとのつき合いがもう五年になる。

すなわち、二人の女からこの五年間に一億円貢いでもらった計算になる。モノにするのに二年間かけてもたっぷり収益は上がるということだった。

スケコマシの方法は、一種の騙しである。一例を紹介するとベッドを共にする仲まで進行した女の中で、これはと思う女に高価なプレゼントを何度か繰り返す。じっさいに高価かどうかは問題ではない。本当は一万円のネックレスでも、五十万、百万円に見え、相手がそれを信じこめばそれでいい。

そのお返しとして、相手からも高価なプレゼントが返ってくればしめたものだ。そこへ付けこんで、さらに相手に借金をさせても高価なプレゼントをさせる。それを繰り返していれば、いずれ借金は雪ダルマ式にふくらむ。気がついたときには、いつのまにか女は借金地獄に陥（おちい）っているというわけだ。

そこで男がその借金を肩替わりする。女の借金を返済するために、男が高利の金を借り

るという図式を作りだす。その高利の借金が男の肩に重くのしかかり、

「すまん。なんとかしてくれ。借りた相手が悪かった。暴力団の金融会社なんだ。明後日までに返済しないと、指が飛ぶ」

と、女に泣きつくところまで漕ぎつければ、九十パーセント成功する。

さて本編の主人公の話である。

志津馬の場合は、『会社の金の使い込み』という手を使っていた。高価なプレゼントの交換や豪華なデートで女の貯金通帳が残高ゼロになった頃を見はからって、こう切りだす。

「二日後に会計監査がある。抜き打ち監査だ。助けてくれ。二日後までに三百万円なんとかしないと、クビになる。お願いだ。一生一度の頼みだ。こんなことを頼めるのは、きみ以外にいない」

ここで逃げ出す女は二人に一人である。女は男に泣きつかれると、母性本能が働いて、なんとかしてやろうと勇み立つのだろう。いわばこれは女の無償の行為である。志津馬と結婚できるかもしれないという夢があるにしろ、その夢を実現させるためではなく、単に志津馬をなんとかしてやろうという純粋な愛情＝報酬を期待しない犠牲的な気持ちから、進んでソープランドへ出てゆく。女には本来、そういう本能が備わっているのかもしれな

い。

志津馬は相手によっては、もっと率直な手を用いた。彼の野望を餌にするのだ。

「俺にはどでかい夢がある。一介のサラリーマンなどでは終わるものか。男に生まれてきたからには、大きな足跡を残してやる。昭和物産を凌ぐどでかい事業を成功させてやる。そのためには資金がいる。資金がほしい」

寝物語に熱っぽい調子で繰り返し繰り返し大きな男の野心を聞かされれば、女心は母性本能を掻き立てられる。この男のために役に立ちたい――この男の夢を叶えさせてやりたい――この男を大きな人間にしてやりたい――。まさに最初の女、相馬圭子が志津馬に感じたのと同じ感情が女を虜にするのだ。とどのつまりは、志津馬にはそれだけの魅力が備わっているということだ。

京子も美智子もこの手でモノにした女だった。京子は親の反対を押しきってまで選んだ新劇女優の夢を捨て、志津馬を男にするために二年前から吉原のソープランドへ働きに出て、ソープランドが落ち目になった今でも月平均百万円は稼ぎ、そのうちの七十万円を志津馬の口座へ振り込んでいる。

京子が眼を覚ましたのは、夕方の六時過ぎだった。

いて来た。

「今夜は泊まっていけるんでしょ?」

ベッドの背中に背をもたせかけてテレビを見ていた志津馬の腰に、そう言ってしがみつ
「泊まりたいが、そうもいかないんだ」

志津馬には、今夜のうちに調べておきたいことがあった。

「つまんないな。せっかく夕飯を一緒に食べようと思って、お肉の上等なのを買っておいたのに」

京子は、志津馬の股間のものを頰で感触を楽しむように弄(もてあそ)びながら上眼使(うわめづか)いで志津馬の顔を睨んだ。志津馬は素っ裸のままだった。

「夕飯くらいは食える。作ってくれ」

「いや。泊まっていかないんなら時間がもったいないわ」

京子はすねた声を出して、志津馬の男根を声の出たところへ咥え込んだ。泊まっていかないなら、今すぐ二度目のお務めをせよとせがんでいるのだ。

京子に限らず、志津馬がモノにした女はみなセックスが好きだ。志津馬の十年間の経験から言うと、いい女(後ろから見ていい女)というのはたいがい助平で、しかも頭が良い。頭が良いから助平でセックス好きなのかどうか、そのあたりの因果関係は志津馬にも

わからないが、頭（心根、気立てなどのメンタルな部分も含めて）の悪い女に、いい女がいないのは事実だ。男との会話の中で、『私はセックスには淡白』だとか『セックスなんて嫌いなの』とよく口にする女がいるが、志津馬の体験では、こういう女にはまず、いい女はいない。

彼女たちはセックスが嫌いや淡白なのではなく、相手の男が悪いか、あるいはそれだけの官能に恵まれた肉体や性器を持っていないというだけの話だ。セックスに淡白なのではなく、ただ単にセックスに自信がないというだけのことだ。女性に関心があり、セックスの好きな男性なら、『私は淡白』などと言う女性には近づかないほうがいい。セックスに淡白という女は、間違いなく女としての情感も薄い。

ただし、きわめて稀に、自分の極端な好色な性格を隠すために『私は淡白』という言葉を使用する女もいる。こういう女にめぐり会えれば幸せである。なぜなら、こういう女は間違いなく自分では恥かしいと思うほど好色だからだ。

京子は情感もセックスも濃厚すぎる女だ。けっして一度だけのセックスで満足する女ではない。志津馬が泊まるときは、少なくとも三度は志津馬をベッドへ引きずり込む。

「ちょっと待ってくれ。その前に話がある」

京子に男根を咥え取られて、志津馬は困った顔で言った。

「待てったら。おまえの生命に関わる話だ」

「生命？」

京子はようやく半立ちになった志津馬のものから口を離して顔を上げた。

「店か、ここへ、妙な男が来なかったか？」

「妙な男って？」

「俺に怨みを持ってる奴がいるらしい」

「男にも怨まれるようなことをしているの？」

志津馬の男根に唇を触れさせながら言った。

「冗談を言ってるんじゃない。俺を狙ってる野郎が、おまえに手を出しかねないと言ってるんだ」

真弓が殺された事件を持ちだせないのが志津馬には苦しいところだ。志津馬の女たちは、志津馬の愛人は自分一人と信じ込んでいる。

《女には絶対に他の女のことを洩らすな。自分一人が恋人と信じ込ませろ。それが愛情と言うものだ》

それが甚左の教えである。その教えを遵守して、志津馬は女たちに、他の女の存在はおくびにも出していない。

「誰かが私の生命を狙っていると言うの？」

　京子は、まだ半信半疑の顔で志津馬を見上げた。

「そんなことにはならないと思うが、気をつけてくれ」

「誰が狙ってるの？」

「そいつを捜しているんだ」

「怨みを持ってる人は大勢いるんでしょ？」

「なぜそう思う」

「だって、誰からも怨まれないというほど善人ではないもの」

「そうかね」

「そうよ。だから好きなんだもの」

　京子はそう言ってこの話題にケリをつけ、萎えかけていた志津馬の男根を再び口に含んだ。

　女から善人ではないと言われると男は気が楽だ。それを知っていて口にする女は、かなり頭脳が優秀と言える。志津馬はまだ何か言い足りないと思ったが、あえて京子のペースに乗り、京子の尻を胸の上へ引き上げて、二度目の務めにとりかかった。

四章　四人の女

1

四谷三丁目の交差点に近いビルの地下に、『酔人』という小さなバーがある。かずみという妖艶なマダムと、エプロン姿がよく似合うスリムな十七、八の女の子と初老のマスターだけの小ぢんまりとした店だが、マスコミ関係に人気があって、雑誌の編集者やテレビ関係者、あるいは人気マンガ家などの客で、明け方の四時近くまで客の談笑が絶えることのないほどはやっていた。

午前二時を過ぎていた。

都心の仕事場で深夜の仕事を終えた中年のカメラマンが若いモデルの女の子と、四、五人の助手を引き連れて現われ、店は超満員になって、椅子からあぶれた若者がカウンターの中へ潜りこんでおどけているところへ、もう一人、客がドアを押して入って来た。この店には場違いな感じの、よく日に灼けて、きちんとネクタイを締めてスーツを着た大きな男だった。男は超満員の店内を見回して、そのまま踵を返すのかと思っていると、マダムの顔を見つけて、ニッコリと皓い歯を見せた。逞しい体格に似ず、人なつっこい笑顔だった。

「悪いね、お客さん。今夜は貸し切りなんだ」

小柄でちょっと勝気そうなマダムを脇にはべらせてご満悦のマンガ家が調子のいい声を新参の客に投げつけた。

「気にしないでくれ。客じゃあないんだ。楽しくやりな」

男は超満員の椅子の間を悠然と縫って奥へ進み、呆っ気にとられている客たちを尻目に、カウンターの脇のロッカールームへ潜り込んだ。そこは二坪ほどの物置きになっていた。カウンターと直結した潜り戸があって、その脇にビールの空箱や洋酒の箱が積み上げられ、人一人がようやく動けるほどの空間に、事務用デスクが置かれていた。男はそこへ腰を下ろすと、ポケットからラークを取り出して一本抜き取り、口に咥えた。百円ライターでラークに火を点けたところへ、カウンターに通じる潜り戸が開いて、マダムが顔を出した。マダムは紫色のロングドレスを着ていた。

「何しに来たの？」

熟れた女の色気を全身から発散しているような、それでいてどこか凄味のある美形の顔が男を非難していた。

「かずみの顔が見たくてな。相変わらずきれいだ」

「バカなこと言わないで。営業中よ。帰ってちょうだい」

「何時に終わる」

「お客さま次第よ。お客さまがいる間はやってるわ」

「早く帰ってもらってくれ」

「冗談じゃないわよ。あなたこそ帰って。お客さんが変に思うじゃないの」

「勝手に思わせておけばいい」

「何をするの?」

志津馬が伸ばした手を女は払いのけた。

ドアの向こうで、客が〝ママ〟と呼んでいた。

「止めて。あなたの女じゃないのよ」

かずみは狭い空間で志津馬の胸に腕を突っ張った。が、拒絶する声は、客たちの耳を気にしてか、それほど強くはなかった。

「香水は変わってないな。尻の肉も昔のままだ」

志津馬は強引にマダムを引き寄せて、首筋に唇を這わせた。マダムの背中に回した手は、尻の肉をなぞりながらドレスの裾を少しずつずり上げている。

「止めて。いやよ。こんなところで。お客さんがいるのよ」

かずみの身体は性的な予感に熱くなり、声がゆらめいて鼻にかかっていた。

「マンションのキイをくれ。先に行って待っている」

「いや」

「それじゃあここで舐めさせてくれ。俺はここでもいいんだ」

「お願い。やめて……」

焦点を失いそうになった眼でそう言って、しかしかずみはウイスキーケースの脇の棚からハンドバッグを掴み取ると、志津馬の腰に尻を押しつけた姿勢で鈴のついたキイを取り出した。

好奇心と疑いに満ちた客たちの眼に送られて、志津馬は店を出た。かずみのマンションは四谷三丁目の交差点を信濃町(しなのまち)の方へ曲がり、四谷署の先を左へ入った左門町(さもんちょう)の住宅街のまん中にある。レンガ造りの高級マンションだった。おそらく昭和物産の専務に買ってもらったのだろう。志津馬は五階の角部屋のかずみのマンションへ入って、ベッドルームへヘネシーを持ち込んだ。

かずみと会ったのは十年ぶりだった。志津馬を昭和物産へ入社させるために昭和物産の当時の人事部長で現在の専務、板見喜一郎（いたみきいちろう）の愛人になり、志津馬のアパートを去って行って以来だ。あのとき、かずみは二十四歳だった。昭和物産の顧問とかいう老人の愛人だったのを志津馬が甚左にけしかけられて寝盗り、志津馬のために赤坂のクラブで稼いでいた。

「私の力で昭和物産へ入れてあげる。でも、昭和物産へ入ったからと言って、私のことは捨てないでね。もし捨てたら、私の力でクビにしてやるわ。約束よ」

それがかずみの捨て科白（ぜりふ）だった。

その科白が鼓膜から消えないうちに、志津馬は日航のスチュワーデスをスケコマし、続いて水着のモデル、銀座のホステスと、立て続けにモノにした。

しかし、かずみの消息は甚左を通じて摑んでいた。

《別れた女をけっして不幸にするな》

甚左は志津馬にそう教えただけあって、別れた女にはきめの細かい気配りをしていた。志津馬にも、かずみがもし不幸な目に遭（あ）っているなら、すぐにでも飛んで行って助けてやろうという覚悟はできていた。

「かずみは幸せにやっている」

甚左の報告はいつも同じだった。たしかに、十年ぶりに会ったかずみは、以前にまして活き活きとしていた。自分の店を持ち、マスコミ関係の客たちにちやほやされて、十年前の瑞々しさを保っていた。観葉植物の鉢植えをたっぷりと使用した３ＬＤＫのこのマンションを見ても、不幸とは言えそうもない。しかし、だからといって志津馬を怨んでいないと言い切れるだろうか。志津馬はそこを確かめるために、京子のマンションを抜け出して来たのだった。

かずみは午前三時半に帰宅して来た。客を追い払って帰って来たらしい。

「いつかは来ると思っていたわ」

ベッドルームに続いているリビングルームのソファにハンドバッグを投げ出して、かずみは言った。

「千里眼だな」

「昨日、東陽町のマンションで殺された女の子って、あなたの彼女でしょ？」

「わかったか」

「わかるわよ。昭和物産の社員Ｓさんの友達って夕刊新聞に出ていたもの」

「いい勘だ」

かずみの勘のよさに志津馬は出鼻をくじかれる思いだった。

「あの女の子がもしあなたの彼女なら、きっとあなたが私の前に現われる——そう思ってたとおりだわ。何か困ったことがあると、私の前へ現われるんだから。今度は何をしてほしいの？　まさか、アリバイを偽証してくれって言うんじゃないでしょうね」

「俺が殺したと思っているのか？」

「そうね。あなたは女を殺せる人じゃないわね。女に頼んで男を殺すタイプよ」

「こっちへ来いよ」

「いやよ。私はもうあなたの女じゃないのよ」

「飲もうと言ってるんだ」

志津馬はベッドを降りてリビングルームへ行き、サイドボードからもう一つブランデーグラスを取り出して、低いソファへかずみと向かい合った。

「元気そうで何よりだ」

ヘネシーをグラスに注いでやって、志津馬は乾杯の真似をした。かずみがグラスに手を伸ばして、怒ったような顔で同じ仕草をした。

「元気なのは見せかけよ。中身はくたくた」

「いや。肌が若いのには驚いた」

「もうダメ。三十四よ。衰えるだけだわ」

「女盛りだ。匂うようだぜ。凄味が出てきた」

「変なこと言わないで」

鼻の先がツンと上を向いた寸足らず(すんた)の顔が怒りながら含羞(はにか)んでいた。

「板見と別れて何年になる?」

「三年よ」

「後釜(あとがま)は?」

「いないわ」

「自由を楽しんで不特定多数か」

「冗談じゃないわ。女手一つでお店を切り盛りして行くっていうのがどんなに大変なことかわかる? 身体がくたくたで、セックスする時間があったら、眠ったほうがいいという気分よ」

「聞かせてくれ」

志津馬はいきなりかずみの手を摑んだ。

「!?」

かずみは不意を衝(つ)かれて無言の視線をぶつけて来た。

「俺を怨んでるか? ほんとのところを聞かせてくれ」

「昭和物産に入ったら、私のことなんか一度だって思い出さなかったくせに、それで怨まれてないとでも思ってるの？」

「それじゃあ、なんで店から追い出さなかった？　なんでいそいそと帰って来たんだ」

「自惚れないで。早く眠りたいから早く帰って来たまでよ。話があるなら早く言ってちょうだい。私は疲れてるんだから」

　かずみはソファから立ち上がり、寝室へ入ってドレッサーの前に腰を落とし、夜の化粧を落とし始めた。店の物置きで抱きしめたときには崩れかけたかずみの肩が、今は拒絶の固い意志を見せていた。

「俺を怨んでるならいくらでも怨み事を言ってくれ。おれはおまえのことを一日だって忘れたことはない」

「止してちょうだい。口説くんならお門違いよ。私はもう三十四歳。あなたのためにしてあげられることは何もないわ。帰ってちょうだい」

「三年間も独りで不自由していると聞いて、帰れると思うかい」

　志津馬は背広を脱ぎ捨ててネクタイをほどき、ズボンのベルトを外すとたちまち素っ裸になった。

「何をするの⁉」

かずみはドレッサーの鏡の中で叫んだ。鏡の中で裸になった志津馬の肉体は、鋼鉄のような筋肉に包まれて、股間の茂みは黒々と密生し、そして男根が密毛の中から逞しく上を向いて男の存在を誇示していた。

「おまえの顔を見たときからこの態だ。これじゃあ帰れないだろう」

天を向いた男根を露払いに、志津馬はかずみの背後に近づいた。志津馬は男性自身を自由にコントロールできた。特に勃起は、肛門から尿道へかけての括約筋を毎朝、木刀の素振りのときに鍛えているから、いたって簡単にできる。肛門を数回グッと力を入れて閉じる運動を繰り返すだけで、海綿体の中へ血液が送り込まれて、性的な欲情を感じていなくても、男根は逞しく勃起する。今の志津馬の男根がまさしくそれだった。

そしてこういう状況下では、だらりと元気なく萎えた男根は単に肉体の一部で泌尿器にすぎないが、逞しく天を仰いで勃起した男根は、それ自体が意味を持ち、物を言う。女に対しては百言を費やすより、そそり立った一本の男根のほうがはるかに有効な場合もある。今がまさにその時だった。

「さあ、かずみ。こいつがおまえを欲しがっている。こいつがおまえの肉体を忘れていないんだ」

志津馬はかずみの背後で仁王立ちになり、鏡の中のかずみに熱い声をかけた。

「ひどいわよ」

かずみは志津馬の男根から身を隠すように顔を両手で覆った。

「お願いだ、かずみ」

志津馬の手が優しくかずみをこちらへ向き直らせた。

「私を誰の代わりにしようというの⁉　殺された女の子の代わりになんかなれないわよ」

「かずみはかずみだ。誰の代わりでもない。かずみに抱いてほしいんだ」

志津馬はかずみの腋の下に腕を差し込み、スツールから立ち上がらせた。

「あの子を殺されて、そんなに悲しいの？　私に慰めてほしいの⁉」

今にも泣き出しそうな声だった。

「おまえの怨み言を聞きたいんだ。うんと聞かせてくれ」

志津馬は両腕でかずみの身体を軽々と抱き上げてベッドへ運んだ。

「いや。止めて。いやよ……」

かずみは志津馬の裸の胸を叩いて抵抗したが、抗う力はそれほど強くはなかった。素っ裸の男には、女はそれほど抵抗しないものだ。まして男根が自分に向かって欲情しきっているとなると、抵抗力はおざなりになる。

「今夜の俺はスケコマシでも紳士でもない。おまえに惚れたただの男だ。牡だ」

志津馬はかずみをベッドの上へ横たえ、首筋に荒々しく歯を立てながらかずみの着ているものを脱がせにかかった。

「電気を……消して」

かずみの抵抗力は消えて、女としての恥じらいが頭をもたげ、息遣いが妖しくなっていた。志津馬はかずみの恥じらいを無視してブラジャーを剝ぎ取り、スカートをむしり取ってパンストと小さなパンティーを一緒にまるめこんで足首へ引き下ろした。

「思ったとおりだ。十年前と少しも変わっていない。いや、十年前より、ずっと色っぽい肉体だ」

志津馬はお世辞抜きに讃嘆の声を上げた。十年前の若さこそ失われているが、肌の下に皮下脂肪が薄く付いて、肌がなめらかになって底光りをしている。臍から下の腹部がいくらか肉付きがよくなっているが、他は十年前と変わらぬプロポーションを保っている。かずみの乳房は昔からお椀を伏せたような形で、それほど大きくはなかったが、その乳房もまったく衰えていない。

「こんな食い頃の肉体を、よく板見喜一郎が手放す気になったたな」

「手放したんじゃないわ。私が我慢できなくて別れたのよ」

「どういうことだ？」

「見て」

かずみは怒ったように言って俯伏せになった。十年前、甚左が褒めちぎったかずみの尻は、十年前と同じように誇らしげに上を向き、皮下脂肪に包まれて美しい丸味を持った曲線を保っていた。

脚の裏側の線は凹凸(おうとつ)が少なく、なだらかに太腿へ向かって上昇し、腿の付け根からいきなり急傾斜で盛り上がり、まるで陶器のような光沢(こうたく)を持った肉の丘が、頂(いただき)から再び急峻(きゅうしゅん)な角度でウエストへ向かって落ちこんでいる。その尻の丘のふたつの頂点に、パチンコ玉ほどの黒い汚点が痣(あざ)のように付いていていた。

「こいつは——どうしたんだ」

志津馬は形のいい尻を抱え込むようにして、黒い汚点を指先で撫でた。明らかにそれは何かの傷跡だった。

「板見はサディストよ。私が若い男と浮気ができないようにって、そこへタバコの火を押しつけるのよ。お尻に傷があれば、寝られないだろうと言って。私をベッドに縛りつけてタバコの火を押しつけ、私が苦しむのを見て勃起していたのよ」

「なんて野郎だ……。俺の大事なかずみの尻を——」

「みんなあなたのためよ。あなたがクビになったらいけないと思って、七年間、我慢してたのよッ。お尻にそんな傷跡が付くまで、我慢してたのよ。一生消えない傷よ！」

かずみは抑え込んでいた感情が一挙に堤防を破ったかのように嗚咽した。彼女が叫ぶ度に、深く抉れた尻の肉の谷間の底の、固く口をすぼめた肛門がまるで別の生き物のように収縮を繰り返した。

「そうか。こいつは俺のための傷か。悪かったな。申し訳ない。うんと怨んでくれ。いくらでも罵ってくれ。この傷を、俺は一生大事にしていく。俺の宝だと思って大事にさせてもらう」

志津馬はいくらか芝居がかった口調で言いながら、白い尻の肉の頂の傷跡に舌を這わせ、愛おしげに甘咬みを加え、徐々に舌を尻の谷間へ下ろしていき、両手で尻を持ち上げるようにして肛門へ舌先を伸ばし、丹念に肛門の周辺を舐めまわした。かずみの嗚咽はいつしか快さの嘆息に代わり、尻がひとりでに微妙な動きを始め、自分から志津馬が舐め易いように脚を開き気味にして尻を持ち上げた。かずみは陰毛が極端に少ない。十年前にくらべて、いくらか色素の沈澱が多くなった股間の花芯が、志津馬の前に薄く口を開き、亀裂の隙間に愛液に濡れた大陰唇が小さく覗いていた。志津馬はたっぷりと唾液を含ませた舌先を肛門から亀裂の周辺へ進ませながら、

〈この女は真弓の死には関わっていない〉

と、安堵(あんど)した。

2

かずみのマンションに一晩泊まって、志津馬が錦糸町の自宅へ帰ったのは、翌日の午後三時過ぎだった。

「お帰んなさい」

一階の階段口へ入ると、喫茶店の厨房(ちゅうぼう)のドアが開いて加津彦が顔を出した。厨房に入ると、階段口のドアの開閉が音でわかるのだ。

「熱いコーヒーとサンドイッチを持って来てくれ」

志津馬は弟に言いつけて三階へ上がって行った。

一晩留守にした部屋へ入ると、リビングルームのサイドボードの上で電話が鳴っていた。

「もしもし、菅原ですが」

「昨夜は外泊かね？」

甚左だった。

「そんなところです」

「まさか、犯人捜しに動いてるわけじゃないだろうな。そんなことは警察にまかせておけよ」

「わかっています」

「話は違うが、例の岡一証券の秘書の件はどうなっている。先方は急いでいる。昨夜も催促の電話があったんだ」

「一両日中に落としてみせますが」

「おまえの腕の見せどころだぞ」

「安心してください」

「志津馬……」

「は？」

「くれぐれも言っておくが、真弓のことはきっぱりと忘れろ。けっして犯人捜しなどにのめり込むんじゃないぞ。そんなヒマがあったら新しい女を捜すことだ。それがおまえの仕事だってことを忘れるなよ」

「わかってますよ。バカな真似はしないつもりです」

そうは言ったものの、志津馬は真弓を殺した犯人捜しを、これで打ち切りにするつもりはなかった。志津馬自身への怨みから真弓がとばっちりを食って殺されたかもしれないとなると、黙って傍観しているわけにもいかないではないか。

志津馬を怨んでの犯行だとすれば、犯人は志津馬が別れた女たち以外に考えられない。志津馬自身は女たちの将来を考え、女たちの将来に経済的苦労のないように手配して別れたつもりでも、女たちはどう思っているか、本音の部分はわからない。かずみにしてからがそうだったではないか。天下の昭和物産の重役の愛人になり、何不自由なく暮らしていたものと思っていたのに、尻の肉をタバコの火で焼かれ、志津馬に対してあれほどの愛憎を隠し持っていたではないか。

幸いにも、かずみはシロだった。彼女の怨みは志津馬の現在の愛人を殺すほどの復讐心ではなかった。

だが、もう一人、気になる過去の女がいる。甚左がなんと言おうと、自分の過去の女くらいは調べてみなければ、真弓にすまないではないか。

志津馬は電話を切って、着ているものを脱ぎ捨てるとバスルームへ入って、冷たいシャワーを浴びた。外泊をしても、家へ帰って朝の運動は絶対に欠かさない。かずみとは朝の八時頃まで交わっていた。それから正午までひと眠りして、ふたたびかずみの肉体を舐めまわし、合計七時間以上はセックスに励んでいたことになる。かずみを訪ねる前に京子にも奉仕しているから、この二十四時間のあいだに、二人の女を相手に少なくとも十二時間セックスをしていたということだ。

京子には、半分しか射精していないが、かずみには二度射ちこんだ。しかしそれほどの疲労は残っていない。志津馬くらいのプロになると、二十四時間ぶっ通しのセックスでも可能だ。それも射精を自由にコントロール出来るおかげである。

《セックスは自分のためにするな。相手の女のためにしろ。まず、女を歓ばせることが第一義。女の歓びを自分の歓びにしろ》

甚左の教えだ。女の歓びを自分の歓びにするためには、射精を自在にコントロールするための鍛練は欠かせない。志津馬は冷水シャワーを浴びると、腰にタオルを巻きつけてベランダへ出て、腕立伏せ百回、腹筋運動百回、そして肛門締めの素振り五百本に取りかかった。

赤樫の根の木刀で素振りをくれながら、志津馬は岡一証券の重役秘書をどうやってモノにするか、頭の中で秘策を練った。

生越佐千子、二十六歳。独身。東京女子大英文科卒。身長、一五八センチ。BWHは88・62・95。星座・水瓶座。血液型・A型。岡一証券海外投資部々長、取締役・吉川隆秀の秘書。給料・手取り二十二万八千円。年俸約三百五十万円。杉並の独身用社宅に在住。

この女に、甚左自身が執心しているわけではない。甚左の古い友達で、銀座の超一流クラブ〈忍〉のマネージャー・梅原竜夫から、この女をホステスに欲しいと頼まれているのだ。〈忍〉クラスのクラブのホステスともなると、老練なマネージャーの目に叶った女でないとホステスとして採用されない。おそらく生越佐千子は、なんらかの機会に梅原の眼に止まり、気に入られたのだろう。

しかし、志津馬のようなプロにとっては、ＯＬというのがもっともコマしにくい。スケコマシのプロフェッショナルにとっては最大の難物と言える。特に女性の花形企業——たとえば、銀行、証券会社、商社、テレビ・ラジオ局——に勤めるＯＬはコマしにくい。そのなかでも、秘書とか、プロデューサーとか、いわゆるキャリアウーマンふうな職に就く女はいちばん手強い。

彼女たちは総じて豊かなのだ。金銭面でも女性としては高給取りが多いし、精神面でも充足している。何不自由のない家庭に育ち、勉強もできて、挫折などの苦渋を知らずに自由な大学生活を送り、優秀な成績で入社するという共通項を持つのも、この種のタイプのＯＬの大きな特色だ。

彼女たちは、常日頃から仕事場で男性と対等に接触しているし、男性を見る眼には自信を持っている。男性と同じくらいの金は稼ぐし、同僚や上役の男性と対等に遊んでいる。

海外旅行や高級ホテルでの食事、あるいは温泉旅行などは日常茶飯事だ。現在の日本で、この種のＯＬほど欲望が解放されている種族はいない。つまりスケコマシが付け入る隙がなかなかないということだ。

そこへ行くと人妻や女子大生は、欲望のどこかが抑圧されている。経済的にも精神的にも解放されていない。独立もしていない。そこがスケコマシの付け目になり、一に人妻二に女子大生――と、コマし易いランクの上位に格付けされる。

ちなみに、夜の世界に働く女性たち――バー、キャバレー、クラブなどと、ソープランドなどのセックス産業に働く女性たち――について言えば、今と昔とでは大きく様変わりしている。瀬戸内甚左が銀座・赤坂で活躍した時代には、夜の女性はスケコマシの好餌であった。

彼女たちは、昼間働く女性よりもはるかに高給を取っていたにもかかわらず、精神的には不安定だった。酒色の世界で働くという道徳観念から発生する後ろめたさと、そこが女の意地のぶつかり合う戦場だという緊張とにかられて、心の支えを求めていた。そこへ支えの手を差し伸べれば、簡単にひっかかってきたという。それこそ〝入れ食い〟の如くに、男の差し出す支えの腕に喰いついてきたという。

しかしそれは二昔も前の話で、今の夜の女性たちは、ＯＬ並みに独立している。夜の仕事は不道徳などという観念はとっくの昔に失せ、女子大生が海外旅行の資金のためにソープランドでアルバイトをする時代だから、心の不安定感などはない。心の支えは自分の心の中に持って、すべて自前でやっている。

十年ほど前までは、ソープランド嬢の八割が、いわゆるヒモを持っていた。女の稼ぎが悪いと撲る蹴るのヤクザなヒモでも、女たちは自分の支えとして後生大事に守っていた。それが今は皆無と言っていい。金ばかり喰うヤクザなヒモを持つくらいなら、ホストクラブへ行ったほうがどれだけ優しく扱ってくれるかしれない、というわけだ。

現に、京子が勤める吉原のソープランドにも、常時十二、三人のソープ嬢がいるが、その中に、ヒモのいるソープ嬢は一人もいないという。ヒモを飼うくらいなら、血統書付きのペットを飼う——みんなそう言ってるわ、と京子は語っていた。苦労してコマした女をソープランドに稼ぎに出したところ、あまりに稼ぎがいいので女のほうが経済的にも精神的にも自立してしまい、お役御免とばかりに捨てられてしまった哀れなヒモもいるご時世だ。

したがって、スケコマシ、ヒモ、ジゴロなどのプロは激減し、生き残っている数少ないお歴々も、近頃では、めったなことではOLと夜の世界の女性たちには手を出さない。

筆者が取材したスケコマシ氏も、その点について、こう嘆いていた。

『ＯＬの股倉（またぐら）と、夜の女性たちの財布の紐（ひも）は、とても固くて歯が立ちません』

しかし、それは志津馬には通じなかった。志津馬がこれまでコマしてきた女たちは、スチュワーデスをはじめ、モデル、銀行員、マスコミ関係、デパート売り子など、ＯＬの中でも高給取りばかりだ。たとえ相手が一流証券会社の秘書であろうと、志津馬の辞書には『不可能』という文字はない。いい尻を持った女なら、かならず落とせる——。そして生越佐千子は申し分のない形の尻の持主だった。

午後五時——

志津馬は外出の仕度をしてマンションを出た。錦糸町から日本橋まで、タクシーで二十分もあれば充分だ。生越佐千子は五時半に仕事が終わる。

日本橋の証券街のど真ん中にある岡一証券の前でタクシーを降り立ったとき、志津馬の腕時計はちょうど五時半を指していた。退社時刻とあって、歩道には地下鉄駅へ急ぐ人の波が溢れていた。志津馬は電話ボックスの脇に立って岡一証券の玄関を見張った。目標（ターゲット）を決めて待ち伏せをするのは久しぶりのことである。女を狩る狩人（かハンター）としての血が快い緊張に疼（うず）いた。

タバコを咥えて岡一証券のビルから流れ出て来る人波を見つめる志津馬の頭の中には、もう真弓のことも、かずみとの激しい情事の記憶もなく、これから現われる新たな獲物（えもの）のことでいっぱいだった。生越佐千子をモノにできれば、どのくらいの実益を得られるだろうか――どういう手で『忍』のホステスへ変身させようか――。

〈ここが腕の見せどころだ。落としてみせる〉

久しぶりに女喰いの情熱の炎が腹の底にゆらりとゆらめいたとき、生越佐千子の姿が颯爽(さっそう)と岡一証券の玄関に現われた。

3

「やあ」

志津馬は背後から佐千子に近づいて、ポンと肩を叩いた。

「あら」

女は振り返って、びっくりしたように足を止めた。志津馬の馴(な)れ馴れしい動作と無邪気な笑顔のおかげで、志津馬を見返す大きな瞳に、非難や怒りの色はなかった。

「いまお帰りですか？　間に合ってよかった」

志津馬は皓(しろ)い歯を見せてニッコリ笑った。

「間に合ってよかったって、何がですの？」

　佐千子は眼をキラキラさせて問い返した。

　佐千子は柔らかいウール地の灰色のスーツを着ていた。スーツの下には、フリルの付いた白のブラウスが覗いている。ＯＬにしては地味な服装だが、それでいて全身がオーラに包まれたみたいに輝いている。颯爽とした明るさだ。

　佐千子の魅力は、背後から見た肉づきのいい丸味を帯びた尻の形だが、前面から見ると、その眼に特徴がある。いわゆる眼尻が切れ上がっているという眼だ。顔の大きさに較べて眼がアンバランスなほど大きく、黒曜石のような瞳が実によく動く。好奇心と気配りに長けている証拠だ。唇は下唇がぽってりと厚く、外側へいくらかめくれ返った様が、コケティッシュで挑発的な印象を与える。鼻から上が聡明そうで、鼻から下が色っぽい。

「あなたにお礼というか、お詫びというか、とにかくお会いして話が聞きたかったんです」

「なんのことかしら？」

　瞳がくりくりと動いた。

「警察がぼくのことを聞きに行ったでしょ」

「あ、そういえば、城東署の刑事という人が来ましたわ。一昨日の午後だったかしら。正午頃、菅原さんがウチの社へ来ていたかどうか訊かれましたわ」

「そのことでお訊きしたいことがあるんです。一時間――いや、三十分でいいから、ちょっとつき合ってもらえませんか」

「一時間くらいならかまいませんわ」

「よかった。来た甲斐がありました。それじゃあ食事をしながらでも――」

志津馬は無邪気に喜んでみせながら、走って来たタクシーに手を上げた。

《女を落とすときは電光石火に。別れるときはカタツムリのごとく一ミリずつ》

これも甚左の教えである。女を口説くときはじっくり腰を落ち着けて――というのは愚挙である。男と女がぶつかり合えば、女は常に、次はどんな展開になるのかと想像する。その想像をはるかに飛び越えた展開にならないと、女は男に従いて来ない。女の中に恋愛感情が芽生えるのを待っていたりしたら、女は確実に〝結婚〟などというよからぬ思想に取り憑かれる。恋愛感情などというセンチメンタリズムが芽生える前に、肉体に悦楽の鞭をくれてやるのが落とすコツだ。

スケコマシと女の関係は、俗に《愛情三分、肉体七分》と言われているが、それは何もスケコマシに限ったことではなく、普通の男と女の関係にも当てはめることができる。愛情などという眼にも見えず、手にも触れられない不確かなものは、せいぜい三分くらいにしておいて、肉体＝セックスという確かなものを七分に保っていれば、常に男と女の緊張感がほどよく二人を結びつけている。そのバランスが崩れると、女は逃げるか、あるいは結婚を迫って来て修羅場になる。

《愛三肉七》をわかりやすく説明すると、甚左ふうに言えば、

《女と七度セックスする間に、三度、愛しているだの好きだのと口にすることなり》

ということになる。もっと平たく言えば、男と女の関係は言葉ではなく身体だ――ということだ。少なくとも志津馬はそう考えている。

志津馬と佐千子を乗せたタクシーは、皇居のお濠に面したホテルの玄関に止まった。

「なにしろ田舎者でして、美味いものを食わせる店には不案内なものですから――。ホテルなら間違いないだろうと思いまして」

「なんでも結構ですわ」

佐千子はにっこり笑ってタクシーを降りた。笑うと眼尻に放射状の小皺が走り、それが妙に色っぽかった。

志津馬は案内係のボーイに訊いて、最上階のフランス料理店へ昇って行った。志津馬はむろんそのレストランへ行くのは初めてではない。これまでにも何度か女の子を誘っている。

皇居の森を眼下に見下ろせる店内にはショパンのピアノ曲が低く流れ、薄暗いフロアの

あちこちに、テーブルの上の赤いキャンドルの炎が揺れていた。志津馬と佐千子は白い制服を着たボーイに窓際のテーブルに案内され、お勧め品というコースの料理を注文した。

「昭和物産はこの近くでしたわね」

注文(オーダー)が済むと、佐千子はにこやかに口を開いた。佐千子はこういうレストランに馴れているようだった。

「ええ。このホテルの斜め裏手ですね」

「よくここへはお食事にいらっしゃいますの？」

「とんでもない。いつも社員食堂の三百五十円の定食ですよ」

むろん口から出まかせの嘘(うそ)である。入社以来、週に一度か二度会社へ顔を出すだけで、社員食堂などへは行ったこともなく、定食の値段がいくらなのかも知らない。

「菅原さんは会社では何をなさってるんですか？」

「企画開発課にいます。といっても、今は円高不況で商社は青息吐息ですからね。本来の仕事は開店休業で、財テク、マネーゲームの企画開発をやらされてます」

それをやっているのは企画開発二課で、三課は窓際族の集まりの姥捨山だ。

「それでウチの部長のところへいらしてるんですのね」

それは口実で、目的は佐千子と接近するためだ。

「岡一さんだけではなく、このところ毎日、兜町とあちこちの信託銀行巡りですよ。何かいい商品があったら教えてください。お礼はしますよ」

「私なんか、なんのお役にも立てませんわ」

言いながらも、佐千子の大きな瞳は硬質な輝きを放っていた。言葉とは裏腹に、企業の中枢部にいるだけあって、事業とか仕事が好きとみて間違いない。

「しかし、お宅の吉川部長は海外投機の専門家だから、いろいろ情報も入って来るんじゃありませんか？」

志津馬は話の方向を、仕事のほうへ進めた。

「駄目なんです。最近、情報管理がとても厳しくて、特に秘書課は厳戒体制ですの」

「残念だなあ。あと一息で夢が叶えられたのに」

「夢って、なんですか？」

黒い瞳が好奇心に輝いた。

「いや、なんでもありません」

志津馬が思わせぶりに言ったところへ、料理が運ばれて来た。

食事に入って、志津馬は話題を変えた。

「城東署の刑事は、あなたにどんなことを訊いて行ったんですか？」

「一昨日の正午頃、菅原さんがウチの社へ来ていたかどうか、それを訊いただけです。吉川部長のところへお見えになったのが十一時半で、お帰りになったのが十二時二十分頃でしたから、ありのままをお答えしておきましたけど」

「なんの捜査か言ってませんでしたか?」

「いえ、何も。何か事件ですの?」

「まあ、事件には違いないんですが——警察の疑い深さには参りますね」

「何かお困りなんですの?」

「いや。気にしないでください」

「私でお力になれるんでしたら、なんでもおっしゃってください」

小当たりな手応えが来た。こういう好意的な反応にはすぐに乗らなくてはいけない。

「あなたにはご迷惑をかけたんだから、言ってしまいましょう」

「迷惑だなんて——」

「じつは、ある友人と近い将来、独立して事業を起こそうということで、個人的な財テクをやっていたんです。ぼくが資金面を受け持って、彼が運用面を担当して、あと一息で目標達成というところまで来ていたんですが、一昨日の正午頃、彼が交通事故を起こして死亡してしまったんです」

「まあ――」

佐千子の聡明そうな眉間が曇った。

「そのとき彼が、億単位の小切手を持っていて、しかもぼくと共同事業のようなことをしていたことがわかったものですから、警察は単なる事故ではなく、計画的な犯罪ではないかと疑ったわけです」

「でも、菅原さんは一昨日の正午頃は、ウチの社にいましたわ」

「むろん、ぼくは何もしちゃいません。むしろ彼を失ったことで、ぼくは被害者です。大損害ですからね」

「そのお友達の方と、どんな事業を計画なさっていたんですの？」

男の事業欲は、こういう女には刺激になる。志津馬は一拍間をおいて、

「昭和物産の乗っ取りです」

と、声を潜めた。

「え？」

「ハハ、冗談ですよ」

「あんまりびっくりさせるようなこと、おっしゃらないでください。本気にしちゃいますわ」

「いくらなんでも、そんな無茶な野心は持ってません。じつは、物産の関連会社に、情報処理研究センターというのがあるんです。それをそっくりいただこうと計画してたんです」

「まあ、情報処理研究センターって、南青山のスカイビルにある、あの研究所のことですの？」

佐千子が眼を丸くした。

「ご存じですか」

「証券会社の人間なら、誰だって知ってますわ。注目の的ですもの」

「現在は物産内の情報処理システムだけですが、将来的には企業間の情報システムを手がけるというので、乗っ取るには最適だと判断したんです。もっとも初期の五年間は委託事業になるでしょうが、いずれは独立させて国際的な集中管理システムにする予定だったんですが、それも一頓挫です」

「すごい計画ですのね」

佐千子はメインディッシュの仔牛のクリーム煮にフォークをつけるのも忘れて、志津馬の話に聞き入っていた。企業の中枢で働くキャリアウーマンを攻めるには、金や愛よりも事業のほうが効果的だ。

「もう言わんでください。情報の専門家だった相棒に死なれてお手上げです。あと一歩だったのに、残念だがとうぶん諦めますよ」

　志津馬はそう言って腕時計に眼をやり、

「いけない。一時間を過ぎましたよ。話に夢中になって、つい時間を忘れてしまった。あなたと話していると気持ちがまぎれるんです。どうもすみません」

「時間なら、かまいませんわ。どうせ会社の寮へ帰るだけですから」

「ほう。デートの予定はないんですか?」

「デートの相手がいないんですの」

「まさか。信じられないな。あなたのように頭のいいチャーミングな人が――」

「残念ながら本当ですの。ですから時間はぜんぶ私が自由に使えますの」

「それが本当なら、一時間なんて言うんじゃなかったな」

「ほんとに、私はかまいませんのよ」

　ここで時間延長などするのは愚の骨頂と言わねばならない。相手が押してきたら、引くのが掛引きというものだ。

「いや。一時間という約束ですから、約束は破れません。今度を楽しみにしていますよ」

　こういう場合、けっして相手の女性に未練を見せてはいけない。未練は相手に持たせるものだ。こちらが未練を見せなければ見せないほど、相手はこちらに対して関心を持つものだ。

はたせるかな、食事を済ませて一階へ降りるエレベーターの中で、佐千子が言った。

「今夜のお礼に、今度は私がご招待したいと思いますけど、お電話をしてかまいませんか?」

「それはうれしいですね。でも、本当ですか?」

「ご迷惑でなければ」

「迷惑だなんてとんでもない。それじゃあ、会社にはほとんどいませんから、自宅へ電話をください」

志津馬は自宅の住所と電話番号を刷り込んだ私用の名刺を佐千子に渡した。

「ご自宅へ電話を差し上げてもかまいませんの?」

「ええ。気楽な独り暮らしですから」

「あら。菅原さんは独身ですの?」

「夢が実現したらと思っているうちに、いつのまにか年齢をとっちまって」

「来週にでも、必ずお電話を差し上げますわ」

その電話が来たときが、生越佐千子の運命が変わるときだぞ……。志津馬はそんな想い

はおくびにも出さず、

「楽しみにしています」

と、照れた微笑を浮かべて言った。

4

地下鉄の入口で佐千子と別れて、志津馬は東京駅まで歩いた。志津馬を怨んでいるかもしれない別れた過去の女――その女が中央線の吉祥寺に住んでいた。

名前は砂川朱美（さがわあけみ）。志津馬の三番目の女――かずみと別れた直後に、甚左が見つけてきた女だ。

当時、朱美は志津馬より十歳以上年上で、三十五、六にはなっていた。ところが肉体と顔の造りが異常に若く、吉祥寺のピンクサロンでは、二十五歳で通っていた。店のナンバーワンだった。彼女を見出（みいだ）した甚左でさえ、朱美の年齢を読み違え、せいぜい二十八、九だろうと言っていた。

「ピンサロに置いとくにはもったいない女だ。身を持ち崩した元スチュワーデスだ。昔の遊廓（ゆうかく）へ売り飛ばせば、必ず出世した女だ」

甚左はそう言って、モノにするよう志津馬に命じた。

甚左が眼をつけるだけあって、猫みたいに身体が柔らかく、豊かな胸と尻の張り具合に較べて首も二の腕も細く、ウエストにいたっては蜂のようにほっそりとくびれていた。おまけに金を持っていた。結婚歴も、子供もなく、両親も早くに死んで、係累はほとんどなく、将来は故郷の名古屋に帰って、女性専用のマンションを建てるのだと言っていた。その資金が数千万円になっていると言うことだった。

志津馬は吉祥寺のピンサロへ通って、三度目にラブホテルへ連れ込んだ。このときも、昭和物産の名刺が威力を発揮した。昭和物産の人となんて初めてだわ、と言って喜んだ。

志津馬は別れ際に、十万円入りの札入れをそのままそっと朱美の手に握らせた。

「何よ、これ。私、そんなつもりじゃないわよ」

朱美は気色ばんだ。金を目当ての情事と思われたことに腹を立てていた。

「ぼくもそんなつもりじゃない。必要なくなったから、取っておいてもらいたいんだ」

「必要なくなったって、どういうことよ」

「きみみたいないい女に出会えて、いい思い出になった。ありがとう」

女の好奇心をそそっておいて、志津馬は女に背を向けて、部屋の出口へ向かった。

「待ってよ。気になるじゃないの。いやよ。こんなお金、受け取れないわよ」

「気にしないでいい。そいつはきれいな金だ」

「待って。——なんだか知らないけど、話によっては、私だって力になれるかもしれないわ。女だと思って、バカにしないで」

「バカになんかしていない」

「なら話しなさいよ。どういうことなの?」

「バカバカしい話だ。会社の金に一千万円穴を空けただけのことさ。明日までなんとか穴を埋めようとやってみたが、掻き集められたのはたったの十万だ。世の中は薄情なものさ」

「それで、あなた、どうする気?」

「クビになって刑務所行きだろうが、生命までは取られないだろう」

「一千万円も、なんで穴なんか開けたの?」

「株だ。これまでに五千万円も儲けさせてもらったから、ちょっといい気になり過ぎたんだ。いい薬になったよ。気がついたときには刑務所行きだ。世の中、皮肉にできてやがる」

「あなた、株に詳しいの?」

「会社の上のほうから情報が流れて来るんでね」

「一千万円あれば、クビにならなくてすむの？」

「軽く言わないでほしいね。今となっちゃあ一千万円は大金だ」

「私が出してあげてもいいわよ」

「思ったとおり、きみはいい女だ。だけど気持ちだけで結構だ」

「冗談だと思ってるのね？　私本気よ。一千万や二千万、いつでも自由にできるのよ」

「冗談だなんて思ってやしない。しかし株はギャンブルだ。儲かることもあれば、オケラになることもある。女が手を出すものじゃあない」

「私が株をやるって言ってるんじゃないわ。一千万円あなたに融資すると言ってるのよ」

「本気か？」

「本気よ。むろん利子はいただくけど」

「もう一度念を押すが、本当に本気かい？」

「そんなに信用できないのなら、これから銀行へ行く？」

「ありがとう」

　志津馬は朱美を抱き寄せて情熱的なキスを交わし、もう一度ベッドへ連れ込んだ。朱美の気持ちが変わらないために、たっぷりと濃厚な愛技を朱美の肉体に覚えこませておく必要があった。当然、さっきのおざなりなセックスとは一味も二味も違った必殺のテクニックを使用した。その頃、甚左から教えてもらった『8の字攻め』の舌技を用いた。

このテクニックは、甚左が編み出したものではない。もとをただせば、京都の名刹・清水寺の管長だった故大西良慶師が、不感症の女性をなおす方法として某所で語ったと言われる技である。もともとは仏教経典の周辺に附随した性典からで、これに甚左が独自の工夫を加え編み出したものらしい。

その方法は、志津馬が京子と交わるところで描いたが、耳の後ろから背中に8の字を書くように尻へ下りて、ふたたび反対側の耳の後ろへ戻るという、あの舌技の正面編である。本来は肉体の前面側へ行なうものであって、女の背中へこの性技をほどこすのは、志津馬がこの8の字攻めを参考に新しく考案したものだ。

大西良慶師の言によると――耳の後ろから舐め始め、顎から肩、胸へと下りて行き、乳房と乳房の間を通って、そこで交差するように反対側の腹部の縁へ行き、下腹部に円を描く感じで陰毛部（恥骨部）へ行き、そこから反対側の腹部の縁へ行き、乳房の谷間へ上がり、そこで往路と交差して反対側の耳へ登って行く。これを繰り返すこと五十分。女の肌がじっとりと汗ばんできて、塩っぱくなるまで気を入れて舐める。これが前戯で、前戯における舌技は、乳房とクリトリスは避ける。乳房とクリトリスを舐めてはいけない。

女の肌が汗ばんできて塩っぱくなってきたら、挿入する。挿入するがピストン運動はなし。根元にグッと力を入れて静止している。これが二十分間。

二十分たったら引き抜いて、蒸しタオルで女の局部から全身をくまなく拭いてやる。これが後戯で、五十分間。計二時間。ちなみに、

「三日参禅すれば、不感症などは一パツや」

大西良慶師はつねづねそう豪語していたらしい。

なお、舐めるという行為には、性愛的効果の他にも、医学的な効用があることが認められている。つまり、避妊、あるいは妊娠に役立つというのである。どういうことかというと、女性の身体が排卵直前になると、子宮頸管の粘液が塩気を帯びるというのだ。したがって、膣口を愛技として舐めていると、その塩気がわかり、女性を妊娠させたいときは、あす塩気のある日に性交すれば妊娠の確率が高い、というわけだ。もし避妊したければ、あすこが塩気を帯びているときは、性交を避けるか、避妊具を使用するかすればよい。京都大学の大島清医学博士は、子供を欲しいと言って相談に来る夫婦には、夫に向かって、舐めろ舐めろと勧めていると言う。余談ながら、つけ加えておく。

不感症も三日でなおるという8の字攻めをたっぷり二時間かけて施されて、朱美はベッドの上にのたうちまわり、絶叫し、自分の腕を咬み、枕を咬み、最後には失神した。そして翌日、一千万円の借用証書と交換に、銀行からおろし立ての一千万円の札束を志津馬

の手に手渡してくれた。

志津馬が朱美に借用書を書いたのは、それ一度きりだった。後は証文なしで貢いでくれた。『独立して会社を起こす』という志津馬の夢に協力してくれ、そして志津馬の愛技の虜になったのだ。

しかし朱美は嫉妬深い女だった。その頃、志津馬が住んでいた門前仲町のアパートに毎日のように吉祥寺から通って来ては、志津馬を監視した。志津馬は四人目の女を物色中だった。朱美の監視が厳しくて、それもままならなかった。

「朱美を切れ。スケコマシには不向きな女だ」

甚左は自分の眼鏡違いを認めて、そう決断を下した。

「朱美の将来はワシが考える。身の立つようにしてやる。ただし、別れ方はおまえ自身の裁量でやってみろ」

甚左は勉強のためと言って、志津馬に助言を与えなかった。一ミリずつ別れろ——これが甚左の教えである。しかしそれが具体的にどういう方法なのか、志津馬にはわからなかった。自分で案出する以外になかった。

志津馬は吉祥寺の朱美のマンションに転がりこんだ。朱美は喜んだ。一週間、志津馬は会社へも行かず、外出もせず、眠る時間も惜しんで朱美の肉体をまさぐりとおし、舐めまくった。さすがに朱美も不安な顔になった。

「どうしたの？」

志津馬は何も答えずに、さらに一週間、朱美にも店を休ませて、四六時中裸のままにしてその肉体を貪り喰った。食事をするのも裸で、食事が終わるとうがいもせずそのままの口で、朱美の花芯と肛門をデザート代わりに舐めまわし、ひと眠りして眼が覚めると、さっそく、朱美の尻へ顔が行き——食前食後に交わって、一日に計六回。さすがの志津馬も八キロも痩せ、眼のまわりが黒ずんで落ち窪んだ。それでも男根だけは正常に勃起して、そこだけが別の生き物のように見えた。

「一緒に死んでくれ」

深夜、志津馬は朱美を逆立ちのような恰好にさせ、肛門を大きく開いてペロペロと舐めながら、ポツリと言った。じっさい、志津馬は腎虚で死ぬかと思っていた。だから声に迫真性があった。

「ね、何があったのよ。どうしたのよ」

朱美の声は、顫え上がって、今にも泣きそうだった。

「おまえを残して逝きたくない。俺は放さんぞ。おまえはどこまでも俺のものだ」

志津馬は別の生き物のように猛々しく勃起していた男根を、それまで舐めていたところへ突きつけた。朱美はまるで亡霊でも見るような眼で志津馬を見つめ、男根が軋みながら肉の穴の中へもぐり込むと、ヒーッと悲鳴を上げて腰を引いた。

　翌日、朱美はマンションから姿を消した。行先はわかっていた。同じ吉祥寺の、井の頭公園に近い女友達のアパートへ逃げたのだ。志津馬は二日間絶食し、餓鬼のような姿になって、そのアパートを訪ねた。

「私、死にたくないよ。お願い、別れて。一千万円の借用証書も返すから、別れましょ。あんただってまだ若いんだから、やり直しが利くわよ」

「一緒に……死んでくれ、朱美……」

　志津馬はさらに一押ししておいてからふらふらとアパートを引き上げた。通りへ出てすぐにタクシーの座席に倒れこんで、門前仲町へ着いたときには完全に気を失い、そのまま近くの病院へ担ぎ込まれた。栄養失調と軽い腎虚にやられていた。医者は呆れ顔で一週間の絶対安静を言い渡した。

　志津馬は深い眠りに落ちて行きながら、ニンマリとした。朱美の六千万円の定期預金はそっくり志津馬の財テクにまわって、確実に利益を生んでいる。最初に朱美から借りた一千万円の借用証書も返してもらった。一週間の絶対安静など安いものだ。別れるってのは、こうでなくちゃいけない。見たかい甚さん——。

自分の成功に志津馬はいい気になっていたが、志津馬を怨んでいるとしたら、朱美がいちばんだろう。あれから九年。朱美は四十の半ばにはなっている——。

五章　謎の刺客

1

　志津馬を乗せた中央線の快速電車が吉祥寺駅へ着いたのは、午後九時だった。若者の街として発展した吉祥寺駅前の繁華街は、まだ宵の口の賑わいを残していた。

　駅前にTの字型に伸びるアーケード街にも人の通りが賑やかだった。この通りの奥の、アーケードが切れるちょっと手前を左へ折れた露地に、朱美は花屋を開いていた。志津馬と別れた後、甚左が適当なパトロンを朱美のために見つけてやって、そのパトロンから金を引き出して始めた花屋だった。

　アーケードの下を奥へと進むと、さすがに店仕舞いに取りかかる商店が多く、あちこちでシャッターを降ろすやかましい音が聞こえていた。朱美の店も、帰り仕度をした中年の女店員が、鉄の棒を使って頭の上からシャッターを引き降ろしているところだった。

「朱美さんはおりますか」

志津馬は女に近づいて、半分シャッターが降りかけた店の中を覗き込んだ。奥へ細長い店内には、絵具をぶち撒いたような原色の花々が溢れていた。

「はい。おりますが」

中年の色白の女店員が、日灼けして精悍な志津馬の横顔を眩しそうに見上げて答えた。

「二階ですね?」

二階が住居になっていることも、志津馬は甚左から聞いて知っていた。

「お呼びしますか?」

「いや、いいんだ。客じゃないから」

志津馬は勝手知ったる顔でガラスのドアを押し、花の香でむせかえる店内へ入りこみ、奥の階段口へ進んだ。背後でシャッターの閉まる音がひびいた。女店員は志津馬のことを身内とでも信じ込んだらしい。

店の奥の右手に、急な傾斜の階段が伸びていた。志津馬は案内も乞わずに靴を脱ぎ、狭い階段を昇って行った。昇り切ったところに半開きのドアが見え、その向こうがキッチンになっていた。キッチンの板の間にスリッパが二組乱暴に脱ぎ捨てられ、六畳の居間らしきところに、ベージュ色のスカートと男物のジーンズが投げ捨てられていた。

六畳間の奥が八畳ほどの和室で、窓際にセミダブルのベッドが据えられ、その上で素っ裸の肉体が二つガマ蛙のように絡み合い、ベッドのスプリングが規則正しい軋み音を立てていた。ベッドの上の裸体は六畳間に尻を向けているから志津馬の闖入に気がつかなかった。もっとも、これだけセックスに熱中していたら、多少の物音など耳に入らないだろう。

朱美の上に乗っているのは、まだ二十代前半の若者だった。尻の肉が貧弱で、腿も細く、背中も薄っぺらで、肩胛骨が尖って浮き出ていた。

若者の下で憚りのない声を上げ、若者の薄い背中に腕を巻きつけた朱美は、九年前と較べると、ひとまわり肥っていた。腕にも腿にも肉が付き、男の尻の下に見え隠れする花芯のあたりにも、脂肪が付いていた。男根を咥え込んだ女の巾着部も、九年前よりいくらか黒ずんでいた。

「ヒャ！」

いきなり朱美が妙な声を発した。ようやくベッドの裾に立って腕組みの姿勢で自分たちを見下ろしている志津馬に気がついたのだ。

「やあ、しばらくだな」

若者がびっくりして朱美の上から飛び下りた。まだ幼さを残した真面目そうな若者だった。四十代半ばの熟女の朱美には、若すぎる男だった。

「気にしないでくれ。続けてくれていいんだ」

志津馬は笑いを咬み殺して若者に挨拶した。

「何よ、いきなり」

朱美がやっと声を出した。驚きのあまり、開いたままの股間を閉じるのも忘れていた。

「す、すみません、すみません……」

何を勘違いしたのか、真面目そうな若者は片手で勃起した男根を隠し、片手で畳の上の下着を拾い、志津馬の脇をすり抜けてキッチンへ逃げこみ、パンツだけ身に着けて、階段を転がり落ちるように逃げて行った。

「悪いことをしてしまったな。まだ途中だったんだろう」

志津馬は朱美の脚の間に割りこんで腰を下ろした。

「何よ。黙って上がって来て……」

朱美はようやく我に返り、開いていた脚を閉じようとした。志津馬の腕が朱美の膝頭に伸びて、脚が閉じられるのを阻止した。

「久しぶりに拝ませてくれ。——九年前とちっとも変わってないな。色が少し黒ずんだが、相変わらずいい形をしている。いくらかふっくらしてきたかな。うん、いい匂いだ」

志津馬は股を割って股間に顔を近づけた。朱美は極端に土手の低い形をしている。なだらかなスロープに陰毛も薄く、蒼白い肌に薄暗い条が縦に走り、今まで男根を咥え込んでいたせいで扉の中ほどが一センチほど開いて、そこに愛液が白く濁って附着している。

「何をするの。止めて」

朱美が膝を閉じようとし、股間を手で覆った。志津馬を睨んだ顔はたしかに四十代の顔だったが、首から下はふっくらとして、三十代の女盛りの肉体を保持していた。

「いいじゃないか。まだイッてなかったんだろう。続きをやらせてくれ」

志津馬は朱美の手を股間から剝ぎ取り、舌なめずりをして濡れたままの亀裂へ舌を近づけ、穴の下縁に溜まった白い愛液を舐め取ると、ゆっくりと周辺に舌を這わせた。

「いやよ。止めて……いや……」

朱美の抵抗は形ばかりのものだった。志津馬は朱美の脚を持ち上げて、左右に大きく開脚させ、その前に胡坐をかいて腰を据え、若い男の男根が抽送していたところへ舌を根元まで潜らせた。

朱美の抵抗の声は一分もしないうちに悦楽の喘ぎ声に変わった。もともと朱美は快楽の追求には貪欲な女である。男に抱かれると肌が美しく輝くタイプだ。それは今も変わっていない。胸のあたりから、柔らかい乳房にかけて、うっすらと白い肌が色づいて、しっとりと汗を浮かべている。そして声の調子が昂まるにつれて、花芯から猥褻な匂いを発散させる。朱美の体液の匂いだ。志津馬の歴代の十人の女の中で、朱美がいちばん体臭が強かった。その匂いも変わっていない。

志津馬は二十分ほど舐めて、その間に朱美は二度、軽いエクスタシーに達し、その後、志津馬は朱美の裸身を裏返しにして、ベッドの上にドッグスタイルを取らせた。

「尻の形も昔のままだ。このぶんだと、あと十年は若い男を咥えこめそうだな」

志津馬は形の良い尻を両手で撫でながら言った。

「若い男なんかいや。早くちょうだい」

朱美は尻を振って志津馬の男根を懇望した。志津馬はあらためて巾着部に舌技を加え、朱美の背中をのけ反らせておいて、やおらズボンを脱ぎ、熟し切った肉の亀裂の中へ屹立した男根を突き入れた。

たっぷり三十分、志津馬は朱美の尻を抱えて離さなかった。その間に朱美は息も絶えだえになるほどのたうちまわり、喚き、そして死んだようにシーツの上に平らになった。

「元気そうで何よりだ」

一息ついて、志津馬は優しく朱美の尻を撫でてやりながらあらためて挨拶した。

「何が元気そうで何よりよ。九年ぶりに訪ねて来たかと思うと、いきなりこんなことをして」

　朱美の声は甘く鼻にかかっていた。

「怨んでるだろうな」

　志津馬の声は優しかった。

「あたりまえよ。殺してやりたかった」

　朱美はシーツに顔を埋めたまま、九年前の感情を思い出したような声で言った。

「初めは疑わなかったんだから。無事に別れられてよかったって、ほっと胸を撫で下ろしてたんだから。それが何よ。私と別れるための演技だったなんて。おなかの中が煮えくり返ったわよ」

「あれが演技だって、いつわかったんだ」

「半年くらい経ってからよ。あなたの会社へ電話をしたのよ。あなたがどうなったかと思って。そうしたら、クビにもならずにいるっていうじゃないの。よっぽど訴えてやろうかと思ったわ。でも、お爺ちゃんが慰めてくれた。あなたがスケコマシだってことも教えてくれて、お金持ちのいい人を紹介してくれた。——お爺ちゃんには感謝してるわ。お爺ちゃん、元気？」

　お爺ちゃんとは、甚左のことだ。

「元気だ。七十二になるのに、まだ若い女の尻を追っかけてる」

「フフ、目に見えるようだわ」

「なぜ訴えなかったんだ」

「五千万円——六千万円だったかしら。訴えて戻って来るものなら訴えたわよ。でも、戻って来そうもなかったし、それに私が自分から貢いだんだもの」

「今はどうだい。まだ殺してやろうと思ってるんじゃないか？」

「私がもう少し若けりゃ、ベッドの上で殺してやったわ」

「まだまだ若いじゃないか。三十五歳と言っても通用する」

「もうダメよ。相手をしてくれるのは、さっきの坊やみたいな女に飢えた子だけ」

「甚さんが紹介してくれたダンナはどうした」

「三年前に死んだ。いい人だった。このお店を遺してくれて、おかげで気楽に生きて行ける」

「そいつは何よりだ。安心したよ」

志津馬は事実、内心ほっとしていた。これだけの店を持っていれば、生活に困るということはないだろう。男には恵まれているとは言えないようだが、四十五歳の女にとって、男などなくても生きていける。

「安心なんかさせてあげない」

朱美の手が志津馬の下半身へ伸びていた。

「あなたのコレには、うんと貸しがあるわ」

志津馬の男根を探り当てた手が、力いっぱい半萎えの男根を袋ごと握りしめた。

「痛ェ！」

志津馬は思わず悲鳴を上げた。

「憎らしいんだから！」

朱美は摑んだものをグイッと引っぱり、その反動で上体を起こすと、摑んだものの上に顔をかぶせた。

「九年ぶりに訪ねて来たのがあんたの運の尽きよ」

志津馬の男根に語りかけて、亀頭部をピンッと指で弾（はじ）いた。

「痛いよ。勘弁してくれ」

袋を握られているので、志津馬は息が詰まった。

「勘弁なんかしてあげない。それとも六千万円、あんたが主人の代わりに返してくれる？」

「わかった。好きなようにしてくれ」

「毎週、一度は私のここを訪ねて来てくれる?」

摑んだ亀頭部を無理に引っぱって自分の花芯を見せる仕草をした。

「わかった。訪ねる」

「約束よ」

「ああ、約束する」

「痛かった? ごめんね。いい子いい子してあげましょうね」

朱美はそう言って亀頭に舌を這わせ、志津馬にもそれを要求するように、肉付きのいい尻を志津馬の顔の上に載せて来た。熟柿のような色をした朱美の性器に舌を突き入れながら、志津馬はちょっとばかりうんざりした気持ちになった。自分よりひとまわり年上の、四十五歳の女の肉体の重みがいささか鼻についたのだ。

しかし、この女からはわずか四ヵ月で六千万円貢いでもらっている。だから週に一度くらい、淋しい女体を慰めてやっても罰は当たるまい。そのうちにまた別の男を見つけてやればいい。そう肚の中で思いながらも、志津馬は口では朱美の若さを褒めていた。

「尻の形が少しも変わっていない。たいしたものだ——」

2

　二度の情交を済ませて朱美の花屋のシャッターの潜り戸を出たのは、午前一時だった。アーケードの下の商店は寝静まっていたが、灯りはまだ煌々(こうこう)と灯っていて、その下を酔っぱらいが一人ふらついていた。

　志津馬はタクシーを拾おうと思って、通りの方へ歩いた。誰かに尾(つ)けられている、という予感はなかった。だが、そのとき背後に付きまとう足音が気になった。角を曲がりながらチラッと振り向くと、スーツ姿の黒い影が志津馬の視界から逃げるように物陰に隠れた。

〈奴か⁉〉

　真弓が殺された日の午前中、錦糸町の志津馬の喫茶店〈マラゲーニャ〉へ、志津馬に会わせろと訪ねて来たというヤクザふうの男のことが脳裏をよぎった。

　志津馬は表通りへ出て、街灯の光の死角になったビルの柱の陰に身を隠した。剣道で鍛え上げた闘争心が久しぶりに燃え上がって身体中の筋肉がざわざわと波立っていた。

《犯罪は引き合わない。くれぐれも言っておくがスケコマシに腕力は無用の長物だ。暴力

は絶対に使うな》

甚左の教訓が頭をかすめた。

しかし、こいつは犯罪ではない。尾行者の正体を確かめるだけだ。もしかすると真弓を殺した犯人の手掛かりがつかめるかもしれないではないか。こいつは正当な腕力だ——。

黒い影が表通りへ現われた。目標者を見失って、辺りをキョロキョロと見回しながらこちらへやって来る。志津馬は気息を整えた。木刀でもあればどんな相手でも一撃で打ち倒せる自信はあるが、木刀など持たなくても並みの相手なら四、五人がかりでも五分以上に戦える。

影が接近して来た。五メートル——三メートル、一メートル。

「……!」

志津馬は無言で影の前にヌーと顔を出した。不意を衝かれた相手が、体勢を立て直す前に、志津馬の逞しい腕が相手のスーツの襟許に伸び、手前へ力いっぱい引き寄せておいて体を沈めると同時に腰で相手の上体を跳ね上げた。志津馬よりやや背の低い相手は腰を払われて両足が地面を離れ、宙に体が一回転して、尻から歩道に叩きつけられた——と思ったのは錯覚だった。男は尻から落ちる寸前に両足でバネのように歩道を蹴り、いつのまに摑んだのか志津馬のスーツの襟を握り、志津馬の上体を引きつけて、逆に上体を巻き込むような型で投げてきた。

〈クソッ〉

志津馬は反動をつけて歩道の上でもう半回転して相手の巻き込みを逃れ、素速く立ち上がって振り向きざま右脚を飛ばした。相手が体をかわして志津馬の脚を抱え込み、そのまたぐり寄せてきた。志津馬は右腕でバランスを取って相手の懐へ飛びこみながら、左腕を撓めて肘打ちを喰らわした。それも巧みにかわされて、相手の膝が志津馬の股間に跳ね上がった。志津馬は腰をひねってかわし、ふたたび男の胸倉を手許へ引きつけ、

「あ⁉」

眼の前に来た相手の顔を見て、思わず声を上げた。

「どうした。それで終わりか」

街灯の蒼白い光の中で唇の端を歪めてニヤリと笑ったのは、城東署の立花警部だった。

「すみません。まさか警部とは思わなかったもので」

「こいつは立派な公務執行妨害の現行犯だ」

「こんな時間に尾行されたら、誰だっていい気持ちはしないでしょう」

「殺人容疑者を尾行して何が悪い」

「殺人容疑者だと思うなら、逮捕してみちゃどうです」

「自信満々だな。こいつのせいか」

立花警部はスーツの内ポケットから裸のままの札束を二つ取り出した。英夫が志津馬の名前で贈った二百万円のワイロだ。

「なんです、そいつは?」

志津馬はとぼけた。

「ふざけるなッ。警察を舐めるんじゃない」

立花の端整な顔が冷酷な表情になって、二つの札束を歩道の上に叩きつけた。

「こいつは確か、洋服の仕立て代のはずですが――」

志津馬は腰を屈(かが)めて札束を拾い上げた。

「あんたのことは、たっぷりと調べさせてもらったよ」

立花は、アーケードの方へ歩きながら言った。

「昭和物産社員とは仮りの姿で、その正体は、女を喰いものにするスケコマシとはな。井上真弓……今井京子……時川美智子……。他に何人の女を喰い物にしてるのかね」

「ご想像にまかせますよ」

志津馬も立花と肩を並べてアーケードの下を駅の方向へ歩いた。見かけは大蔵省のエリート役人ふうの立花が、志津馬の不意を衝いた攻撃をみごとにかわしたことに、志津馬は驚きと同時に、妙な親近感を感じていた。格闘した相手の技に敬意の情を示す気持ちに似ていた。

「昭和物産では、めったに会社へ顔も出さない落ちこぼれ社員のくせに、錦糸町の一等地に三階建ての住居ビルを持ち、喫茶店を弟夫婦にやらせ、東陽町には３ＬＤＫの分譲マンションを持ち、浅草橋と両国にも２ＬＤＫと３ＤＫのマンションを持ち、門前仲町には百坪の土地を持って駐車場を経営。その他にも有価証券や定期預金が数千万――。いったいどういうカラクリなんだ」

「スケコマシにカラクリなんてものはありませんよ」

「女というのは、それほど儲かるのか」

「女は灰になるまで金になるんですよ。そいつをあなた方が知らないだけです」

「女はつまり、商品か」

「いや。金の卵を生むニワトリですね」

「そんな大事なニワトリを、なぜ殺した。邪魔になったのかね？」

「そんな大事なニワトリを殺すバカがいると思いますか」

「昔、同じような科白（せりふ）を言ったろくでなしのスケコマシがいた。二人の女のヒモになって、昼間はパチンコ、麻雀、競輪、競馬にうつつを抜かし、夜は夜で酒と女だ。ウジ虫みたいな男だったが、女をコマすのだけは天才で、銀幕の女王といわれた大スターまでコマした男だ。良心のかけらも慈悲心の一片も持たない男で、極道からも外道と蔑まれ、陽の当たる明るい道は歩けずに、いつも薄暗い裏街道を歩いていた。その男がほざいていたそうだ。〝金の卵を生むニワトリに手を上げるヒモがいると思うかい〟ってね。だけどそれは口先だけで、邪魔になった女を撲り、ケガをさせて懲役二年六月の実刑を喰らって刑務所へ叩き込まれた——」

誰のことを言っているのか、志津馬にはわかった。瀬戸内甚左のことだ。志津馬と甚左の関係まで、立花は調べ上げたらしい。

「私はパチンコもしなければ、競輪、競馬はおろか、いっさいのギャンブルに手を出したこともありません。それに、女を撲ったこともなければ、薄暗い裏通りを歩いたこともありません」

「それが新しいスケコマシのスタイルなのかね?」

「スケコマシは、犯罪ではないはずですが。それとも、私を逮捕しますか?」

「ふん。スケコマシは確かに犯罪ではない。そこが女を喰い物にする悪党の付け目だ。だが、悪党は必ず尻尾を出す。今、無理をしてあんたに手錠を掛けなくても、きっとあんたのほうから尻尾を出してくれる。そのときを私は楽しみに寝て待ってればいいんだ」

駅前へ来ていた。まだ電車があると見えて、駅は明るく、タクシー乗り場には長い行列が出来ていた。

「せいぜい尻尾を出さないように気をつけましょう」

「今夜のことは大目に見るが、今度撲りかかってきたら容赦なく逮捕する。覚えておきたまえ」

「私を尾行するヒマがあったら、真弓殺しの犯人捜しに精を出してもらいたいですね。こいつも覚えておいてください」

「腕も口も達者なスケコマシだ」

そう言いつつ駅舎へ踵を返した立花の端整な顔は、笑っているように見えた。

志津馬は南口へ回ってタクシー乗り場に並んだ。南口のほうが行列が短かった。十分ほどの待ち時間でタクシーに乗れた。

「浅草橋――」

志津馬は、美智子のマンションへ行くつもりだった。今夜は美智子と寝る日ではないが、真弓の事件以来、美智子には一度も連絡していない。美智子の身辺も気になりながら、会うヒマも連絡する時間もなかったのだ。美智子は店が終わるのが一時半だから、今から駆けつければ、ちょうど帰宅して食事でもしている時間だ。

それにしても、立花警部はなぜ志津馬を尾行したのか——志津馬はタバコに火を点けながら考えた。ほんとうに志津馬のことを真弓殺しの容疑者と思っているのだろうか？　もしそうだとしたら、それほど恐れる相手ではない。

しかし、二百万円の札束を惜しげもなく路上に投げ返したやり方は、やはり並みの刑事ではない。それに志津馬の攻撃をかわしたあの身のこなし方。頭も腕も切れる刑事だ。

では、なんのための尾行か？

〈どっちにしても、手強い相手だぜ——〉

志津馬は自分に言い聞かせた。そして二百万円のワイロに代わる次の手段に思いを巡らせた。

3

総武線の浅草橋駅から数分の、隅田川に近いマンションの前に着いたのは、午前二時過ぎだった。

部屋には灯りが点いていたが、美智子は留守だった。キッチンのテーブルの上に食事の仕度が途中までしてあったから、近くの終夜営業のスーパーへ買い物にでも行ったのだろう。

　志津馬は冷蔵庫から缶ビールを取り出して来て、テレビの前に腰を下ろした。テレビの電源の差し込みが抜いてあって、志津馬は舌打ちをしながらプラグを差し込んだ。美智子はどういうわけかテレビが好きではないのだ。テレビを見るヒマがあったら本を読む――というタイプの女だ。

　年齢は二十五歳。上智大学の英文科を出たインテリだ。出版社の編集部へ入りたかったのだが入社試験で不合格になり、志津馬と知り合った頃は、編集プロダクションのエディターをしていた。

「いい女がいるんです。一度、見てみませんか」

　美智子は黒崎英夫が見つけて来た女だ。

「インテリで、それでいて顔もいいというタイプです。もちろん顔だけじゃありません。後ろから見たプロポーションが最高なんです。ブルック・シールズばりの尻をしてるんです」

　ブルック・シールズの尻がどんな形をしているのか、志津馬は知らなかったが、英夫に誘われるまま、美智子がよく顔を出すという若い芸術家や作家の集まる銀座のクラブへ見分に出かけた。

英夫の観察もまんざらではなかった。尻は上を向いて張り出しが大きく、ジーンズの上からでも尻の肉の動きが見て取れるほど発達している。日本人の女にはめずらしいタイプだった。

ちなみに、尻の形が美しいという女は、日本人には極めて少ない。顔や胸がきれいという女は掃いて捨てるほど多いが、尻の曲線の美しい女は、外人にも少ない。それでも西洋人の女の尻は豊かな曲線を持っているが日本女性の尻は偏平型が圧倒的に多い。骨盤は大きいが肉付きが乏しい。しかし甚左に言わせると、尻の形は女性美の基本だという。尻の形態には、女性の美しさだけではなく、女の性格、女の生活、女の運命までが象徴されているという。『男の顔は履歴書。女の履歴書は尻だ』これが甚左の説である。

尻の形もさることながら、美智子のインテリジェンスのほうもたいしたものだった。初対面からいきなり現代文学の貧困とかなんとか難しい議論を吹っかけられて、志津馬は辟易した。

頭の回転が速く、口数のほうも多くてなめらかで、男のようなくっきりとした一文字眉毛の下のくりくりとした眼がひっきりなしに動いた。顔は英夫が言うように美形だった。頬がふっくらとして鼻は小ぶりで、口はやや大きく、歯並びがきれいだった。小粒の真珠を名匠が埋めこんだように美しい。下唇が男の好き心をそそるように厚く、いつも濡れている。

志津馬は二度そのクラブへ通って、合計五時間は現代文学論に付き合わされてから食事に誘った。食事の間も、たっぷり一時間は近頃の小説がいかにつまらないかを聞かされた。志津馬はいやな顔一つせずに聞いてやった。志津馬には難しい議論を吹っかける才能はないが、どんな難しい話でも、じっと耐えて聞いてやる才能には長けている。これもスケコマシには重要な才能なのだ。

《女の愚痴はとことん聞いてやれ》

これも甚左の教えの中に入っていて、志津馬はベッドの中で、女たちの愚痴――ソープランドやピンクサロンなどの職場における愚痴が圧倒的に多い――を何時間でも、うんうんと頷きながら耳を傾けてやった。

美智子の話は、女たちの愚痴に較べたらはるかに無味乾燥で耳障りで、いまにも鼓膜がひきつけを起こしそうだったが、志津馬はときには眉を顰め、ときには皓い歯を見せて微笑い、ときには〝なるほど〟と頷いたりしながら拝聴し、頃合いを見て、前置きなしに、用意してきた百万円の札束を美智子の眼の前に差し出した。

「なんですの、これ!?」

美智子は眼を丸くして背筋を伸ばした。よほどびっくりしたようだった。志津馬は内心ニンマリとした。百万円分のインパクトは与えたらしい。

「ぼくの愛情だと思ってください。ぼくはごらんのように不細工な男です。あなたのようにうまく愛情を表現できんのです。それが口惜しいんです。これはぼくの銀行預金の全てです。つまり全てをあなたに捧げたいんです」

言いながら志津馬は早くも勃起していた。

「不細工な男にも、あなたのすばらしさはわかります。あなたのように頭のいい女性にこんな男は似合わないこともわかります。でも、一度でいいんです。あなたみたいな才能豊かな女性をこの腕に抱きしめたいんです」

美智子のふっくらした頰に血の気が上って眼が潤んでいた。

三十分後、志津馬は皇居のお濠の見えるホテルの一室で、美智子の肛門を舐めまわしていた。美智子は最初、いやがった。九十パーセントの女性は、肛門を男に舐められることをいやがる。いやがって当然と言えるが、しかしそこで止めてはいけない。いやがるからといって行為をそこで止めてしまえば、いやなことをする男――という印象しか女の中には残らない。そんな印象が残れば、後が続かないのは当たり前の話だ。

やはりそこは強引に進めなくてはならない。何事もやりかけたことは、最後までやり通すことだ。いやだという抵抗に出遭って途中で止めたところで、どうせ悪い印象は残る。

ならば、やるだけやってそのうえでふられるほうが得ではないか。同じ阿呆なら、である。

志津馬は多少の抵抗は無視して最後までやり通す。そして肛門舐めの行為に関しては、最後までやり通して女に嫌われたことはない。相手がいやがるなら、いい気持ちと言うまで舐めぬこうという気持ちで押し進めている。くどいようだが性行為というものは中途半端がいちばんいけない。

たとえ相手の女性が心底から肛門を舐められるのを嫌厭(けんえん)していたとしても、いやだという抵抗を押し切って強行すれば、少なくとも、とことんこの人は意志を通す男――というプラスの印象は残る。私が取材したスケコマシ氏がこの件に関して次のようなことを言っていた。

『肛門を舐めてやるってことには、二つの効用があるんです。一つは、もちろん快感です。そしてもう一つは、あんな汚いところまでこの人は舐めてくれる――という感動です。女ってのは、それを愛情と受け取ってくれるんです。私だって正直に言えば、あんなところを舐めるのはいやですよ。でも、舐めてやる。努力ですよ。努力ってのは愛情ですよ』

努力イコール愛情――けだし名言と言えないだろうか。

美智子は一夜で志津馬の肛門舐めの虜になった。たった一度の体験で人格さえ変わった。志津馬に会うと、あれほど饒舌だったインテリジェンスが姿を消し、発情したおとなしい牝猫のように、志津馬に身体をすり寄せて来るようになった。志津馬の牡としての迫力に籠絡されたのである。こうなると志津馬の言うがままだった。志津馬は編集プロダクションを辞めさせて、上野のピンクキャバレーへ美智子を売り飛ばした。それから二年になる。今では店のナンバーワンにのし上がり、月に平均百十万円は稼いで、その内から八十万円を志津馬に貢いでくれている。

美智子ほど変身ぶりの激しかった女もめずらしい。男性編集者や作家を相手に口角泡を飛ばす勢いで難しい文学論を戦わせていたのが、一夜にして娼婦になった。志津馬はときどき思うのだが、美智子は生まれつき濃厚な淫蕩の血を持っていて、それが教育を受けたおかげで文学の才能へねじ曲げられていたのではないだろうか。ところが一夜、志津馬のザーメンにまみれ執拗な愛撫を受け、突如として本来の性格へ戻ったのではないか――。

「あら、来てたの?」

美智子が帰って来たのは、午前二時半だった。

ジーンズを穿いて、上に赤い皮のコートをひっかけ、豊かな黒髪をコートの肩に流していた。ジーンズに包まれた尻が後ろへ盛り上がり、歩くたびに尻の肉の動きが見て取れる。これ以上、尻が上を向いても下を向いてもおかしいという、ギリギリの好形だ。だから志津馬は、なるべく美智子とは正常位を取らずに、尻の形を崩さないバックを取るように心がけている。

「こんな時間にどこへ行ってたんだ」

「ちょっとお買い物。来るなら電話をくれればよかったのに」

言いながらコートを脱ぎ捨て、志津馬の膝の上にしなだれかかって来た。

「うれしい。突然来てくれるなんて、初めてよ」

美智子は唇を押しつけて来た。頬も唇も冷えきっていた。

「食事まだなんだろう。外へ食いに出るか」

「食事なんかいらない。こっちのほうがいい」

美智子の眼がキスだけでたちまち潤み、白く細い手が志津馬のズボンのジッパーへ伸びた。志津馬はそのまま美智子を抱き上げてベッドへ運んだ。ヒモたるもの、女に望まればいつでも即座に応えなければならない。朱美との二度の情事で一回分だけ射精して、まだ二時間と経ってないが、志津馬の男根は、志津馬の意志によって早くも勃起していた。これも肛門筋の鍛練のおかげだ。

「……私に舐めさせて」

志津馬がジーンズを脱がせようとすると、めずらしく美智子のほうから志津馬のベルトを外しにかかった。志津馬は身体を入れかえてベッドの上に仰向けになり、されるがままになりながら、妙にひっかかるものを感じた。美智子が何かを隠しているような気がしたのだ。

〈オトコでもできたのだろうか?〉

まずそのことが頭に浮かんだ。もしそうだとしたら、話は簡単だ。

《スケコマシに嫉妬は禁物》

という甚左の教えがある。女にオトコができたら、慌(あわ)てず騒がず、金になる策を考えることだ。オトコから金を巻き上げるもよし、女をより高く売り飛ばすもよし、あるいは、知らぬふりを通すもよしだ。

どんなに利口な女でも、オトコが出来るとたちまち情愛が薄くなる。男なら、薄くなった情愛を隠すために、女、あるいは女房に過度なサービスをしたりするが、その点は女のほうが正直で、情愛が薄くなればサービスも薄くなる。間違っても男のペニスを咥えたりしない。

では、何なのか? オトコでないとしたら、何か? まさか、真弓を襲った魔手(ましゅ)が、すでに美智子の身辺にも伸びているのでは!? 不意に暗い想像が志津馬の脳裏に閃(ひらめ)いた。

「美智子、何を買いに行ってたんだ」

志津馬は上体を起こして詰問の口調で言った。志津馬の下半身は裸にされて、勃起した男根が美智子の唾液で黒く光っていた。

「え……？」

美智子は焦点を失った眼で見返してきた。エクスタシーに達したときの眼だ。

「何を買いに行ったって訊いてるんだ」

志津馬は美智子の肩を摑んで揺すり立てた。

「どうしたの？　何を怒ってるの？」

反応は鈍かった。

志津馬は下半身裸のままベッドを飛び降りて、ソファの上に脱ぎ捨てられた赤いコートのポケットを探った。その手に白い薬包が摑み上げられた。ざわっとした戦慄が志津馬の背筋を撫で上げた。

「こいつは、何だ」

志津馬は二つの薬包を美智子の鼻先に突きつけた。

「あっ。ダメ。いやよ」

美智子は舌のまわらぬ気怠い声で言って手を伸ばした。志津馬はその手を摑んで、ブラウスの袖をまくり上げた。

「何をするの？　いやよ。離して」

美智子は抵抗した。志津馬はベッドの上に美智子の身体を組み伏せ、袖をまくり上げた白い腕の肘の裏側を調べた。関節の三センチほど下の白い肌の上に、ポツンと一つ黒い注射痕が星のように浮かんでいた。

「バカ野郎！」

志津馬は初めてスケコマシの禁を破った。右手が美智子の頬に飛んだ。美智子がヒーッと叫んで顔を手で覆った。白い頬にたちまち志津馬の指の痕が赤く浮き上がった。

「いつからこんなものやってるんだ。言え！」

志津馬の剣幕に、美智子は顫え上がった。

「私は、いやだって言ったのよ。ほんとよ。無理矢理に射たれたのよ。ごめんなさい。もう絶対にやらないから捨てないで」

「誰にやられたんだ」

「池田組のチンピラよ。やらないと、お店に出られない顔にしてやるって脅かされたのよ」

「池田組だと!?」

志津馬は愕然となった。剣道の鍛錬で初めて真剣を眉間に突きつけられたときのように冷たい戦慄が背筋を走り抜けた。池田組というのは、錦糸町と亀戸に縄張りを持つ暴力団である。

広域暴力団・東正会の傘下にあり、組員は約三十名。同じ錦糸町と亀戸の駅の北口側を縄張りとする誠和会系の暴力団・中岡組と常に小ぜり合いを続けて、錦糸町の繁華街の印象を悪くしている。志津馬は錦糸町に住居ビルを建てるにあたって、そのあたりのことを詳細に調べたことがあるが、五年前の当時と較べると、錦糸町の街も静かになっていた。『カタギあってのヤクザ』という風潮が行き渡って、暴力団関係の事件も鎮静化し、錦糸町の駅前に大手流通関係のデパートが建ち並んで、街の様子も若者中心になり、健康で明るいイメージに様変わりしていた。にもかかわらず、池田組のチンピラが美智子に覚醒剤を強要したとは!?

池田組のチンピラは、美智子が志津馬の情婦と知っていたのだろうか?

志津馬は、瞬間うろたえた。連中が美智子を志津馬の情婦と知っていて、目標にされたのではないか——という想像にゆき当たったからである。

となると、真弓も連中のターゲットにされたのか!?

そのとき、ベッドの下に脱ぎ捨てられた志津馬のスーツの中で、ポケットベルが鳴り出した。緊急の場合を考えて持ち歩いているものだ。加入ナンバーを知っているのは、弟の加津彦と英夫、それに甚左の三人しかいない。呼出元は英夫の事務所と志津馬の自宅の二つに区分してある。ポケットベルを取り出すと、英夫のナンバーランプが点滅していた。志津馬はスイッチをオフにして、電話に飛びついた。英夫の事務所の電話番号をプッシュし終わると同時に、英夫の声が出た。

「どうした」

志津馬が咬みつくように言った。

「先輩、やられました。池田組の連中に、袋叩きにされて……」

聞き取りにくい声だった。唇を傷つけられた声だ。

「池田組だと!?」

もう間違いはなかった。池田組が志津馬と英夫にターゲットを絞って、圧力をかけて来たのだ。

しかし、なんのために?

「大丈夫か?」

「大丈夫です。死んじゃいませんよ」

「動けるんならすぐ錦糸町へ来い。俺も十分で帰る」

志津馬は電話を切ってパンツを拾い上げた。

「帰るの？」

泣きじゃくっていた美智子が不安気に志津馬の顔を見上げた。

「いいか。おまえはとうぶん店を休め。絶対に外出するな。俺か英夫から連絡があるまで、絶対に外へ出てはいかん。誰が訪ねて来ても、玄関のドアを開けるな。窓もドアも全部ロックしておけ。わかったな」

「ええ、わかったわ」

志津馬の剣幕に圧倒されて、不安気な顔が頷いた。志津馬は白い薬包をトイレの水に流し、ズボンのベルトを締めながら、玄関を飛び出した。

4

戸外はいつのまにか雨になっていた。隅田川沿いの道は、この深夜ではタクシーは通らない。志津馬は表通りまで走って空車を止めた。

「錦糸町の場外馬券売り場の手前だ」

運転手に行き先を告げて、志津馬は座席に浅く尻を乗せ、口をへの字に曲げて腕組みをした。

〈池田組の野郎どもめが！〉

志津馬は肚の中で呻いた。錦糸町の駅前にビルを建て、一階に喫茶店を開いたときから、地元の暴力団の介入はある程度予想していた。土地を斡旋してくれた不動産屋も、水商売を始めるなら、池田組に挨拶しておいたほうがよいと言っていた。

志津馬は快しとしなかった。弟の加津彦も必要なしと言った。加津彦には、向こう側の経験がある。一度挨拶に行けば、毎月なにがしかの金銭をショバ代として永久に取られることになる。初めが肝腎。毅然としていれば、向こうだって付け入る隙はない――と言い張った。志津馬は弟の意見を尊重した。

加津彦の言ったとおり、この五年間、連中は一度も〈マラゲーニヤ〉に近づかなかった。英夫のデートクラブにも、ちょっかいは出して来なかった。それが今になって、志津馬の女美智子に手を出し、あまつさえもう一人を殺し、そして志津馬の手足である英夫に攻撃をかけてくるとは、どういうことだ⁉

少なくとも連中は、志津馬がスケコマシで稼ぎ、英夫がデートクラブをやっているということを調べ上げている。池田組もおそらくは性産業に手を染めているだろう。これまでは互いに共存して生きてきたが、ここへ来て、英夫のデートクラブが彼らの商売の邪魔になってきたのだろうか？　それで潰す気になり得意の暴力によって攻勢をかけて来たのか？　それなら理解できないこともないが、しかし志津馬の女に対する脅しは、何を意味するのだろう？　志津馬にいやがらせをして、錦糸町から追い立てようとでも言うのだろうか？

いや。そんなことではない。連中はこともあろうに、志津馬の情婦の一人を殺害しているのだ。単なるいやがらせではない。

では、何か――？

クソッ！　志津馬は怒りで身体が熱くなった。

雨の中にタクシーが止まった。〈マラゲーニヤ〉の前だった。雨足が激しく、どしゃ降りになっていた。路上に白い飛沫が霧のように立ち上がっている。志津馬は金を払って雨の中へ降り立ち、〈マラゲーニヤ〉の庇の下へ走った。同時に眼の前に別のタクシーが止まった。英夫が到着したのだろうと思った。

男が降り立った。ジーンズのブルゾンを着た背の高い男だった。雨に打たれて額に髪の毛がへばりつき、削いだような頬を雨水が流れ落ちるのが見えた。男は志津馬を見据えて近づいて来た。それでも志津馬は無防備だった。タクシーが走り去った。男の手がブルゾンの下へもぐりこみ、ふたたび引き抜かれたときには、短刀が握られていた。

「!?」

志津馬はようやく事態を呑みこんだ。

「貴様、何者だッ」

志津馬は一喝した。その余裕が男の計算違いだった。短刀を抜くと同時に、志津馬を攻撃すべきだったのだ。

男は志津馬の底ひびきのする一喝に、一瞬、足を止め、あらためて身構えて、

「死ね！」

刃渡三十センチはある白刃を水平に寝かせ、一直線に突っ込んで来た。

「何をしやがる！」

志津馬は体を右へ軽く開きながら右手の手刀を男の肘をめがけて振り下ろした。短刀を水平に寝かせた攻撃は、明らかに相手の息の根を止めようという意志だ。短刀を立てたままでは、たとえ相手の胸を刺しても、肋骨に阻まれる。水平に寝かせて刺せば、切っ先が肋骨にぶつからない限り、スムーズに肋骨の間をすり抜けて心臓に達する。したがって水平に寝かせる短刀捌きは、プロの暗殺者とみてよい。

男は志津馬の強烈な手刀を腕に受け、ぐらりと体を崩しながらも、〈マラゲーニヤ〉のパイプシャッターにつかまって辛うじて体勢を立て直した。志津馬の手刀は、肘の関節か

ら五センチほど上へ外れたらしい。

「どこの組の者だ？　池田組か！」

「……！」

男は沈黙で答えた。第一撃をかわされて、志津馬を手強い相手と認識したのか、腰を沈めて短刀を低く構え、一瞬の隙を狙っている。志津馬は武器になるようなものを素早く探した。素手では手強い相手だ。武器さえあれば一撃で倒せる。道路の向こう側のビルの脇に、こわれたモップの柄が転がっているのが見えた。志津馬はずぶ濡れになって走った。

「あっ」

濡れたアスファルトが志津馬の足を滑らせた。志津馬は体勢を崩した。

「！」

男はその隙を見逃さなかった。充分に腰を沈め、短刀を腰にピタリとつけた姿勢で体当たりして来た。志津馬は倒れながら男のブルゾンの襟を摑み、手前に引き寄せて腰にかついだ。同時に左の肩に焼けるような激痛が走った。男は志津馬の腰の上で腕を突っ張り、そのまま志津馬を体重で崩した。

「死ね！」

第二撃が志津馬の頭上に振りかざされた。志津馬は下から右手を突き上げた。男の顎の下に志津馬の拳(こぶし)が食い込んだ。

「うっ」

男が志津馬の上から転げ落ちた。そのとき、ビルの入口のドアが開いて加津彦が飛び出して来た。男はそれを見て逃げようとした。

「待て!」

志津馬は起き上がろうとして、左肩の激痛に打ちのめされ、そのまま前に突んのめった。

「兄さん!」

雨の中から走り寄って来る加津彦の姿を見ながら、志津馬は飛沫を上げるアスファルトの上へ顔から落ちて行った。

六章　錯綜する野望

1

ズキン、とひびく痛みで、志津馬は眼が醒めた。雨上がりの抜けるような青空が窓の向こうに広がっていた。寝ている間に、東京とは別の、別世界へ来てしまったのかと思った。

「眼が醒めましたか？」

窓とは反対側から、心配そうな顔がのぞいた。加津彦だった。

「ここは、どこだ」

「江東病院の七階ですよ」

志津馬は安心した。江東病院なら家からすぐ近くだ。志津馬は昨夜のことを思い出した。加津彦に助けられて、タクシーで京葉道路沿いのこの病院へ運ばれたのだ。

「英夫はどうした」

「今朝、医者へ連れて行きました。顔をかなりやられてましたが、骨に異常はないそうです。今は、兄さんの部屋で寝ています」

「英夫はとうぶん、ウチで預かる。面倒を見てやってくれ」

「何があったんですか？　教えてください。相手は誰です」

志津馬に似て眉の太い顔が思いつめていた。

「おまえには関係ない。――それより、お前に訊きたいことがある」

「なんですか」

「三日前、真弓が殺された日の午前中、妙な男が俺に会いに来たと言ってたな」

「ええ。一眼で筋者とわかる男です」

「そいつの人相風体をもう一度思い出してくれ」

「年齢は二十六、七で、身長は兄さんと同じくらいで、髪は五分刈り。頰のこけた暗い感じの男で、唇が薄くて冷酷な感じでした」

間違いない。そいつだ。

「相手は、あの男ですか？」

「おまえり言うとおり、筋者だ。短刀の使い方が玄人だった」

「何者ですか。なんで兄さんを襲ったんですか？」

「わからん」

「兄さん、ぼくにも手伝わせてください。こういうことは兄さんよりぼくのほうが経験がありますから」

「馬鹿を言うな。なんのために足を洗ったんだ。今のおまえは、ただの喫茶店のおやじだってことを忘れるな」

弟を怒鳴りつけて、志津馬はベッドの上に起き上がった。左腕を固定された上に、肩から胸へかけて包帯が厚く巻きつけられ、動くと肩に強烈な痛みが走った。

「どうするんです」

「こんなところへ寝ていられるか」

「二、三日は絶対に安静だそうですよ。左肩を五センチも抉られてるんですよ」

「うるさい」

「それに、外に警察が来てるんです」

「警察だと？　警察に知らせたのか」

「病院が警察へ通報したんです。こういう傷は、病院だって黙っているわけにいかないんですよ」

加津彦はその筋の経験者らしい口調で言った。

ドアにノックの音がして、見覚えのある顔がのぞいた。

「どうぞ――」

加津彦が固い表情で言って、自分は席を外し、廊下へ出て行った。

「また会いましたな」

城東署の佐々木刑事だった。真弓が殺されたとき、東陽町のマンションで現場の捜査にあたっていた刑事だ。

「さっそくですが、昨夜の出来事を詳しく聞かせてもらいましょうか」

佐々木刑事は志津馬の枕許に突っ立ったまま手帳を開いてメモの用意をした。立花警部と違って、見るからに刑事面(でかづら)の持主だ。年齢は立花より上に違いない。現場で叩き上げた顔だ。首が太く、胸板(むないた)は厚く腕も太く、眼付きはあくまでも鋭く、したがって人相は悪く、限りなく極道(ごくどう)に似ている。不思議なことに刑事も極道も、年季を入れれば入れるほど、互いに限りなく似てくるものだ。

「男の人相、風体は?」

志津馬がひと通りのことを話し終わると、佐々木刑事は矢継(やつ)ぎ早(ばや)に質問を浴びせた。

「男を乗せて来たタクシーのナンバーは?」

「男はどの方面へ逃げましたか？」

「男は一人でしたか？」

志津馬は正直に答えて、

「何しろ突然のことでしたんで、はっきりはわかりません」

と、結んだ。

「犯人に心当たりは？」

佐々木刑事は、ようやく核心に触れる質問をした。

「おそらく、この界隈に巣喰う暴力団でしょうね」

「ほう。なぜそう言い切れるんですか？」

「素人が短刀を持ってるわけがないでしょう」

「近頃は、素人でも玄人と見分けがつかないのが多いですからね。素人のほうが悪どいというご時世ですから」

その言葉に志津馬ははっきりと自分に対する悪意を感じた。この刑事も志津馬の正体を知っているのだ。素人とは、志津馬のことを言っているのだろう。

「素人か玄人か、短刀の扱い方を見ればわかるでしょう」

「ほう。その方面に詳しいようですな」

「別に詳しくなくたって、そのくらいの判断はつくでしょう」

「ところで、この界隈に巣喰う暴力団となると、東正会系の池田組か誠和会系の中岡組のどちらかということになりますが、菅原さんには、連中に狙われる心当たりがあるんですか？」

「こちらに心当たりがなくても、あちらに心当たりがあるということもありますからね」

「理由もなく生命を狙われたというわけですか？」

「理由は相手に聞いてください」

「相手というと？」

「池田組の連中ですよ」

「ほう。今度は相手を断定なさるんですね？」

「…………」

志津馬は、英夫が池田組の連中に袋叩きに遭ったことを持ち出すべきかどうか迷った。持ち出せば、おそらく英夫は事情聴取され、ややこしいことになるだろう。秘密のデートクラブのことまでバレないとも限らない。そうなると藪蛇（やぶへび）になる。同じく美智子が覚醒剤を池田組のチンピラに強制されたことも、刑事に告げるわけにはいかない。それを持ち出せば、美智子自身が麻薬取締り法違反で逮捕されることになる。

「とにかく、井上真弓を殺ったのも、私を襲ったのも、池田組の連中に間違いありません。井上真弓殺しの犯人を捕まえる気があるんなら、池田組を調べてみてはどうですか」

「妙な話ですな」

佐々木刑事の細い眼が陰険な微笑を浮かべた。

「何がですか」

「心当たりはないと言いながら、犯人は池田組の人間だとおっしゃる。理由があればともかく、単なる勘とか感情だけでそういうことをおっしゃると、池田組から名誉毀損で訴えられるかもしれませんよ」

「面白いですね。訴えるなら訴えるように言ってください。受けて立ちますよ」

「池田組に何か怨みをお持ちですか?」

「…………」

池田組の名前を持ち出したのはまずかったか——と志津馬は思った。しかし、今さら引っこめるわけにはいかない。

「私は錦糸町の駅前に喫茶店を持ってますからね、商売がらみで向こうから怨みを買ってるかもしれませんね」

「ほう。商売がらみで生命を狙われる心当たりがあるんですか」

「何を言っても信用してもらえないようですね」

志津馬はしだいに身体が熱くなって来た。

「言っときますが、菅原さん、あなたは我々にとっては、井上真弓殺しの容疑者です。その容疑を晴らすために、生命を狙われた事件をでっち上げた——とも考えられるわけでしてね」

「…………」

志津馬は答える声もなかった。佐々木刑事は容貌が限りなく極道に似ているだけあって、シンパシーのほうも限りなく暴力団に傾いているようだった。

2

翌日の夜——

錦糸町の志津馬の部屋に三人の男が集まっていた。医者の忠告を無視して退院して来た志津馬、瀬戸内甚左、そして黒崎英夫。英夫は眼のまわりに黒い痣を作って、明太子のように脹れ上がった上唇に絆創膏を張りつけていた。三人分のコーヒーを運んで来た加津彦もその場に居座ろうとしたが、志津馬に叱られて階下へ追い払われていた。

「池田組に相違ないのか？」

甚左がコーヒーをすすって、難しい顔で志津馬にともなく、英夫にともなく言った。

「ウチの事務所へ撲り込んで来たのは、間違いなく池田組の連中です」

英夫が空気が抜けたような聞き取りにくい声で言った。

「四人いたけど、そのうちの二人は、亀戸の駅前の喫茶店でよく見かけた顔ですよ。あの喫茶店は池田組のチンピラの溜（たま）り場なんです」

「美智子に覚醒剤を押し売りしたのも、自分で池田組の人間だと名乗ったそうです」

志津馬も付け加えた。

「そこのところが妙なんだ。池田組が英夫のデートクラブの存在に気がついて、潰しにかかるというのはわかるが、覚醒剤をおまえの情婦（おんな）に射たせるというのがわからん。東正会というのは、珍しく戒律の厳しい暴力団で、覚醒剤だけは御法度（ごはっと）のはずなんだが――」

往年の名スケコマシだけあって、志津馬と違って極道の世界には詳しいようだった。

「でも、間違いないですよ。真弓ちゃんを殺（や）ったのも、池田組です。証拠があるんですから」

「どういうことだ」

「先輩があんなことになって報告が遅れたけど、証拠を摑んだんです。殺された真弓ちゃんの女友達のことを先輩に言われて調べていたら、思いがけない話を聞いたんです。――〈ほたる〉に伊藤竹男っていうボーイがいるんですが、こいつが真弓ちゃんに惚れていたらしいんです。だから真弓ちゃんの行動が気になって、それとなく注意して見ていたらしいんです。真弓ちゃんが殺された前の日の夕方、店に真弓ちゃんのところへ電話があったんです。それを取り継いだのが竹男なんです。その電話の相手の声を覚えてたんです。ちょっと脅しをかけて訊いたら、白状しましたよ。池田組の秋山っていう男だそうです」

「電話の声だけ聞いて、なぜわかる?」

「秋山っていう男は何度か〈ほたる〉に来てるし、電話もかけて来たことがあるんだそうです」

「クソッ! 池田組の野郎か……」

志津馬は呻いた。身体中の筋肉がめりめりと音を立てた。

「落ち着け、志津馬。おまえは極道ではない。スケコマシだ。そいつを忘れるな」

甚左が一喝した。

「警察に全部ぶちまけたらどうですか」

英夫が言った。

「いかん。警察などに通報したら、おまえのデートクラブはおろか、志津馬のスケコマシ稼業まで潰されるのがオチだ」

「でも、デートクラブはともかく、スケコマシは犯罪じゃないはずでしょ」

「警察がその気になれば、いつだって犯罪に仕立て上げられる」

「そんなことができるんですか」

「志津馬が別れた女を捜し出して、貢いだ金を騙し取られたとして被害届を出せば、一発で詐欺か横領でパクられる」

「そんな、被害届なんか書く女はいないでしょう」

「たとえ本人に書く気がなくても、警察は無理矢理にでも書かせる。警察とは、そういうところだ」

甚左の指摘は正しかった。警察は正義の味方、真実の探究者——というのは大義名分であって、それを鵜呑みにしていると、とんでもない目に遭わされる。たとえば、志津馬のような場合、甚左が言うとおり、別れた女を探し出し、被害届を書くように強要するのである。単なる強要ではない。相手が朱美のような堅気の商売をしている場合でも、たとえば駐車違反とか、客の苦情とかを拡大解釈し、それで脅しておいてから、志津馬に対する告発をすれば駐車違反は揉み消そうと持ちかける。たいがいの人間なら、これで書きたくもない被害届を書き、そうなれば警察は堂々と逮捕状を用意して志津馬の前に現われる。

こういう手口は序の口で、志津馬は二日前の夜、立花警部を尾行者と間違えて格闘したが、あれだって立花が署へ戻り、背広を故意に破いたり、顔に傷をつくったりして、医者の診断書を付ければ、志津馬は立派な公務執行妨害罪で逮捕される。そうならなかったのは、立花にそれほどの悪意も敵意もなかったか、それとも立花が、警察の汚いやり口を用いることを潔しとしなかったか、どちらかである。しかしあの佐々木刑事ならやりかねない。

「おやじさんの言うとおりだ。警察に訴えたって、俺たちが潰されるのがオチだ」

「それじゃあ、どうするんですか?　このまま黙って引っ込むんですか?」

英夫が空気の抜けるような声で言って口を尖らせた。殴られて上唇を腫らしているから、ただでさえ尖って見える。

「問題は、池田組の狙いだ。連中が何を狙って英夫や美智子に手を出したのか、そいつが問題だ」

甚左がコーヒーをすすった。

「そんなことは、わかってるじゃないですか。連中は先輩の生命まで狙ったんですよ。ぼくたちを全面的に潰そうとかかってるんですよ」

英夫が言い張った。志津馬もその点については英夫に賛成したい気分だ。

「そこのところがわからんのだ。東正会は今のところ統制が取れてうまくいってる。そんなときに、カタギを相手に殺人事件など起こすとは思えん。犯人が東正会系の暴力団となると、マスコミに袋叩きにされかねない。それでなくてもこのところ暴力団に対する風当たりは強いんだ。暴力団が最も恐れるのは、マスコミの眼だ。マスコミが書き立てると、必ずマスコミをバックにして地元の住民が反暴力団、暴力団追放の狼煙(のろし)を上げる。池田組だって、それが一番怖(こわ)いはずだ」

「それじゃあ、先輩を襲ったのは誰ですか」

「志津馬、心当たりはないのか？」

甚左が眉間に皺(しわ)を寄せて志津馬を振り返った。

「オヤジさん、俺はこの十年間、数えきれないくらいの女を口説いてきたけど、いつだってオヤジさんの教えを忘れたことはありません。オヤジさんの教えはきっちりと守ってきたつもりです。女に怨みを買うような真似だけはしなかったつもりですよ」

「そうか。悪かった。俺の質問は忘れてくれ」

「それでも、もしかして俺の情婦(おんな)を殺してやりたいと思うほど怨んでいる女がいるんじゃないかと思って、オヤジさんには黙っていたけど、かずみと朱美を訪ねてみたんです。俺のことを怨んでるとしたら、かずみと朱美がいちばんですからね。でも、かずみも朱美も怨んじゃいませんでした。少なくとも、俺や情婦を殺そうなんて思っちゃいませんでしたね」

「抱いてきてやったのか」

「たっぷり恩返ししてやったつもりです」

「かずみと朱美の他は、令子と陽子、理香、峰子の四人か。彼女たちは幸せにやっている」

甚左は志津馬の別れた女たちの消息を完璧に掴んでいる。それによると、三年間吉原のソープランドに出ていた、四番目の女・令子は、名のあるカメラマンに見染められ、正式に結婚し、今は二児の母として幸せに暮らしている。五番目の陽子は銀座のクラブにいて、別れるときには申し分のないパトロンを見つけてやり、現在は独立して銀座八丁目の裏通りに小さな店を出し、繁昌しているらしい。六番目の理香は新宿でホテトル嬢をやっていたが、朱美と似て独占欲が強く、結婚してくれなければ死ぬという騒ぎまで起こし、仕方なく新しい恋人を作ってやり、なんとか円満に別れ、今はその恋人と結婚し、大阪で暮らしている。バレリーナの卵だった七番目の峰子は、外人専用の売春組織で働いて、アメリカの振付け師に目を付けられ、二年前にアメリカへ渡り、それなりに成功しているらしい。志津馬に対して攻撃的な怨みを持っているとは思えない。

「別れた女の他に、心当たりはないか」

「ありません。男には怨みを買うようなことをした覚えはありませんからね」

「するとやはり、池田組ということになるか」

甚左は言いながらも、まだ納得できない顔だった。

「オヤジさん、東正会に知り合いはいますか」

「いや。しかし銀座の梅原さんなら顔が広いから、一人や二人はいるだろう」

「池田組を調べてもらうよう頼んでくれませんか」

「そいつは無理だろう。いくら東正会のお偉いさんでも、傘下の組織の犯罪をカタギの人間には教えんと思う」

「いや。真弓殺しの犯人や俺を狙った人間を調べ上げてくれって言うんじゃないんです。池田組が俺と英夫を潰しにかかってるのは確かです。その目的を知りたいんです。連中の狙いがなんなのか、そのへんのことを調べてもらってほしいんです」

「わかった。頼んでみよう。とうぶん、おまえたちは動かんほうがいいだろう」

「この身体じゃあ、動きたくても動けません」

「英夫もとうぶん、女を動かすな」

「わかってます。しばらく、ここに匿（かくま）ってもらうつもりです」

「美智子と京子は大丈夫か」

「二人とも、充分に用心するように言ってあります」

「美智子は中毒にはなってないのか」

「まだ二度目だと言ってたから、たぶん大丈夫でしょう。美智子には誰が訪ねて来てもドアを開けないように言ってありますから、池田組の売人（ばいにん）も手の出しようがないと思います」

「わしも暇を見て監視（み）に行こう」

「問題は警察です」

「警察？　どういうことだ」

「城東署の佐々木っていう刑事（でか）が、ひょっとすると池田組とつるんでるかもしれないんです」

「しかし、立花という警部にコナはかけたんだろう？」

「ええ。仕立物（したてもの）を頼んで、二百万円の現金を先輩の名前で置いて来ましたよ」

「その二百万円を叩き返されたんだ」

「ほんとですか？」

「朱美を吉祥寺に訪ねた夜、俺を尾行してきたんだ」

「立花という警部がか?」

「もしかすると、警察ぐるみで俺たちを潰しにかかってるのかもしれません」

「どうする、志津馬。ヒモ稼業、色稼業ってのは警察には弱い。二百万円が通用しなかったとなると、容易じゃないぞ」

「この際、二百万なんて少額じゃなく、一千万くらいぶつけてみてはどうですか」

英夫が口を挟んだ。

「そいつはいい考えだ。二百万なら叩き返せるが、一千万ではそうはいかん」

甚左が賛成した。

「いや。一千万が二千万でも通用しないでしょう。立花って男はそういう刑事です」

「それじゃあ、どうするんですか?」

「金が通用しないなら、女だ」

「なんですって? あの立花警部に女を抱かせるんですか?」

英夫が眼を丸くした。

「金も女も通用しない男なんて、この世にいるはずがない」

「でも、あの警部は家庭円満だし、エリートですよ。女にたらしこまれるタイプじゃないですよ」

「いや。そうとも言えん」

　甚左が身を乗り出した。

「昔、赤坂署にコチコチの刑事課長がいた。あの辺は金や女の誘惑が多いところだ。しかしその課長は清廉潔白居士として有名だった。近所の飲食店からの付け届けにさえいっさい手を出さなかった。ところが、所轄のクラブで傷害事件を起こしたホステスとできていたんだ。美人で評判の奥さんがいたにもかかわらずだ。それがわかって、いつのまにか八王子の方へ飛ばされたがね。志津馬の言うとおり、金も女も通用しない男はいない。が、問題はその女だ。それだけ手練手管に長けた女が、いるかね？　美智子や京子では無理だぞ」

「一人だけ、いますよ」

　志津馬の眼が底光りをした。甚左はなぜか微かに慄えた。志津馬がどの女のことを言っているのか、甚左には暗い予感としてわかったのだ。

「まさか、志津馬……」

「その、まさかです。彼女ならできます。いや。彼女にしかできんでしょう」

「しかし、そいつは酷と言うものだ。彼女は十年前、おまえのために——」

「酷なのはわかっています。だけど、彼女にしかできません」

志津馬はうっすらと微笑った。その眼は不敵に暗く輝いていた。甚左は志津馬の冷徹な意志に初めてぶつかって、沈黙する以外になかった。

3

同じ頃、新小岩の喫茶店の片隅で三人の男が額を寄せ合っていた。四日前、真弓が殺された日の深夜、城東署の佐々木刑事と立花警部が、池田組の情報屋・笠森に会った喫茶店である。男の一人はそのときの情報屋・笠森で、もう一人の男は池田組の幹部・秋山敏弘そしてもう一人は佐々木刑事だった。三人はあたりの客たちの耳を憚かるように低い声で話していた。

「菅原志津馬が退院しただと？ ほんとうか」

佐々木刑事が笠森の方へ身を乗り出した。

「ほんとうです。今日の午後三時頃、弟がクルマで迎えに来て――」

「傷はそんなに浅くなかったはずだぞ。江東病院の担当医は、五日間は絶対安静だって言ってたんだぜ」

「とにかく相当な野郎ですよ。ケチなスケコマシと思っていたのがいけなかったんです」

秋山が分別臭い顔で言った。秋山は眉毛の薄い兇悪な顔をサングラスで隠していた。隠しても唇が薄くて酷薄な感じはよく現われている。

「お前たちもよほどドジだな。スケコマシ一匹も料理もできないのかい」

「近頃は、警察より地元の住民ってのが怖いですからね。あんまり派手なことはできませんよ」

「秋山、そんな泣き言を聞くためにあんたに来てもらったんじゃない」

「本題は何です？」

「池田組の狙いは何なんだ」

「なんのことです？」

「とぼけるなよ。最初が井上真弓殺し。次が時川美智子に覚醒剤の強要。続いて黒崎英夫という大学生への暴行。そして最後がヒモ野郎に対する殺人未遂――」

「待ってくださいよ、ダンナ。なんのことかさっぱりわかりませんよ」

「警察にも情報網ってのがあるんだ。善良な大学生を袋叩きにし、ピンサロのホステスに無理に覚醒剤を売りつけた罪で、数人しょっぴいてもいいんだぜ。それとも本庁の麻薬Gメンを引き連れてガサ入れをしてもらいてえか」

「わかりましたよ、ダンナ。たしかに野郎の情婦に覚醒剤を売りつけ、野郎の手下の大学生を袋叩きにしましたよ。それに井上真弓に惚れてたウチの若い者が、女可愛さのあまりに間違いを起こしたかもしれません。でもダンナ、神に誓って言いますが、野郎を狙ったのはウチの者じゃありませんぜ。こいつは本当のことなんです。たとえ本庁の麻薬Gメンが押しかけて来たって、そいつばかりはお門違いです」

「神になんぞ誓わなくてもいいから、俺の眼を見ろ」

佐々木に言われて秋山はサングラスを外し、兇悪そうな眼で佐々木の眼を見つめた。

「そいつは、嘘やでたらめじゃあねえだろうな。嘘やでたらめだったら、ただじゃおかねえぞ」

「そいつが嘘やでたらめなら、私の指を全部差し上げますよ」

「貰いたいものは他にある。それも今すぐにだ」

「なんです？」

「井上真弓を殺った野郎だ。自首という形なら、情状さえ付けば五、六年の刑ですむ」

「つまり、ダンナに手柄を立てさせろってわけですか？」

「そのかわり、目障りな野郎は警察の手で合法的に潰してやる。組にとっちゃ悪い話じゃないはずだ」

「そいつは、立花警部も承知のうえの話ですか？」

「どういうことだ」

「井上真弓を殺った犯人が池田組の人間だとして、そいつをダンナの手に引き渡したら、ハイそれまでよってことになっちゃあウチとしても面白くないですからね」

「俺が信用できねえってのか」

「いいえ。ダンナのことを信用するとかしないとかじゃなく、城東署の方針を、池田組としちゃあ知りたいんです」

「立花警部がどうしたって言うんだい。警部は署長じゃない」

「そんなことは承知してますが、ウチのオヤジさんはどうも立花って警部が苦手らしいんです」

「だからどうしろって言うんだ。立花警部を殺せとでも言うのか」

「ハハ、きつい冗談だ。——そりゃまあ、立花警部が城東署から居なくなってくれれば、オヤジも喜んで、ダンナにいろいろ謝礼なども出すでしょうが、殺せだなんて、そんな怖い話はなしですよ」

「ふン。帰ったら組長に伝えておけ。あんまりいい気になっていると、美味い話も逃げて行くってな。警察と仲良くやっていきたかったら、こっちの言うとおりに動くことだ」

「伝えときましょう。極道も近頃、警察と銀行屋と地元住民って奴には勝てませんからね。その線でオヤジに話してみます」

「もう一つ。覚醒剤の動きが目に付きすぎる。あんまり派手にやると、署としても黙っちゃいないぜ」

「わかりました。こっちからも一つ、お願いがあるんですが」

「何だ」

「野郎を襲った犯人に目星がついたら、教えてほしいんです」

「教えてどうする?」

「こいつはこっちの独り言ですけど、ウチの組へ逃げてくれれば、手厚く匿ってやろうじゃねえかと言うのがオヤジの気持ちでして——」

「匿うのは勝手だが、犯人は菅原志津馬に面を見られている。そいつを忘れるな」

佐々木刑事はそう言い残して腰を上げ、背広の内ポケットからサングラスを取り出すと、すばやくかけて、辺りの人目を憚かるように急ぎ足で店を出て行った。

「こっちの狙いが、何にもわかっちゃいねえぜ」

秋山が佐々木を見送った眼を戻しながら薄い唇の端を歪めて嘲った。笑った顔は、素顔よりもはるかに酷薄だった。冷酷さはこの男の唯一の才能なのかもしれない。

「たいした刑事じゃありませんよ」

笠森がお追従笑いを浮かべて言った。

「菅原志津馬が退院したことを喋っちまったのは、まずかったぜ」

秋山がジロリと笠森を睨んだ。

「へい、すみません。つい口がすべっちまったもんで」

笠森がすくみ上がって頭をペコリと下げた。

「まあいいや。それより野郎の情婦どもはどうしてる」

「浅草橋の女も両国の女も、マンションのドアをロックして一歩も外へ出ません」

「見張りは付けてるんだろうな」

「そいつはぬかりはありません」

「野郎は、今夜からおまえが自分で見張れ。おかしな動きをしたらすぐに知らせるんだ」

「わかりました」

笠森は恭しく言って頭をさげた。

4

「今日が真弓の初七日だろう」

三日後、起きぬけに志津馬と顔を合わせると、甚左が言った。昨夜、甚左は志津馬のマンションに泊まったのだ。

「東陽町ってのはどっちだ」

洗顔を済ませると、起きて来た英夫も窓辺に並ばせて、東陽町の方角に向かって合掌させ、真弓の冥福を祈ってから帰り仕度にかかった。

「英夫にクルマで送らせましょう」

「いや結構だ。年寄りには歩くほうが薬になる。それに梅原さんのところへ寄って行こうと思うから」

「気をつけてください。池田組の連中は必ずこの家を見張ってるでしょうから」

「狙いはおまえだ。こんな爺いには手は出さん。それよりおまえこそ、ゆっくり養生して早くよくなることだ」

しかし志津馬は、ゆっくり養生する気分ではなかった。重要で、気の重い仕事が残っていた。かずみにいやな仕事を頼まねばならぬ。志津馬にとってもいやな仕事だ。いやな仕事は先送りにしたくなるが、いやな仕事こそ先に片付けなければならない。

「運転できるか」

朝昼兼用の食事を済ませると、志津馬は外出の仕度にかかった。肩と胸を包帯でぐるぐる巻きにされているので、ブレザーに袖を通すのが苦労だった。

「顔はまだひどい顔だけど、手や足は大丈夫ですよ」

「四谷三丁目まで運んでってくれ」

「わかりました」

「池田組の連中が見張ってるに違いない。尾行には気をつけろよ」

「まかせてください。運転ならヤクザなどに負けはしません」

英夫は勇み立って階下へ降りて行った。

志津馬はBMWを持っていた。ふだんは弟夫婦が使っていて、志津馬自身はめったにハンドルを握らない。脚を鍛えるために歩く——というわけではなく、女を口説くという仕事にクルマは必要なくなっているのだ。

一昔前は、クルマは女をひっかけるための三種の神器の一つだった。クルマ、カード(クレジット・カード)、ファッションこの三つが女をひっかけるための強力な武器と言われていた。流行の先端を行くファッションをさりげなく着こなし、BMWなどの小型外車(ベンツやキャデラックなどの大型外車は、女をひっかける武器にはならない。むしろ逆効果になる。なぜなら、ベンツやキャデラックはヤクザの愛するクルマというふうに見られていたからだ)に乗って女の子をひっかけ、ホテルや有名店でカードを使って食事や買い物をすれば、間違いなくベッドまで直行できると信じられていた。

しかし今では神器の威力は色褪(あ)せている。小型外車はニキビ面の大学生や女子大生も乗っているし、カードはサラリーマン必携(ひっけい)のものだ。最先端のファッションなどは、原宿(はらじゅく)や六本木をうろつくガキどものほうがはるかに進んでいる。

それに女性側の眼が肥(こ)えてきたとも言える。流行のファッションを身に着け、外車を乗り回し、カードを見せびらかす男に、性的な魅力を感じなくなったのだろう。言い換(か)えれば、日本経済の高度成長期のお祭り時代が終わって、女の子のほうも堅実になったのだ。お祭り時代には、お祭りに似合った派手な金持ちのベッドを好んだが、低成長期と言われる現在、女の子は堅実で将来性のある男のベッドを選択する。

志津馬の服装は常に堅実なサラリーマンスタイルだ。一着数万円のスーツに、五千円程度のネクタイ。腕にはブレスレットもなく、胸にペンダントもぶら下げていない。堅実さと、事業にかける夢を巧(たく)みに女に売っているわけだ。

それに何より志津馬がクルマに乗らないのは、都心の交通渋滞(じゅうたい)にも関係している。首都高はいつも渋滞しているし、おまけに駐車場が少ない。女の子を口説いて、いざホテルへというときに、マイカーというのはかえって足手まといになる。こういう不便なものは使わないことにし、志津馬はもっぱらタクシーを愛用している。

「尾行車らしいクルマはどうだ」

京葉道路へ出てしばらく走ってから、志津馬は前方を向いたままハンドルを握る英夫に言った。英夫はチラチラとバックミラーを覗いていた。

「三台後ろに白のクラウンがいます。サングラスをかけた男が運転しています。助手席にいる男もサングラスに角刈りです。怪しいですね」

ＢＭＷは高速道路には乗らずに、京葉道路を直通し、神田から飯田橋へ向かい外濠通りへ出た。

「間違いないですね。白いクラウンが五台後ろにくっついてます」

「四谷三丁目で俺を降ろしたら、おまえはまっすぐ適当に走ってくれ」

「わかりました」

連中の狙いは志津馬である。志津馬がＢＭＷを乗り捨てたことに気がつかなければ、連中はどこまでもＢＭＷを尾行していくだろう。

四谷三丁目の交差点を信濃町方向へ曲ったところで、志津馬は素早くＢＭＷを降り、ＢＭＷはそのまま直進した。幸い交差点は混んでいた。数台後ろに着いた白いクラウンは、志津馬が降り立ったことに気づかずに、ＢＭＷの後を追った。

志津馬はかずみのマンションまでゆっくり歩いた。肩の傷が疼いた。深さ三センチ、切り口五センチほどの傷が鎖骨(さこつ)の一センチ下に開いている。もう少し下だったら、肺に届いていたと医者が言っていた。普通の人間ならまだベッドの上で唸(うな)っていたろう。志津馬の肉体は鍛え込んであるから、並みの人間より数倍は回復力が早い。それでも歩くと、足裏に伝わる衝撃が傷口にまでひびいて、ズキンと痛む。

志津馬は今にも崩れそうな足取りでかずみのマンションへ倒れこんだ。それでも玄関のブザーを押したときには、きちんと背筋を伸ばしていた。

午後一時――。夜の遅いかずみでも、もう起きている時間だ。

案の定、インターホンにすぐに声があって、志津馬が名を名乗ると、直(ただ)ちにドアが開いた。

「いらっしゃい」

かずみはパジャマ姿だった。寝起きの顔をしていた。その顔がうれしそうに微笑(わら)った。

「今起きたとこなの。お食事は？」

「済ませて来た」

志津馬はゆっくりした足取りでリビングルームへ上がり込んだ。部屋の中にコーヒーの芳(かんば)しい香りが漂(ただよ)っていた。

「こんなに早く来てくれるとは思わなかったわ」

かずみは志津馬のためにコーヒーを淹れてくれて、そのままソファの志津馬にパジャマ姿の上体を預けて来た。スーツの下の傷口にかずみの肩がモロにぶつかり、志津馬は思わず、うっと声を上げた。

「どうしたの?」

かずみが驚いて跳ね起き、スーツとオープンシャツの襟をめくり上げた。

「俺の生命を狙ってる奴がいる」

「刺されたの?」

「たいした傷じゃない」

「誰? ヤクザ?」

「短刀使いのプロだ」

「警察に訴えたの?」

「警察は俺を狙ってる」

「どういうこと?」

「女に貢がせて優雅に暮らす人間を、警察は許せないんだ。おそらく極道とグルになって俺を潰しにかかっている」

「警察が、そんなことをするの?」

「このままでは、俺は確実に潰される。俺の夢もおしまいだ」

「…………」

「助けてくれ、かずみ」

「どうしろと言うの？」

かずみが腰を引いた。眼に警戒の色が浮かんでいた。十年前、志津馬に助けてくれと言われて昭和物産の板見重役の愛人になったことを思い出しているに違いない。

「極道連中はなんとかしのげる。だが、警察はそうはいかん。金は通用しない相手だ。頼む」

志津馬はソファから滑り降りると、かずみの足許に土下座をした。左腕は使えずに、右手だけの土下座だった。

「いやよッ。バカにしないで！　何度私をバカにしたら済むの！」

かずみがヒステリックに叫んだ。

「どこまで私を利用したら気が済むのよ。私を骨までしゃぶる気なの？　私はあなたの母親じゃないのよ。バカにしないでよ。どこまで悪党なの！」

「そうだ。俺は悪党だ。だがおまえを愛している。おふくろより誰よりもいちばん愛し、いちばん頼りにしているんだ。他に頼れる人間はいない。おまえは俺にとって、おふくろであり恋人であり女房だ。女の全てだ。おまえの力がなければ、俺は生きていけない。十年前、おれはおまえのおかげで物産へ入れた。全ておまえのおかげだ。おまえが犠牲になってくれたおかげで俺は男になれた。そのまたおまえを犠牲にしようなんて、おれは自分でもつくづくひどい男だと思う。殺してやりたいほど薄情で冷酷でひどい男だ。だが、勘弁してくれ。こいつは前世からの縁なんだ。俺を救えるのはこの世におまえしかいないんだ。俺は夢を叶えたい。陽の当たる表街道にでっかいビルを建てたい。その夢を叶えられるのは、かずみ、おまえしかいない。頼む。このとおりだ」

志津馬は底光りのする瞳でかずみの眼を見つめ、かずみの足許に額をこすりつけた。右腕一本で土下座をしているよりそのほうが楽だったのだ。

彼の頬には大粒の涙さえ伝い落ちていた。自分でも不思議なほどスムーズに涙が溢れ出た。一世一代の大芝居という意気込みが、自然に涙を催させたらしい。

「そんなこと言ったって、私の肉体はもう男をたぶらかせる代物じゃないわ」

効果はてきめんだった。かずみのヒステリックな喚き声はおさまって、志津馬の涙に同情を誘われていた。

「何を言う。おまえの肉体はまだ二十代半ばの若さだ。いや。二十代の女の肉体より、はるかに美しい。そいつはこの俺が保証する」

「私はもうあんたのオンナじゃないのよ。あんたのもっと若い女の子を使えばいいじゃないの」

「いや。こいつは難しい仕事だ。今どきの若い女にできる芸当ではない。こいつができるのは、おまえだけだ」

「よしてよ。あなたの泣き言なんて聞きたくないわよ」

かずみもさるものだった。志津馬の大芝居には編されなかった。再びヒステリックに喚くと、ソファの上へ横崩しに坐って腕組みをした。怒ったかずみも魅力的だった。薄いパジャマの上からも、豊満な肉体の曲線がはっきりとわかる。志津馬はあらためて喰い下がった。

「かずみ、こいつは生き死にの問題なんだ。俺は死んでもいい。おまえを初め大勢の女たちをさんざん喰いものにしてきたんだから、その罰が当たったと思えば諦めもつく。しかし俺には、おまえを初め関わりを持った女が十人いる。そのうちの二人は死んじまったが、まだ八人は生きているんだ。そのうちの四人は結婚して別の人生を幸せに暮らしているだ、おまえを入れて後の四人は、俺の夢に賭けてるんだ。俺の夢が実現する日を楽しみに待ってくれているんだ。その夢がここでぶち毀されるかと思うと、死んでも死に切れない。どうせ悪党と呼ばれるスケコマシ稼業に足を踏み入れたのなら、喰った女たちの期待に応えて、一緒になって喜んでもらいたいんだ」

「冗談も休み休みにしてよ。私がどうしてあんたの他の女たちのために夢を叶えてあげなくちゃならないの？　冗談じゃないわよ。生命のかかった問題だと言うんなら、さっさと生命なんか捨てちゃいなさいよ」

寝起きの顔が涙で濡れていた。

「どうしてもダメか」

「さっさと帰って。もう二度と顔を出さないで！」

「そうか――」

志津馬は刀折れ矢尽きたという顔で立ち上がった。玄関へは向かわずに、ふらふらとキッチンへ入って行き、出て来たときにはステンレス製の出刃包丁を手にぶら下げていた。

「な、なにをするの⁉」

ソファの上で、かずみがひきつった声を上げ、ちぢみ上がった。志津馬はテーブルの上に出刃包丁を突き立てておいて、ズボンとパンツを脱ぎ捨てた。志津馬の男根はこんな危急の状況下にありながら、炎を吹くが如くに隆々と勃起していた。むろん志津馬がコントロールして勃起させたのだ。

「おまえの言うとおりだ。俺はおまえの人生を踏み台にしてきた。みんなこのチンポが悪いのだ。おまえの顔さえ見ればそそり立つ。しかしそいつは、おまえが魅力的だからだ。俺は嘘つきかもしれんが、男のチンポは嘘をつかない。だが、おまえに断わられるのならもうこいつに用はない。こいつはくれてやる。おまえにチョン切られれば、こいつだって満足だ。さあ、スッパリとやってくれ」

志津馬は言いながら、そそり立ったものをかずみの顔面に近づけた。一か八かの、これが賭けだった。

「頼む、かずみ。おまえの手でこいつに引導を渡してくれ」

志津馬はさらに肛門の括約筋を絞り上げた。勃起した志津馬の男根は、かずみの眼の前で悲しげにピクピクと上下し、さらに高くそそり立った。

「あああ！」

不意にかずみの口からよじれるような嗚咽の声が洩れ、同時にかずみの手が眼の前の男根を摑み取り、愛おしげに頬ずりをした。

「悪党！　チョン切ってやる！　地獄へ突き落としてやる！」

獣のような声で叫んで、かずみは志津馬の男根にしゃぶりついた。志津馬はかずみの髪を優しく撫でた。

「地獄へ落ちるときは、一緒だ。おまえが誰の女になったって、俺は一生つきまとうぜ。こいつ、こいつはおまえのおまんこがいちばん好きなんだ」

志津馬の手は、かずみの頭から豊かな乳房へと伸びて行った。

七章　美女の撒餌(こませ)

1

かずみのマンションで一晩を過ごし、かずみが眼を醒まさないうちにマンションを後にした。

かずみは志津馬の頼みを聞き入れてくれた。そのかわり店を休み、明け方まで付き合わされた。今度こそかずみと永遠(とわ)の別れとなると思うと、不思議に持続できた。男根を肛門の括約筋で起き上がらせなくても、ごく自然に勃起し、志津馬は三度も射精した。時間にして延べ約十五時間、かずみは志津馬の男根を離さなかった。花芯に咥えこんでいるか、そうでないときは口に咥えているか、あるいは手に握りしめていた。かずみにも、これが志津馬との最後の交わりという思いがあったのだろう。

錦糸町へ帰り着いたのは、午前十一時だった。かずみを抱いているときには忘れていた肩の傷が痛みだした。志津馬は医者からもらった痛み止めの薬を飲み、英夫に支えられてベッドへ潜りこんだ。

英夫に起こされたのは夜の八時だった。ぐっすり眠ったおかげで傷の痛みは消えていた。

「梅原さんから電話です」

「梅原さん？」

甚左の昔馴染みで、銀座の高級クラブ〈忍〉のマネージャーだ。

「もしもし、菅原ですが」

志津馬はリビングルームへ出て行って電話に出た。歩いても傷は痛まなかった。

「甚さんから聞きました。災難でしたね。傷の具合はどうです？」

チェックのベストに赤い蝶ネクタイがよく似合う小柄な老人の姿を彷彿とさせる物柔らかな声が受話器から伝わって来た。

「たいしたことはありません。それより仕事のほうが遅れてしまって申し訳ありません」

岡一証券の重役秘書。生越佐千子を落としてほしいという仕事の依頼主だ。

「仕事のほうはじっくりやってください。それよりも、久しぶりにお目にかかりたいですね。ちょっと来ませんか。甚さんも来てるんですよ」

電話が代わって、甚左が電話口に出た。

「梅原さんの白金（しろがね）のマンションへお邪魔してるんだ。池田組の件を調べてくれたそうだ。どうだ。出られるか」

「大丈夫です」

「用心のために英夫に付いて来てもらえ」

「タクシーくらいは一人で乗れますよ」

志津馬は電話を切って外出の仕度をした。

「一緒に行きましょうか」

英夫もその気になっていた。

「いや。タクシーを使う。家のまわりに白いクラウンがいるかどうか、窓から覗いてみろ」

「いないようです」

英夫が窓から顔を出して答えた。

「タクシーを呼んでくれ」

五分後、〈マラゲーニヤ〉の入口前からタクシーに乗り込み、北里（きたざと）大学に近い静かな住宅街にある梅原のマンションへ着いたのは、午後九時ちょっと前だった。レンガ造りのテラス式の洒落た感じのマンションだった。七十五か六になる梅原竜夫老人は、このマンションに三十そこその美貌のホステスと同棲していた。むろん本妻は別にいる。子供も三人いて、孫にいたっては八人もいるという。それでいて美貌の愛人に性的な不自由は味わわせていないという男の鑑のような老人である。

部屋へ上がって行くと、美貌の愛人は留守だった。赤坂のお店へ出ているらしい。いかにも超高級クラブのホステスの部屋らしい華やかな彩りのリビングルームに、蝶ネクタイを付けた梅原と茶のスーツの甚左が向かい合ってブランデーを舐めていた。

「池田組に知った顔はないんですが、昔、銀座で悪戯をしていた男が東正会の上のほうで大きな顔をしているのがいましてね、その男に聞いてみたんです」

梅原老人は志津馬にブランデーを注ぎながら、前置きなしに本題に入った。チョビ髭を生やしてクリクリした眼の、悪戯小僧のような顔が活き活きとしていた。

「池田組というのは、どうも乱暴者の集まりのようですね。ご存じかもしれないが、東正会というのは熱海・小田原あたりから出て来た博奕打ちで、それが横浜・東京あたりのグレン隊を統合発展した、いわば都会派の全国組織でしてね、どちらかというと頭脳派なんだが、その中にあって池田組というのは、出が埼玉とか群馬方面のヤクザだものだから、頭を使うより腕を使うという、まあ伝統的に武闘派らしいんです」

梅原はブランデーで喉(のど)を潤(うる)おしてさらに続けた。

「ところがあなた、同じ錦糸町にシマを張ってる誠和会系の中岡組というのが、誠和会の中でもずば抜けた頭脳派ときているものだから、この一、二年の間に、力関係がすっかり逆転してしまって、商売はうまくいかないし、したがって上納金は滞納する一方だしで、かなり焦っているらしいですね。甚さんから聞いたんですが、もし池田組が覚醒剤に手を出しているとしたら、焦りも頂点へ達している証拠でしょう。あれはすぐに金になりますからね。ただし、念のためにそれとなく聞いてみたんですが、東正会では表向き覚醒剤は御法度(ごはっと)だそうです」

「梅原さん、お願いがあります」

志津馬は膝を進めた。

「なんですか?」

「私に東正会のその人に会わせてもらえませんか」

池田組が東正会にとっても困り者の組なら、大物幹部に仲介(ちゅうかい)を頼めば、なんとかしてくれるのではないか——と、そこに一縷(いちる)の望みを見いだしたのだ。しかし、それが甘い望みであることは、すぐに思い知らされた。

「それはできません」

梅原老人が厳然とした口調で答えた。

「菅原さんがその男に会って何を頼みたいのか、その気持ちはわかりますが、悪いことは言いません。それはおやめなさい。いくら私の知人とは言え、その男はヤクザです。菅原さんが筋を通して頼めば、聞き入れてくれるでしょう。しかしそれはヤクザに借りを作ることになる。問題を解決した謝礼として、池田組の上納金以上のものを要求されるかもしれない。それを払いますか？　それも一度や二度じゃない。借りを作れば永久にムシられるでしょう。それがヤクザです。それはあなたもご存じのはず。それにもう一つ。ヤクザというのは非常に身内(みうち)意識の強い集団です。たとえ出来の悪い身内でも、外の者から悪口を聞かされたりチクられたりするのを嫌います。――今も甚さんと話していたんですが、悪い奴に見込まれたと腹をくくる他にないですね。連中があなた方を潰そうというなら、おとなしく潰されるか、潰されるのが嫌なら自分でしのぐか――そのどちらかしかないでしょう。ただし、あなた方が連中に立ち向かっても、東正会が動くということはないでしょう」

梅原老人はそう言葉を結んだ。

三十分後、タクシーを呼んでもらって、志津馬と甚左は梅原のマンションを辞した。別れ際(ぎわ)に梅原老人は、

「岡一証券の件、楽しみにしてますよ」

と、無邪気に志津馬に向かってウインクをした。

「どうする、志津馬」

タクシーが動き出すと、甚左が腕組みをして言った。

「俺と英夫とオヤジさんの三人で、勝てますか？」

「無理だろうな」

甚左は低く呟いて、

「だが、おまえがその気ならわしだってそうバカにしたものではない」

「オヤジさんを極道の暴力の前には出せませんよ」

「足手まといか」

「何を言ってるんです」

「スケコマシは極道ではない――紳士の稼業と教えてきたが、今になって、それが正しかったのかどうか疑問になってきた」

「間違った教えじゃありませんよ。今だって俺はそう信じています」

「おまえほどの腕力がありながら、わしは一度も使わせなかった」

「今後も使う気はありません」

「全面撤退するのか」

「オヤジさんには黙っていたけど、実は物産のほうがいよいよおかしくなってるんです」

「クビか？」

「そんなところでしょう。でも、おとなしくクビになるつもりはありません」

「どういうことだ？」

「物産の子会社に、情報処理研究センターというのがあるんです。そいつを板見専務に掛け合って、ちょうだいしようかと――」

「ほう。いよいよ事業に乗り出すのか」

「問題は資金です」

「いくらある？」

「門前仲町の土地を入れて、十億くらいは銀行から借りられると思います」

「それじゃあ足らないのか」

「おそらく倍はいるでしょうね」

「そいつは難しいな」

「それが難しければ、池田組に勝つ以外にありません」

「…………」

甚左は苦しげに呻いて口を噤んだ。

「立花警部の件は、片をつけてきましたよ」

「かずみは、承知したのか？」

甚左が暗い後部座席の上で、志津馬を振り返った。

「昨夜、引導を渡してきました」

「………」

甚左がしんみりと頷いた。志津馬は温かいものを感じた。かずみを哀れむ甚左の気持ちがうれしかった。と同時に、甚左の心の老いを感じて、ふと寂しかった。

「どっちにしても、早まるなよ、志津馬。池田組の出方を待て」

「わかっています」

目黒のマンションへ甚左を送り届けて、タクシーは錦糸町へ向かった。品川から首都高に乗って錦糸町へ降りたのは午後十一時過ぎだった。出口を直進したところで、いきなりタクシーがブレーキを踏んだ。

「危ないじゃないか！」

運転手が思わず甲高い声を上げた。志津馬は危うく左肩を前の座席の背にぶつけそうになって、カッと熱くなった。白いクラウンがタクシーの前面に切れ込んで、急停車するのが見えたのだ。クラウンの左右のドアが開いて、バラバラっと三人の男が降りて来て、タクシーの窓を叩いた。

「開けろ！」

蛇のような目つきで眉毛の薄い冷酷そうな男が後部ドアを蹴りつけた。運転手はちぢみ上がっていた。

「早く開けたほうがいい。狙いは俺だ」

志津馬の言葉に促されて、運転手がドアを開いた。

「菅原さんだね？」

「だったらどうする」

志津馬は眉毛の薄い冷血動物のような眼を睨み返した。冷血な眼が一瞬たじろいだ。

「ちょいと顔を貸してもらいたいんで」

「断わる」

連中が素手でも、手負いの身では勝てそうにない。しかし脅されて簡単に言う事を聞くのも業腹ではないか。

「断わられちゃあ、困るんだ」

眉毛の薄い男が腰を屈めてぴたりと志津馬の脇に張り付いた。その手に銀色に光る短刀が握られていた。志津馬はタクシーの料金を払って路上へ降り立った。一人の男がタクシーを追い払い、志津馬は白いクラウンの後部座席へ押し込められた。

2

白いクラウンは大通りで乱暴にUターンし、駅とは反対の東陽町方面へ疾走した。

「どこへ行くんだ」

「行けばわかる」

助手席に乗った一味の兄貴分らしい眉毛の薄い酷薄そうな男が振り向きもせず答えた。志津馬は二人の男に挟まれていた。二人とも黒いスーツを着てパンチパーマをかけていた。顔がゴツゴツして首が太く、胸板も厚そうだった。左側の細い眼の男は歯槽膿漏らしく、吐く息が臭かった。二人とも眉毛の薄い男の部下らしい。

志津馬は肚をくくっていた。クラウンは東陽町方面へ向かっている。しかしその先には、夜ともなると人気のなくなる東京湾の海辺がある。そこへ連れて行かれてコンクリート漬けにされ、東京湾の海底へ沈められないとも限らない。梅原老人の話によれば、池田組というのは東正会の中でも乱暴者揃いというではないか。しかしそうなればそうなったときのことだ。黙ってコンクリート漬けにされるわけにはいかない。木刀にかわる武器を手にすれば、この程度の極道なら五人は相手に出来るだろうが、相手が拳銃を持っていたら。拳銃には、いかに志津馬でも太刀打ちできない。死の匂いが、ツンと鼻孔の奥を刺した。

クラウンは四ツ目通りを直進し、東陽町に出て永代通りを右折し、東西線の木場駅の手前を左折して越中島方面へ向かった。そこは江戸時代から明治・大正・昭和にわたる東京湾の埋立地で、運河が交錯し、湾岸高速道路が走り、その先の海辺に夢の島、新木場と続いている。昼間は海浜商工業地帯として活気づいているが、夜になれば、ここが都心から二十分もかからない東京湾岸かと思うほど寂しい場所だ。人間を生きたままコンクリート漬けにするにはまたとない場所と言える。

車窓に家並が途絶え、工場と倉庫だけの無人の境界に入っていた。あけぼの運河を越え、新木場へ入った。広い道路に行き交うクルマのライトはまったくない。クラウンは不意にスピードを落として、大きな倉庫の中へ吸い込まれて止まった。背後にシャッターの閉まる大きな音が聞こえた。

「着いたぜ。降りてもらおうか」

助手席の眉毛の薄い男が言った。入口のシャッターが降り切ると同時に灯りが点いた。

天井の高い木材倉庫だった。今は使用されていないらしく、木材の代わりにクルマが二台駐まっていて、そのまわりに数人の男たちが立ち、クラウンを出迎えていた。

クラウンに乗っていたのが、運転役の男を入れて四人。先着の男どもが七名。合わせて十一人。これでは勝ち目がない。ひと暴れしてみたところで、二、三人は倒せるだろうが、肋骨をへシ折られて組み伏せられるのがオチだ。負けるとわかった勝負は、志津馬はやらない主義だ。おとなしくクラウンを降りた。

「こっちだ」

歯槽膿漏が志津馬の肩を小突いた。倉庫の奥にガラス窓で囲った事務所があって、志津馬はそこへ押し込められた。

「俺をどうする気だ。早く帰って眠りたいんだ」

誰も答えず、男たちは事務所の窓の外にズラリと待機した。志津馬は自分がまるでガラスの檻に入れられた珍獣のような気がした。コンクリート漬けにされるより珍獣のほうがましだ。志津馬は部屋の隅に置かれた応接セットのソファに腰を下ろしてタバコに火を点けた。

二本目のタバコを吸い終わったとき、入口のシャッターが軋むような音とともに上がり、黒いベンツが入って来た。眉毛の薄い角刈りの男が近づいて、恭しくドアを開け、腹の突き出た坊主頭の初老の男が降り立った。男は四人の男を後ろに従えて、まっすぐ事務所へ入って来た。

「やあ、お待たせしましたな。池田組を預かっている池田宗次郎です」

男は厚い頰の肉をちょっと歪めて微笑を浮かべ、志津馬と向かい合ったソファに腰を下ろし、四人の手下がその背後に並んで立った。池田宗次郎の右頰には、唇の端にかけて刃物の傷痕が白くひきつっていた。灼けてでこぼこしてもともと人相の悪いところへ向こう傷と来ているから、一目で震えのくる兇相になっていた。東正会きっての武闘派というのが、実感として志津馬にはわかった。

「池田組の親分が私になんの用ですか」

志津馬は震えがくる代わりに、怒りの血潮に全身を熱くしながら眼の前の兇悪面を睨みつけた。この男たちの中に、真弓を素っ裸にして殺した男がいるかもしれないという想像が、彼の血を沸騰させていたのだ。

「常々、菅原さんには一度お会いしたいと思っとりました」

池田組々長は葉巻を取り出して、太くて短い指の間に挟んだ。背後に並んだサングラスの男が間髪を入れずにジッポのライターを取り出して火を差し出した。

「それにしては乱暴な招待ですね」

「今の若い者は礼儀というものを知りません。失礼があったら許してやってください」

「許せるかどうかは、話によりますね」

志津馬はさぐりを入れた。当面、コンクリート漬けは免(まぬか)れたらしい。だが、相手の狙いは依然として藪(やぶ)の中だ。乱暴を看板にした連中だから、いつ変心してコンクリートを練(ね)り始めるかわかったものではない。

「どうです、菅原さん。手を打ちませんか」

親分の細い眼がキラリと光ってソファから身を乗り出した。

「手を打つ? なんのことですか?」

志津馬はとぼけた。

「菅原さんも何かとお困りでしょう。新小岩のデートクラブは開店休業。あなた自身のほうも、女が三人から二人に減ったうえに、そのうちの一人は覚醒剤に手を出す始末だし、もう一人も店を休んで休職中では、ヒモ稼業も上がったりだ。そのうちに錦糸町の喫茶店のほうも客足が遠のくってこともあるでしょうし、その前にはなんとか手を打たんことには、錦糸町にいられなくなるでしょう」

「ずいぶん詳しく調べたようですね」

「私もいちおう、錦糸町界隈を取り仕切らせてもらってますんでね」

「それで、私にどうしろと言うんです?」

「どうです、共同事業といきませんか」

「共同事業?」

「あんたのやり口にはつねづね感心してるんです。女の扱い方がじつにうまい。新小岩のデートクラブにもいい娘がいっぱい揃っている。おそらくあんたは日本一のスケコマシかもしれんね」

「そいつはどうも――」

「しかし色事稼業というのはいつも危険が付きまとう。カタギの人間がやる仕事としては限度ってものがある。商売に関してはカタギの衆(しゅう)でも間に合うだろうが、商売に付きもののごたごたとか揉(も)め事には、カタギの衆だけでは間に合わんでしょう。今度のようなことがあれば、お手上げのはずだ。そこを私共がカバーしようというんです。あんたと新小岩の大学生、それに瀬戸内とかいう昔のスケコマシの爺さんには、これまでどおり派手に活躍してもらって、池田組(ウチ)がガードする。つまり、あんた方に安心してこれまで以上に稼いでもらおう――と、まあこういうことですよ」

「マッチ・ポンプですか」

志津馬は池田組の肚が読めた。志津馬たちを自分たちの手で追いつめておいて、今度は助けてやろうというわけだ。マッチで放火しておいてポンプで消すようなものだ。いかにも頭脳のない武闘派のやり方だ。単純すぎて開いた口が塞がらない。志津馬は肚の中で苦笑した。それが顔にも出たらしい。いきなり組長の背後に立ったラグビー選手のように逞しい黒スーツが獰猛に呻いた。

「マッチ・ポンプとはどういうことだッ」

この男だけが、マッチ・ポンプという比喩を理解したらしい。

「今度のごたごたは、俺たちがやったとでも言うのか」

凄味のある声だった。しかし招待した客に向けて使う声ではない。

「よさねえか、津村。菅原さんは誤解なさってるんだ。もっとも誤解されても仕方がないが――」

「ほう、誤解ですか。私の女が殺されて、若い友人が袋叩きに遭って、別の女が無理矢理に覚醒剤を射たされて、次は私の生命まで狙って殺し屋を差し向けたのも、みんな誤解だって言うんですか」

「菅原さん、それが誤解だと言うんです。東正会は〝カタギあってのヤクザ〟という新路線でやってるんです。カタギ衆に悪さをしたり殺したりなどするはずがない。錦糸町には、ウチの組の他に、駅の向こう側には誠和会の中岡組ってのもあるし、近頃、我々がおとなしくしてるのをいいことに、タチの悪いチンピラものさばってるんですよ。そいつらの仕業だというふうに考えられませんか」

「そいつは無理ですね」

「なぜです?」

親分の向こう傷がピクリと動いた。

「証拠が上がってるんです」

英夫を襲ったチンピラの中に、池田組の人間がいたと言うし、美智子を脅して覚醒剤を売りつけたチンピラは、自分から池田組の者だと名乗ったと言う。これ以上の証拠はない。

「どんな証拠です」

「それは言えませんね。証拠を消されるといけませんから」

「ふざけるな!」

津村と呼ばれたさっきの逞しい男が顔を真っ赤にして怒鳴った。親分がそれを手で制して、

「つまり、私の提案を受け入れられないとおっしゃるんですか?」

言葉は丁寧だが、細い眼が冷たく光っていた。志津馬は忘れかけていた死の匂いが鼻の

先に甦えるのを覚えた。それは生コンの匂いに似ていた。

「条件があります」

志津馬は一歩引き退った。

「条件？　どんな条件です？」

「私を狙った殺し屋はともかく、私の女を殺った犯人を渡してくれませんか。女の供養ができれば、手を打つことも考えられないじゃないですが、このままでは互いにわだかまりがあって、手を打ってもうまくいかんでしょう」

「菅原さん、そいつは無理というものだ。何度も言うようだが、あんたの女を殺ったのも、あんたの生命を狙ったのも、ウチの人間ではない。池田組はいっさい関わりはない。それを犯人を出せと言うのは、言いがかりというものだ」

「それじゃあこの話はなかったことにしてください。中岡組の仕業だというなら、中岡組に掛け合ってみます」

親分の形相が変わった。それより早く、津村の剣呑な顔が牙を剝いた。

「野郎ッ、ふざけやがって！」

津村の逞しい身体がふわりと動いたかと思うと、キラリと白刃がスーツの内側から引き抜かれ、そのまま頭上に振りかざされて志津馬の眼の前のテーブルの上に振り下ろされた。

「親分がこれほど頼んでるのを、断わるだと？　舐めるな、若僧！」

津村の太い腕が志津馬の襟許を締め上げた。殺意を秘めた強い力だった。しかし力では志津馬のほうが一枚上だった。志津馬は右腕一本で津村の手首を逆技に捩じ上げ、津村の背が反り返ったところを、座ったまま足を払った。津村の身体がドアまで飛んで、ドアのガラスが砕け落ちた。男たちがいっせいにドスを抜いた。

「静かにしろい！　客人の前でみっともない真似をしやがって」

親分が立ち上がって一喝し、

「俺に恥をかかせる気か！」

津村のところへ歩み寄り、その横面を大きな拳で張り倒した。津村は鼻血を噴き上げて、もう一度後ろへ飛んだ。

「客人に詫びろ」

「クソッ！」

津村は顔面を血潮に染めて立ち上がり、もの凄い形相で志津馬を睨み、

「ウウウ」

と呻きながら近づいた。志津馬は腰を浮かせて身構えた。と、津村はテーブルの前でガ

クリと膝を突き、

「申し訳ありません！」

獣のような声で叫ぶと同時に、テーブルの上に手を突いて、その小指の上へ突き立てた短刀(どす)の刃を押し下ろした。小指の第二関節から先が、まるでバネ仕掛けのように本体から離れてピョンとテーブルの上に跳(は)ね、切り落とされた関節部から、黒ずんだ血がチューブから押し出されたように勢いよく盛り上がった。

「ウウッ」

津村がショックで後ろへ尻餅(しりもち)を突いた。

「兄貴！」

ドアから若い衆が駈け込んで来た。

「てめえで汚(よご)したところは、てめえで片付けろ」

親分は眉一本動かさずに怒鳴った。

「へ、へいッ」

津村は傷口をハンカチでぐるぐる巻きにして腹の中へ抱えこみ、弟分から渡されたハンカチでテーブルの上の小指の死骸(しがい)を包み取ると、スーツの袖口で血糊(のり)を拭(ぬぐ)い取った。

「連れ出せ」

親分が命じた。男たちが津村の両脇を支えてドアの外へ連れ出した。志津馬は声もなかった。さすが武闘派と言われた極道だけのことはある。

「どうもお見苦しいものを見せちまって。なにしろバカな生命知らずが揃ってますもんでね」

親分が頰を歪めた。志津馬は微かに慄(ふる)えるものを感じた。恐怖ではなかった。それは奇妙な感動と言ってよい。

「どうです、菅原さん。バカな野郎ですが私にとっちゃあ可愛い子分です。野郎の指(えんこ)に免(めん)じて考え直しちゃくれませんか」

「そちらの、条件は――」

志津馬は静かに口を開いた。さすがに喉が乾いていた。

「四分六――と言いたいところだが、フィフティフィフティでどうです」

「私だけの考えでは決められません。考えさせてもらいましょう」

「いいでしょう。ただし一週間です。一週間後には返事をいただきますよ」

「わかりました」

「色よい返事を期待しています」

志津馬は武闘派ヤクザの自虐(じぎゃく)的な迫力に圧倒されていた。

3

「そうか。資金繰りに困ったあげくに、おまえと英夫に目を付けて、上がりを掠め取ろうという訳か。極道のやりそうなことだ」

「共同事業が聞いて呆れますよ。フィフティフィフティだなんて、ふざけてるじゃないですか」

甚左は苦笑し、英夫はいきり立っていた。甚左を電話で錦糸町まで呼び出して、昨夜の一件を甚左に報告したところである。

「色事稼業ってのは弱い商売だ。そよ風が吹いただけでもぶっ倒れる。それだけに、昔の極道は黙っていても庇ってくれたものだ。それがどうだ。庇うどころか、横からちょっかいを出しておいて、共同事業だと？　極道も地に堕ちたものだ。こういう頭の悪い極道が極道自体を滅ぼすのだ」

「どうするんです、先輩」

「おまえはどうしたい？」

「稼ぎの半分を池田組に掠め取られるくらいなら、商売を止めたほうがましですよ。またどこか適当な場所を見つけて、新しくやり直しますよ」

「それはできんだろう」

甚左が言った。

「奴らはおまえや志津馬が欲しいんだ。いわば人材だ。色事稼業にはノウハウはない。ノウハウは人間自体だ。奴らだって色事稼業に手を出してるはずだ。そいつがうまく行かないから、おまえたち自身を欲しがってるんだ。どこへ逃げても追って来るだろうな」

「オヤジざんの言うとおりだ。連中にとっちゃあ、俺とおまえが金の成る木なんだ。俺とおまえを手に入れておけば、いくらでも金になると思い込んでるんだ。たしかに能無しの暴れ者揃いだが、連中は、やると言ったら必ずやるだろう。俺の眼の前で小指が飛んだんだ。こけおどしだけの連中じゃあない」

「それじゃあ、どうしたらいいんですか。おめおめと連中の言いなりになるんですか？」

「オヤジさん、俺の考えを進めていいですか？」

「おまえはすでにわしを越えている。おまえに教えることはもう何もない。自分の判断どおりにやるがいい。わしは従いて行くだけだ」

「判断なんてありゃしません。ただ、奴らが一週間の猶予をくれましたんでね。一週間あれば、打つ手も見つかるでしょう」

「一週間で何をやる？」

「やることはいっぱいあります。梅原さんの依頼を片づけなくてはいけないし、事業の件も掛け合わなくてはなりませんし——」

「事業って何です？」

「志津馬がいよいよ表街道の事業に乗り出そうというのだ」

「ほんとですか？」

英夫が眼を輝かせた。

「スケコマシやデートクラブの経営者では、法律を盾にはできないが、表街道の事業家となれば、堂々法律を盾にできる。法が俺たちを守ってくれる」

「うれしいですね。ぜひ手伝わせてください」

「その前におまえにやってもらいたいことがある」

「なんですか？」

「引き続き、真弓を殺った犯人を捜してくれ。犯人は必ず池田組の中にいる」

「しかし、池田組の連中は——」

「二度とおまえには手を出さん。少なくとも一週間は安全だ。連中は色よい返事を期待している。おまえにも気を許すだろう。そこが付け目だ」

「わかりました。久しぶりに外出できるわけですね。さっそくかかります」

英夫は解き放たれた猟犬のように玄関を飛び出して行った。


二時間後、丸の内の昭和物産ビルの近くのレストランの片隅に、志津馬の姿があった。志津馬と向かい合って、志津馬と同じ企画開発三課の河合勇市が忙しげにナイフとフォークと、そして口を動かしていた。

「……昨日は、内田（うちだ）さんが直接人事部長の春宮（はるみや）さんから言い渡されたそうだよ。長崎の出張所へ転勤するか、それがいやなら円満退社だそうだ。内田さんは二年後に停年だよ。それを長崎へ転勤だなんて、できるわけがないじゃないの。会社のやり方はまったく汚いよ」

「河合さんには、呼び出しはまだですか」

「おそらく、一両日にはくるだろうね。きみもだよ、菅原くん。ぼくは突っぱねるつもりだよ。他の連中はともかく、我々だけは手を組んで、断固、突っぱねようじゃないか。二人が力を合わせれば、会社だってそうそう無理は言うまい」

河合勇市は、志津馬の若さを恃（たの）んでいるようだった。

「それはいいですが、河合さんは青山にある情報処理研究センターのことは詳しいですか？」

「ウチの子会社だろう？　多少のことは知っているが」

河合勇市は昭和物産の姥捨山の企画開発三課の人間で、無能のレッテルを貼られているが、社内の情報だけには通じている。

「会社からもかなり期待されてる子会社のようですが」

「そりゃそうさ。何しろウチは旧財閥系だろう。中枢が硬直していたおかげで情報面では他企業より一歩も二歩も出遅れたんだ。それをカバーしてくれたのが研究センターの前社長の蔵原さんなんだ。この人は国連本部にいた人でね、経済担当だったから情報戦略の重要さが骨身に浸みていたんだ。先代のウチの会長が三顧の礼を尽くして来てもらったんだが、昭和物産が丸青商事や大栄産業などの戦後派を追い抜けたのは、それからの話さ」

「今の社長はどういう人ですか」

「ニューヨークのウォール街で十年間立ち会いをやって来た前島という人だ。蔵原さんが引退する時、ウチの社長に後任として推薦した人物だよ」

「資本金はどのくらいなんですか」

「たしか、五億のはずだが」

「出所は、むろん昭和物産ですね？」

「もちろんだ。でも、なぜだい？」

「クビを切られるついでに、乗っ取れないかと思いましてね」

「冗談だろう？」

一拍間を置いて、河合勇市は曖昧な笑いを浮かべ、

「本気なの？」

と、声を潜めた。志津馬はそれには答えず、

「研究センターの実情と人脈などを、調べられませんか？」

「そりゃ、やってできないことはないが、しかし菅原くん、きみは――」

「ぼくは本気ですよ。冗談で言えることではないでしょう。それには河合さんのお力を借りなければ――」

「わかった。こういうことには適任の友人がいるんだ。やってみよう」

河合勇市はゴクリと唾を呑みこんで頷いた。

4

レストランの前で河合勇市と別れて、志津馬は近くの公衆電話から生越佐千子に電話を

した。志津馬が〈マラゲーニヤ〉の前で刺客に襲われた翌日、佐千子から自宅に電話があったのだ。英夫が応対をして、志津馬がケガをして病院へ運ばれたことだけは、英夫の口から伝えてあった。おそらく、先日、志津馬が食事に誘ったお返しの誘いの電話だったのだろう。

「まあ、菅原さん？　おケガをなさったそうですけど、どうなんですの？」

電話口に出た佐千子は、感極まったような声を出した。直接男の欲情にひびく蜜のような声だ。女がこういう声を電話口で出したら、もう身も心も男に捧げるという暗黙の了解と思わなければならない。それを変に気取って構えていると、確実に寝るチャンスを逃がす。

「あなたの顔を見たいんです。夕飯を付き合ってください」

むろん見たいのは佐千子の顔だけではない。

「私はかまいませんけど、おケガのほうはいいんですの？」

「五センチほど肩に傷口が開いていますが、生命にかかわる傷ではありません。あなたの顔さえ見れば傷口も塞がります」

「私も心配で心配で、お見舞いに行こうと思ったのですが――」

「先日のホテルのラウンジで待っています」

志津馬は佐千子の声を聞きながら早くも勃起していた。深さ三センチ幅五センチの刃物の傷といえば、常人なら五日間は動けまい。しかし志津馬は動くどころか、これから喰おうという女の情感のこもった声を聞いただけで欲情している。それだけ性欲が強いのだ。そして志津馬の場合、性欲すなわち生命力と常々考えていた。

ちなみに、私が取材したスケコマシ氏は、年齢は三十八歳だが、二十代の後半としか思えない肌の色艶の持主である。肌の色艶だけではなく、体力、精力ともに二十代の後半を維持しているという。三十八歳といえば、そろそろ中年盛りにさしかかり、セックスの面でも衰えの影が忍び寄る年頃だが、彼はいまだに二人の情婦と週に二度、計四回、それに新しい情婦を見つけるための開拓として、週に二人か三人の女を相手にしているというからほぼ毎日、セックスをしている計算になる。

「セックスってのは万病の薬ですよ。私なんか、ちょっとした風邪なら、女を抱いてひと汗かいてぐっすり眠れば、翌朝にはケロリと癒ってますね」

これはスケコマシ氏の言だが、あながち根拠のないハッタリとは言えない。五千年の歴史を持つ中国の健康法にこれと似た発想が厳然と存在している。

日本で一口に漢方と言っているものには、三つの流れがある。一つは、揚子江流域の稲作農民から発生した漢方医学、一つは黄河流域の畑作牧畜民の間から生まれた針灸医学、一つは、東北地方（旧満州）の遊牧民から生まれた健康法・仙道である。
漢方医学と針灸医学は明治以前まで日本の医学・医療の主流であったからかなり研究され広く流布されているが、仙道に関してはほとんど紹介もされていないし、研究者も少ない。

仙道のバックボーンとなっているのが道教で、この道教が仏教と対立的な立場にあった——という理由から日本には入って来なかったという歴史的背景があると思えるが、難しい問題はともかく、仙道とは、セックス（性欲）を生命力の根源とする健康法である。
黄英華という人の書いた『回春考』という書物によると、ガンもセックスで癒るという。医者に余命一年余と宣告された末期ガン患者が、全財産を代償にして毎日二十歳前後の若い女性とセックスをし、一年間それを続けたらガン細胞が完全に体内から消えていたという症例をいくつも載せている。

ただしこの場合のセックスは、単純な男女の交わりや射精をすればいいというものではなく、相手の女性をエクスタシーに導き、その頂点で女性が吐き出す気＝息を自分の体内に吸い込む、といういかにも中国ふうの手順を踏まねばならない。

私自身もある健康法研究者に同じような話を聞いたことがある。六十を過ぎた中小企業の社長が肺ガンを宣告され、余命は長くても二年だろうと医者に言われ、蒼くなってその健康法研究家のところへ泣きついて来た。会社を軌道に乗せるためにあと五年は死なない、なんとかしてくれ、とワラをも摑む思いだったのだろう。そのためには全財産を投げ出してもいいと言う。研究家は仙道のことを知っていたので社長に話した。

　社長はやってみると言う。聞けばこの数年、仕事仕事で女性とのセックスなど忘れていたという。そういう欲望もなかった。だからその気になれるかどうかはわからないが、生命には代えられない。とにかくやってみるという。

　しかし日本では、毎日違った女性を一人ずつ一年間、調達するのは難しい。それに世間の目もあれば、社長夫人の手前ということもある。そこで研究家は社長を台湾へ連れて行き、人目の付かない台北の郊外に家を借り、そこへ社長を一年間住まわせて、金にあかせて毎日新しい若い女性をその家へ送りこんだ。研究家にとっても、仙道を一つの健康法として机上では知っていたが、実際に試してみるのは初めてだった。彼にも効果のほどは興味があった。

　社長のほうも初めは自信がなかった。いくら相手が若い美人でも、体力と年齢には勝てないと思っていた。毎日一人ずつ新しい女性とセックスするなんて、頭の中の想像では可能だろうが、実際にするとなると、身体がいうことを利かないだろうと考えていた。

　それでもとにかく挑んでみた。自分の孫のような十代後半から二十代前半の若い娘を裸にし、舐めたり吸ったり、若い頃の愛技を思い出しながら励むうちに、しだいにそれが苦労でなくなってきた。一晩ぐっすり寝むと、新しい娘と交わることが楽しみになり、その想像だけでペニスが疼いた。社長は自分でも色情狂ではないかと思うほど淫らになった。若い娘にいろいろな愛技をほどこし、何度も絶頂へ導いては、彼女たちの吐き出す気を肺の深くに吸いこんだ。

そして丁度一年後、日本へ帰って来た社長の姿は十歳も若返っていた。その足で病院へ行きレントゲンを撮ってもらったところ、肺のガン病巣はきれいに消え、精密検査をした医師は、首をひねりながら完全な健康体であると明言したという。

この話の真偽はともかく、セックスが生命の根源というのはわかるような気がするし、道教の中の仙道に、そういう教えがあるのも事実である。ちなみに、健康法としてわが国でも流行している大極拳は、この仙道の一部である。閑話休題。

佐千子がホテルのスカイラウンジへ現われたのは、五時半だった。岡一証券は五時半が終業時刻である。佐千子のような重役付き秘書は、五時半の定刻に退社できる日はめったにない。志津馬に会いたさの一心で、何か理由を作って早めに会社を抜け出して来たに違いない。男とのデートに女がこれだけ犠牲を払えば、ベッド行きOKの合図と見て間違いない。

「食事は何にします?」

志津馬はテーブルの下で男根(ペニス)を自然勃起させながら聞いた。食事に誘ったのだから、そのくらいは聞くのが礼儀だ。

「胸がいっぱいで、何も入りそうにありませんわ」

佐千子の眼はキラキラと濡れ光って、志津馬を見つめていた。

「それでは、飲み物でも——」

志津馬はすぐにでもベッドへ行きたい気持ちを抑(おさ)えて、佐千子のためにレモンティを注文してやった。ベッドへ行く前に、佐千子のハートの中に一服盛(も)っておかなければならない。

「暴漢に襲われたんですって?」

恋人が重傷を負ったような不安気な顔だった。

「地上げ屋のからんだ取引きに関係していたんで、用心はしていたんですが……」

志津馬は口から出まかせを言った。

「刺されたと聞いたときには、眼の前が真っ暗になりましたわ。どうかそんな怖い仕事には関わらないでください」

「そうはいきません。ぼくみたいな人間が事業を起こすとなると生命がけです。あなたのまわりにいるエリートサラリーマンと一緒にしてほしくはないですね」

　女の情感を盛り上がらせておいて、冷水をかける。

「すみません。そんな意味で言ったんじゃないんです」

　効果はてきめんだった。佐千子はしおらしく言ってうなだれた。

「他の女ならいざしらず、あなただけにはそんなことを言ってほしくないんです」

「なぜですの?」

　佐千子の声が何かを期待していた。

「あなたを尊敬しているからです」

　期待を裏切ることを言ってやった。女の期待は常に裏切らなければいけない。期待どおりの男だわ、などと夢々思わせてはいけない。いつも期待を裏切るくせに、とんでもないときに女の期待に応える——つまり意外性と危険性とを巧みに使い分けなければならない。女の期待どおりのことを言ったりしたりしていると、女はすぐにつけ上がる。

「それで、事業の計画のほうはどうですの?」

「相棒に死なれた穴はなかなか埋まりません。近日中に昭和物産に辞表は出すつもりですが、ま、なんとかなるでしょう。詰めの段階に入ってヤクザ者に狙われたりしたんで少しは遅れるかもしれませんが、ま、この一週間が勝負でしょう」

「私もお役に立ちたいわ。何かお手伝いできることはございません?」

「こいつは、男が一度は潜らねばならない修羅の門です。じつのところ、ぼくも怖い。ガタガタ震えています。この震えを鎮めてくれますか?」

「はい――」

「出ましょう。この下に部屋を取ってあります」

「え?」

虚を衝かれて、何か言いたげな佐千子を無視して、志津馬は席を立ち、入口へ向かった。レジでサインを済ませてエレベーターへ向かう。エレベーターの中でも、志津馬は佐千子を振り向かなかった。眼と眼が合えば、緊張がほどけて隙が出来る。女がふと我に返って逃げ腰になるのは、その隙間からだ。

エレベーターを八階で降りて、志津馬は無言のまま、まっすぐ予約した部屋へ歩いた。少し離れてひっそりと従いて来る佐千子の足音を背中で聞いていた。

部屋へ入って小卓の上にキイを置くと、志津馬は初めて振り向いて、眼の前に立ちすくむ佐千子を抱き寄せた。佐千子の身体は小鳥のように軽く、緊張して胸の中へ倒れかけて来た。

「悪い方——」

佐千子が上眼使いに見上げて言った。眼の輝きがさっきよりも濡れていた。眼に欲情が現われるタイプだ。

「あなたがそばにいてくれたら、ぼくはどんな悪党にだってなれますよ」

志津馬は佐千子の身体をすっぽりと胸の中に抱いて唇を重ねた。服を着ていても、抱き心地のいい身体だった。いわゆる骨細な体格だ。背中に回した指がブラウスを通して柔らかな肌に触れた。女の背中、特に肩のあたりは、多くは骨に触れてゴツゴツしているものだが、感触はなめらかだ。小さくて熱い佐千子の舌を吸いながら、志津馬は背中に回した手を尻の方へ下ろして行った。ウエストが小気味よくくびれて不安を覚えさせるほど細い。女体の良し悪しは、ウエストの有無で決まる。いくら尻の形が良くても、ウエストにくびれがなければ、確実に将来はズンドウの仏壇型の体型になる。また、どんなに尻が小さくても、ウエストのくびれがクッキリと深ければ、尻の肉は徐々に発達して男好みの良型になる。

佐千子の尻は、ウエストのくびれから急角度で盛り上がっている。いわゆる出っ尻という体型だ。その証拠に志津馬がズボンの下で勃起している部分を押しつけようとしても、佐千子の下半身は後ろへ深く抉れて股間のあたりには届かない。佐千子が故意に腰を引いているのではなく、そういう体型なのだ。こういう特徴は抱きしめてみないとわからないものだ。尻の肉は志津馬の手に触れられて、快感と恥じらいとによって微妙に動いていた。尻の筋肉がよく発達している証拠だ。

そして尻の下方——尻の頬といわれる部分にたっぷりと柔らかな肉が付いている。

佐千子の身体が充分に欲情して、立っていられないほど柔らかくなったところで、志津馬はベッドへ移動した。ベッドの上に重なって倒れ込み、佐千子の着ているものを脱がしにかかった。

「シャワーを使わせて——」

佐千子が鼻にかかった声で言った。志津馬は聞き入れなかった。ここでも佐千子の期待を打ち砕(くだ)いている。こうして女の期待やお願いを一つずつ砕いて自分のペースに持ち込むのが志津馬のやり方だ。

「お願い、灯りを消して……。暗くして」

それも志津馬は無視して作業を続けた。フロントホックのブラジャーが胸から落ちた。お椀(わん)型の白い乳房がブルンと顫えてこぼれ出た。乳暈(にゅううん)が小さく淡いピンク色で、乳首は米粒ほどに小さく、透明感のある薄い肌色をしている。すでに性的な昂奮が高まって、小粒なりに硬(かた)くしこっている。志津馬はそこに顔を近づけ、熱い息を吐きかけながらパンストとパンティを脱がせにかかった。佐千子のような尻の形は、パンストとパンティが尻にかかって脱がせにくいが、尻の方からずり下ろせば、案外簡単に脱げてくれる。

「あああ……！」

パンストとパンティが足先から外れて完全に裸になった瞬間、溜息とも嘆声ともつかない声が佐千子の喉の奥の方から迸り出た。男の手によって全裸になった、という解放感から出た嘆声のように、志津馬の耳には聞こえた。おそらく佐千子は、これまでこういう形で男に裸にされたことがないのだろう。男と寝た体験はあるだろうが、いつも自分が主導権を握っていたものと思える。自分のペースでセックスをしていたのだ。大学卒のインテリと言われるキャリアウーマンに多いタイプだ。彼女たちは無意識のうちにベッドの中でも主導権を握りたがる。最近の若い女はとくにそうだ。ラブホテルへ入っても、絶対に男の手によって裸にされようとしない。自分から服を脱ぎ、パンティを取り、自分から股を開く。佐千子もそのタイプだったのだろう。それが志津馬によって初めて男の手で強引に裸にされ、その解放感が興奮剤となって彼女の胸を駈けめぐったのだ。

佐千子の肉体は志津馬が想像したとおり、申し分のないものだった。服を着ているときにはほっそりとして見えたのに、裸に剝いてみると重量感と充実感が目立つ。いわゆるめりはりの利いた体型のせいだ。陰毛の形も薄い短冊型で、毛自体が脱色したように淡く、ねじれの強い短毛だった。それも土手の部分に集中して花芯のあたりはまばらだ。陰毛を掻き分けなくても、ぴったりと合わさった亀裂の条がよく見える。

志津馬は手初めに佐千子の乳房に舌を這わせ、乳暈の周辺を小鳥が餌をついばむように舌先で小突き、さらに舌の腹で乳首を薙ぎ倒した。

「ああ……」

佐千子の口から悦楽の声が洩れた。眉の間に縦皺を寄せて、半開きにした紅い唇の間から小粒な皓い歯をのぞかせている。そして無意識に志津馬のズボンのベルトに手を伸ばした。志津馬は乳房を舌と唇でいたぶりながら着ているものを脱ぎにかかった。

素っ裸になっておいて、志津馬は佐千子の身体を裏返しにした。首筋の生え際から舌をゆっくりと這わせていき、尻へ向かって8の字型に下りて行った。裏8の字攻めというやつだ。佐千子は憚りのない声を放って身悶えし、

「私にも……ちょうだい……」

と、志津馬の男根に手を伸ばした。佐千子の羞恥心が完璧に消えた証拠だ。志津馬は下半身を佐千子の顔の方へ投げ出しておいて舌を尻の双丘へ進ませた。肌理の細かい艶々とした肉の丘がほんのりと赤く色づいていた。佐千子の手が志津馬の男根を握って、ぎこちなくしごいている。この手の動きからすると、男の経験はあまりないらしい。志津馬の

舌は尻の高みの頂点から谷間へと降りて行き、窮屈（きゅうくつ）な谷底へ接近した。

「あ、いや――」

佐千子が切ない声を上げて腰を引いた。

「そんなとこ……汚い……いや……」

「汚ければ、俺が舐めてきれいにしてやる」

志津馬は佐千子の声を圧殺した。これまでにも、女の期待とお願いをことごとく裏切り圧殺してきた効果がここに現われる。佐千子は抗（あらが）っても無駄とわかっているから、それほどの抵抗もなかった。

志津馬は尻の双丘に手をかけて左右に割った。谷底に肛門がのぞいた。中心部だけに褐色の色素が沈澱していた。志津馬はためらわなかった。舌にこってりと唾液を含ませて、その部分を舐めた。

「ああう」

佐千子がシーツを掻（か）きむしって尻を痙攣（けいれん）させた。志津馬の男根を握った手に力が入り、次の瞬間、ウエストを捩（よじ）って志津馬の下半身に覆（おお）いかぶさり、彼女の手の中でそそり立った男根にむしゃぶりついた。志津馬は佐千子の肛門を徐々にひろげ、舌をその中へもぐりこませて粘膜の襞（ひだ）を舐めまわした。佐千子はすすり泣きのような声を鼻から洩らしながら、志津馬の男根を唇でしごき続けた。

5

長い余韻から醒めた佐千子が、まるで別世界から舞い戻ったような顔で、包帯に巻かれた志津馬の胸に頬をすり寄せてきた。たっぷり二時間はかけた交媾(こうごう)の名残(なご)りの匂いが部屋の中に立ちこめていた。

「こんなの、初めてだわ…」

「ぼくもこれで思い残すことはない。ありがとう。いい思い出が出来た」

志津馬は佐千子の寝乱れた艶のいい髪を撫でながら、やや芝居がかった科白(せりふ)を言った。

「そんなのいや。私はもうあなたから離れられないわ」

佐千子は志津馬の胸にしがみついてきた。肩の傷がズキンと痛んだ。セックスの最中には痛まなかったのに、終わったとたんに疼(うず)き出している。

「これ以上、きみに会えば未練が残る」

「いや。私はもうあなたのものよ。何もかもあなたのもの」

身内の人間にさえ見せるのも恥ずかしい尻の穴を、志津馬に丹念(たんねん)に舐められた、これが効果である。昨今の女たちの正常の穴の方の貞操観念は緩(ゆる)んでしまっているが、後方の穴の貞操観念はまだまだ健在なのだ。

「ぼくは仕事の修羅場へ帰らなければならない。恋や結婚などしているヒマはない」

「結婚なんかどうでもいいの。お願い。私にもお仕事のお手伝いをさせて。私だって、無駄に三年間も秘書をしてきたんじゃないわ。仕事というものがどんなものであるかくらいは、わかっているつもりよ」

「岡一証券の重役秘書というプライドの代わりに、大事業を起こすという夢を持ってくれれば、きみにも出来ることが一つある」

「私の夢はあなたよ。あなたのためならなんでもやるわ」

「ぼくのためではない。きみ自身のためだ。きみは岡一証券などにいるべき女(ひと)ではない。きみほどの才能があれば、今の給料の十倍は稼げる。稼いでほしい。そしてぼくのために情報を集めてくれるとうれしい」

「何をすればいいの?」

「本気なのか?」

「もちろんよ。教えて」

「ぼくのために岡一証券という一流企業を辞められるのか?」

「あなたが娼婦になれと言うなら、私はなるわ」

「ありがとう、佐千子。ぼくもきみを離さない」

志津馬は感極まった調子で言って佐千子の裸身を抱きしめ、激しく唇を吸いながら、顔の角度を変えてナイトテーブルの中のデジタル時計に眼をやった。午後九時になろうとしていた。今ごろ、かずみが志津馬のために行動を起こしているに違いない——うまくいくだろうか——そんなことを考えながら、志津馬は佐千子の身体を逆向きに胸の上へ載せ、ふたたび尻の穴を割って舌を突き出した。


「警部」

帰り仕度をしているところへ宿直の若い警官が顔を出して立花を呼んだ。

「警部にお会いしたいという客が来ておりますが」

眉毛の濃い日灼けした制服の顔が意味ありげな微笑を浮かべていた。女か——と立花は直観した。近頃の警察は婦人警官が増えて、異性に対する免疫はかなり出来ているはずなのに、女客となると、必ずこういう意味ありげな微笑を浮かべる。みっともない、と立花は思う。

「通せ」

立花はムッと眉を顰めて言いつけた。

若い警官が消えて、どうぞこちらへ、という案内の声が聞こえ、音もなく現われた女客を見て、立花は若い警官の意味ありげな微笑も無理はないと思った。あでやか、と言うか、妖艶というか、どう表現していいのかわからぬ匂いを発散する和服姿の女だった。年齢は三十二、三だろうか。特別に美人というわけではないが、そこに立っているだけで男をとろけさせるような雰囲気を漂わせている。立花は一瞬、裸の女と向かい合っている錯覚に陥った。

「夜分、突然、お訪ねして申し訳ございません」

女はいくらかハスキーな声で言って小腰を屈めた。

「立花ですが、何か私に……？」

立花は夢から醒めた気分で言った。

「私、先日、東陽町のマンションで殺された井上真弓の、中学時代の担任で、沢村と申します」

「ああ、井上真弓さんの……」

「真弓ちゃんがあんなことになったなんて、いまだに私には信じられません。それで、担当の刑事さんに、お話をおうかがいしたいと思いまして」

「ま、どうぞ、お掛けください」

立花は女客をソファへいざなっておいて、ドアの外へ顔を出し、さっきの若い警官にコーヒーを二つ言いつけた。

「すぐにこちらをお訪ねしようと思ったのですが、折悪しくちょっと臥せっておりましたもので……。こちらの御都合もうかがわずに、こんな時間にお訪ねして、お邪魔じゃなかったでしょうか」

「いえいえ。もう帰ろうと思っていたところですから」

「それでは、かえってご迷惑でしたわね」

「気にしないでください。それより、沢村さんは、甲府からわざわざ？」

井上真弓の実家は甲府である。

「いえ。五年前に教師を辞めて、今は東京に住んでおります」

「結婚退職ですか」

「はい。主人が東京の人間だったものですから」

中学の教師より、若妻のほうがはるかに似合う、と立花はあらぬ妄想に駆られた。

「すると、井上真弓さんとは、ときどきお会いになってたんですか」

妄想を追い払うために、立花は職業的な質問を発した。

「いえ。二度か三度だったと思います。真弓ちゃんは中学生の頃から、私には特になついてくれていたんですけど、東京へ出てからは、どういうわけか私のところにもあまり寄りつかないようになって……」

「最後に会ったのはいつですか」

「主人が死んでまもなくでしたから、二年くらい前だと思います」

「ご主人は、お亡(な)くなりになったんですか」

立花の興味は、井上真弓よりも、眼の前のなよやかな女の方に向けられた。

「父通事故で死にました。その後も、実家の父が病死したり、主人の母がガンで亡くなったり、不幸続きで取り込んでおりましたもので、私も真弓ちゃんのことは気になりながらも連絡しなかったんです。電車を使っても、三十分ほどの近さに住んでいながら、訪ねようともせずに……私が訪ねていれば、こんなことにはならなかったんじゃないかと……」

女客はそっと目頭(めがしら)を押さえた。顎から襟足にかけての翳(かげ)りが、ゾクッとするほど艶(つや)めいていた。

「電車で三十分というと、どちらにお住まいなんですか」

「以前は町田のほうにいたのですが、今は四谷に住んでおります」

「ほう。四谷ですか。それなら近いですね」

「幸い子供がおりませんでしたので、女一人生きていくために、主人の保険金で四谷三丁目の近くに、小さなお店をやっております」

「お店といいますと……」

「女の子を一人使って、バーを……」

「そうですか。四谷三丁目なら私の帰り途です。私は中野坂上の官舎にいるもんですから、四谷から地下鉄に乗り替えて通勤してるんです」

「それでしたら、地下鉄の一つ目ですわね」

「今度、ぜひ寄らせてもらいますよ」

「よろしくお願いいたします。何しろ馴れない商売で、誰も頼れる人がおりませんもので、真弓ちゃんが東京へ出て来ているのなら、真弓ちゃんにでも手伝ってもらおうかなって、思ってる矢先に、あんなことになって……」

「私どもも全力で捜査しているのですが、今のところ手掛かりもなく……」

「新聞の記事には、真弓ちゃんは婚約者の部屋で殺されたとありましたが……」

「その婚約者というのが食わせものでしてね。昭和物産という一流企業に勤めていながら、女を何人か囲って、女たちに売春などで稼がせて、貢がせていたらしいんです」

「まあ。……それじゃ、その婚約者というのが……」

「いえ。残念ながらその男は犯人じゃありません。しかし、ひどい男です。つまり、ヒモという奴ですよ」

「真弓ちゃんも、身体を売るようなことをしてたんですか？」

「表面上は、新小岩の〈ほたる〉という喫茶店でウエイトレスをしていたらしいんですが、たぶん、裏では売春組織に関わっていたものと思われます」

「あの真弓ちゃんが……」

「近頃の若い娘は何を考えているのか、私たちにはわかりません。海外旅行へ行きたいからという、ただそれだけで金のために平気で売春するんですから」

「きっと、都会へ出て来て、気持ちが不安定だったんでしょう。心の支えになってくれる男（かた）が欲しかったのかもしれませんわ。三十を過ぎた私でさえ、こういう仕事をしてますと、ときどきフッと、そう思うことがありますもの」

「………」

立花は腹の奥に、男として忘れていたものが、静かに甦（よえがえ）るのを感じた。

「申し訳ございません。勝手なおしゃべりばかりして」

「いえ、いっこうに」

「真弓ちゃんが住んでいたというマンションは、ここから遠いんでしょうか」

「いえ。タクシーなら十分程度です」

「場所を教えていただけませんか」

「これから行かれるのですか」

「真弓ちゃんがどんなところに住んでいたのか、この眼で確かめたいと思いまして」

「しかし、中へは入れませんが」

「いえ。外からだけでいいんです」

「それでしたらご案内しましょう」

「いえ、そんな……」

「かまわんですよ。どうせ帰ろうかと思ってたところですから」

「そうですか。それではお言葉に甘えて……」

署の玄関を出て、立花はタクシーを止めた。九時を過ぎた四ツ目(よめ)通りは空(す)いていた。通りをまっすぐ南下して、五分で東陽町のスカイタウンへ着いた。

「ずいぶん立派なマンションですわね」

夜空に整然と並んできらめく高層マンション群の灯を見上げて、女が言った。

「この辺(あた)りは、都心に近いので、住まいとしては人気があるようです」

「お部屋の前まで行けますの?」

「ええ、八号棟の十階です」

立花警部は、水銀灯に照らされたペーブメントの上を八号棟へと案内した。

「真弓ちゃん、このエレベーターを乗り降りしてたんですのね」

エレベーターに乗り込むと、彼女は教え子を悼む眼で箱の中を見まわした。感情が昂ぶっている様子だった。

井上真弓が住んでいた部屋は、窓に灯もなく、ぴたりとドアが閉ざされていた。あの男——菅原志津馬は、いずれ真弓に代わる女をモノにして、またこの部屋に住まわせ、喰いものにするのだろう。ひどい男——と思う反面、それだけでは片付けられない妙な圧迫感を、立花は志津馬の顔を思い出すたびに、受けるのだ。

「ここに……」

女がかすれた声で呟いた。天井から落ちる廊下の灯の下で、女の横顔は蒼白だった。唇がかすかに顫えていた。

「真弓ちゃん……真弓ちゃん……どうして先生のところへ来てくれなかったの？　どうして、身体を売るようなことをしたの……」

声が捩れた。

危ない、と立花は予感した。同時に女の身体が、糸を切られた操り人形のようにその場へ膝から崩れた。

「沢村さん」

立花は思わず全身で女の柔らかい身体を抱き止めた。

「沢村さん、大丈夫ですかッ」

「大丈夫です。すみません……」

女の身体は熱病やみのようにガクガクと顫えていた。

「どこかお悪いんじゃないですか？」

「大丈夫ですわ」

「お宅まで送りましょう」

「いえ。もう、ほんとに……」

女には抗う力もなかった。立花は抱きかかえるようにしてエレベーターに乗り込み、通りへ急いだ。女の胸に回した立花の手が、着物の上から胸の柔らかな隆起を押さえていることにも、立花は気がつかなかった。

タクシーを止めて、女を先に乗せた。女は力なく向こう側へ倒れた。

「急病人だ。四谷三丁目の交差点までやってくれ」

立花は、女の足許に身体を潜りこませて運転手に告げた。

「どうしたんですか」

中年の運転手が咎める声で言った。立花は警察手帳を運転手の鼻先に突きつけた。

「あ、こりゃどうも。刑事さんですか」

「気分を悪くしただけだ。頼む」

「わかりました」

タクシーは勢いよくスタートした。胸の中にぐったりと倒れこんだ女の白い顔を覗きながら、立花はこのか弱そうな女の力になってやれないものかと考えていた。

八章　会社脅迫

1

　昭和物産の役員室は、十七階建ての本社ビルの最上階にあった。エレベーターを降りたところに受付があって、その関門を潜らないと何人といえどもそこから先へは進めない。受付の背後には厚いガラスの自動ドアがあり、その向こうに、社員が奥の院と呼ぶ役員室がずらりと並び、南西の突き当たりが社長室、北東の廊下の突き当たりに副社長室がある。廊下には赤い絨毯が敷きつめられ、廊下の壁には世界の巨匠たちの絵がライティングされて飾られている。豪華さと明るさ、そして威厳を巧みに取り入れた構造だ。大企業の役員フロアには、不思議にどこでも赤い絨毯を敷きつめる。これは日本の最高権威を誇る国会議事堂の赤い絨毯を真似ているものか。

「板見専務に――。開発三課の菅原です」

志津馬が受付の前に立つと、色白のぽっちゃりとした二人の可愛い受付嬢はまるで怖いものでも見たように眼を丸くし、志津馬が社員とわかると、憧れるような眼で志津馬を見つめた。

受付嬢は電話でまず専務付きの秘書に連絡を取ってくれて、三分ほど待たされてから、ガラスの自動ドアの内側へ通してくれた。そこに専務付きの秘書が迎えに出ていた。才色兼備の冷たい美人だがそれを自覚している愛嬌のない澄ました顔が欠点だ。おまけに尻がぺしゃんこでまるで魅力がない。

「どうぞ。こちらでしばらくお待ちください」

志津馬は専務室とドアで続いた専用の応接室へ通された。ここも赤い絨毯だった。窓辺に大きな応接セットが据えられて、タバコケースには細巻きの葉巻がいっぱい詰まっていた。志津馬は一本咥えて火を点けた。口に合わないので一服吸っただけでクリスタルの灰皿に揉み消した。そこへ専務室へ通じるドアが開いて、ゴルフ灼けのした顔が皓い歯を見せて入ってきた。ぎこちない笑顔だった。

「久しぶりだね。元気そうじゃないか」

六十歳にはなっているはずの板見なのに、脂肪ぎったエネルギーを血色のいい面長な顔に漲らせていた。

「きみから面会のコンタクトが来ているというんで、四十分ほど時間を空けてある。下へ行ってお茶でもどうかね」

十六階のフロアの片隅に、役員と来賓(らいひん)専用のレストランがある。

「いや、ここで結構です」

志津馬は威圧するような低い声で言った。板見が身構える顔になった。

「何かこみ入った用件かね?」

「昨日、人事部から解雇通告を受け取りました」

昨夜、佐千子と別れて錦糸町へ帰ると、内容証明付きの書面による通告が届いていた。入社以来十年間、週に一度か二度しか出勤しない不良社員だったから、就業規則に照らせば、とうに解雇されていて当然である。しかし志津馬は、そんなことはオクビにも出さずに板見を睨みつけて言った。

「そのことなら決定事項だ」

板見は葉巻に火を点けながら軽く受け流した。

「この慢性的な円高不況で、残念ながら総合商社の〃わが世の春〃は終わった。組合も今度ばかりは深刻に受け止めてくれたようだ。なにしろ企画開発三課だけで、年間二億以上の人件費だからね。その点を考えて納得してもらいたい」

「納得せざるを得ないようですね」

「むろん退職金なども、優遇措置を取ってあるはずだ」

「そのことで、一つお願いがあるんですが」

「なんだね？」

「退職金代わりに、会社を一つ戴きたいんですが」

「会社？　どういうことかわからんが……」

「この際、私も独立して事業を起こそうかと考えています」

「ほう。きみが事業をね。ま、男と生まれたからには、何もせんより不可能でも何かに挑戦するのはいいことだ」

「ビジネス街の表通りに大きなビルを持つのが夢でした」

「ハハ、夢を持つのは悪いことではないが、事業というのは間口一間の小さな事務所でコツコツと始めるものだ」

「そういうのは私の性に合いません。手っとり早く大きな事業を手がけたいんです」

「きみらしい考え方だ」

板見にとって、志津馬は女蕩しの無能な社員であった。

「情報処理研究センターを私に任せてくれませんか？」

「……？」

板見は呆気にとられた顔で志津馬を見つめ、すぐに苦笑を浮かべた。

「あまり面白くない冗談だ」

「タダとは言いません。十億は用意できると思います」

「きみは、本気で言っているのか？」

「専務にとっても、悪い話ではないと思います。センターの現社長・前島多一氏は、ウチの北村社長の強力なブレーンだと聞いております。次期社長を狙う専務にとっても、前島氏がセンターの社長でいられては、何かと目障りだと思いますが」

センターの人脈は、河合勇市が調べてくれたのだ。

「驚いたね。きみがそんなことを知っているとは」

「センターの成長率は年百パーセントを越してるそうですが、それにしては収益が小さいですね。社内には、前島氏を通してウチの社長の金庫に流れる金があるのではないかと、公然と口にする者もおります。もっともそれは、それだけセンターが儲かっているということで慶賀のいたりですが、私に任せていただければ、金の流れはもっと太くなり、専務の金庫に直結してみせます」

「バカバカしい」

板見は唇を歪めて吐き捨てた。

「私は本気です」

「冗談も休み休み言いたまえ。十年間、姥捨山で無駄めしを食って来た人間に何ができると言うんだね。企業のトップは飾り物ではない。まして情報産業は二十一世紀の産業といわれているものだ。きみらに御せる仕事ではない」

「十年間、仕事もせずに給料を貰い、ボーナスももらってクビにもならなかった人間なら御せると思いますが」

志津馬の鋭角的な面上にふてぶてしい微笑が浮かんだ。

「何を言いたいのかね？」

板見は、ソファの背に背中をもたせかけて胸の前で手を組み合わせた。日灼けした血色のいい顔の下に、東大出の毛並みのいい俊才の威厳がのぞいた。

「三流大学の出身で、おまけに入社試験の成績もボロクソだったのに、昭和物産に入社できたってことは、並みのことではないと言うことです」

聞きながら板見は肩をそびやかせた。偉いさんが部下を軽蔑するときの典型的な姿勢だ。

「菅原くん、きみが十年間、昭和物産にいられたのは、そのことを一度も口にしなかったからだ」

「専務、あなたが人事担当の平取から専務にまで昇れたのも、私があのことを一度も口にしなかったからです」

志津馬は言い返した。

「とうに終わったことだ。十年前のことが今でも通用すると思うかね」

「終わっちゃあいません。かずみの尻にあんたがタバコの火で点けた火傷の痕も、まだ癒っちゃあいないんです」

「きみは、私を脅迫しに来たのか」

かずみの尻の火傷を持ち出されて、板見の冷静な顔がかすかに動揺を見せた。

「脅迫などとは人聞きが悪いですね。私は退職金代わりに子会社の社長の椅子を、と頼んでいるだけです。専務にとっても悪い話じゃないと思いますが。社長の椅子を狙うには資金が必要でしょう。それくらいは一年間で作って見せます」

「それが一介の社員が専務に向かって言う言葉か」

「私は社員ではありません。一介の女蕩らし、スケコマシ野郎です。そのことは専務もご存じのはずでしょう」

「黙れ。一介のスケコマシならなおのことだ。そんな破廉恥な人間に、どんなちっぽけな会社だって任せられると思うか」

「どうしても駄目ですか」

「くどい」

「そうですか。残念です」

志津馬は腰を上げて、

「かずみは私が事業家になることを夢見ています。その夢が打ち砕かれたとわかると、十年前のスキャンダルを、マスコミに面白おかしく話して聞かせないとも限りません。あれはそのくらいのことを平気でする女です。私にはそれを止めることはできんでしょうね」

「やはりそいつが切り札か。薄汚いカードだ」

「もともと薄汚い人間ですから」

「いくらでそのカードを売るつもりだ」

「こいつは売り物ではありません」

「きみの退職金は五百万にもならんだろう。その十倍で買おう」

「情報処理研究センターの値段にしては安いですね。あそこの資本金は五億のはずですが」

「スキャンダルの値段はすでにかずみに払ってある。それで手を打ちたまえ。五千万といえば大金だ」

「薄汚い人間を見損なうと大怪我をしますよ」

「では、一億出そう」

「言っておきますが、この十年間、スケコマシ一筋に稼いだ私の財産が二十億あります。薄汚い金です。しかしペニス一本で稼いだなどとは思わんでいただきたい。男の肉体と頭とをぎりぎりまでこき使い、女たちに貢がせた金です。あんた方がマネーゲームで、ほんの二、三分で稼ぎ出す二十億とは、同じ金でも金の中身が違います。男と女が格闘して生み出した金です。……一億ですって？　私にコマされた女たちが泣くってものです」

「…………」

志津馬の啖呵に毒気を抜かれて、板見は声もなく志津馬の顔を見つめていた。

「即断は無理でしょうから、四日間待ちます。色よい返事を期待しております」

志津馬はそう言い残して応接室を出た。四日後――その日は、池田組が志津馬の返事の期限を切った前日だった。

2

物産ビルの玄関を出た志津馬は、タクシーを拾って青山へ向かった。一丁目の交差点でタクシーを乗り捨て、通りに面したガラス張りのビルの二階の喫茶店へ昇って行くと、窓辺のボックスから河合勇市が腰を上げた。河合の横には、志津馬と同年輩のスポーツ刈りの男がいた。濃茶ウールのブレザーをぴしっと着こなしているが、どこか崩れた感じのする男だった。

「どうもお待たせしました」

「我々も今来たところなんだ」

河合勇市がそう言って、初対面の二人を紹介した。

「宮野木（みやのぎ）です。よろしく」

スポーツ刈りの精悍な面構えの男が差し出した名刺には、

《宮野木情報サービス・宮野木兼次郎（けんじろう）》

とあった。河合勇市と同郷の高校の後輩とかで、情報処理研究センター社長の前島と昭和物産社長北村栄一との眼に見えない関係を、たった一日で調べ上げてくれたのがこの男である。

「首尾(しゅび)はどうだった？」

初対面の挨拶が済んでボックスに腰を下ろすと、待ちかねたように河合勇市が身を乗り出した。

「まあまあです」

「宮野木くんの情報は役に立ったかね」

「もちろんです」

志津馬は言って、スーツの内ポケットから分厚い白封筒を取り出して宮野木の前に差し出した。中身は百万円の札束だった。

「これはほんのお近づきの印(しるし)です。お納めください」

宮野木は眼だけで封筒の厚みを計って、

「情報の代金としては嵩(かさ)がありすぎるようですね」

と、油断のならない視線を志津馬に突きつけて来た。志津馬はほくそ笑んだ。使えそうな男だ、と思った。

「宮野木さんには、今後もご協力願いたいと思いまして」

「一介の情報屋にどんな協力をご期待ですか」

「河合さんからお聞きだと思いますが」

「概略は聞いておりますが、私は負け馬には乗らないことにしてるんです。どんな切り札をお持ちなんですか」

負け馬に乗ってひどい目に遭った経験があるようだった。

「切り札は、ひとに見せたらただの札です」

志津馬はニッコリ笑って答えた。

「ただし、板見専務が世間から袋叩きにされて、昭和物産から追い払われるくらいの効果は持っていると保証しておきましょう」

「女がらみのスキャンダルですか？」

「ご想像におまかせします」

「あまり私のことを信用されてないようですね」

「そんなことはありません。たった一日であれだけの情報を調べ上げてくれた力量には驚いています」

「情報屋としての腕前は認めるが、腹は割らないと言うわけですか」

「宮野木くん、きみは疑い深くていかん。もう少し素直になれんもんかね」

二人のやりとりをハラハラした表情で見守っていた河合が口を挟んだ。

「失礼な言い方ですが、河合先輩と同じ昭和物産の企画開発三課の人だと聞いていたんですが、姥捨山の三課にも、菅原さんのような方がいるんですね。驚きましたよ」

宮野木兼次郎が、初めて精悍な顔に微笑を浮かべた。

「昭和物産のことはよくご存じのようですね」

「一部上場の企業の内部事情は、だいたい頭に入っとります」

「そういう関係のお仕事をしていらっしゃったのですか？」

「まあ、そんなところです」

宮野木は曖昧に笑って言葉を濁した。後で聞いたところによると、宮野木は若い頃から腕力と目敏さを買われて、ある有名な総会屋のボディーガード兼秘書のようなことをしていたらしい。しかし今の世の中は総会屋にも住みにくいらしく、宮野木が危ない橋を渡って企業から献金させた億近い金を、当の総会屋がそっくり懐に入れ、若い情婦と海外へ逃避行と洒落こみ、宮野木のほうは司直の手に捕えられて二年間、別荘暮らしを余儀なくされたということだった。飼い主に煮え湯を呑まされた苦い経験が、宮野木をして負け馬の顔を見るのもいやだという厳しい性格にしているようだった。

「私は企業のことにはまったくの不案内です。だから宮野木さんのような方がぜひ必要なんです」

志津馬は宮野木の持っている妙な清潔感に賭けてみた。だからこちらの無防備さを晒け出してみせたのだ。

「会社を乗っ取ろうという人が、企業に不案内では困りますね」

「これから勉強させてもらいます」

「そう下手に出られると拍子抜けしますが、もう一つとっておきの情報を提供しましょう」

「ほう。なんですか、それは」

「情報処理研究センターの前島社長は、健康を害しているんです。糖尿病です。現在は週に二日ばかり出社はしていますが、ひそかに物産の北村社長には辞意を洩らし、北村社長も後任者の選択に着手しています」

「ほんとかね、宮野木くん。それが事実だとしたら、チャンスじゃないか」

河合が目を輝かせた。昭和物産では無能のレッテルを貼られている河合だが、企業の乗っ取りゲームの話になると活き活きとする。城取り、国取りゲームには、男の本能をくすぐる要素があるらしい。

「ところがどうやら後任人事は決まったらしいんです。北村社長に意中の人がいたということです」

線だった。

「誰だね、それは」

「わかりません。調べることはできると思いますが」

宮野木はそう言って、志津馬の顔をチラッとうかがった。志津馬の意見を促すような視線だった。

「北村社長の意中の人物が、社長就任を辞退してくれるとありがたいですね」

「手段を選ばなければ、できると思いますが」

「いや。手段は選んだほうがいい。犯罪は割に合いません」

「いいでしょう」

宮野木は頷いてようやく封筒に手を伸ばし、無造作にスーツのポケットに突っこんだ。

「ただし、金はかかりますよ。資金だけは充分に用意しておいてください」

「わかりました。ご不自由はかけません」

志津馬はきっぱりと約束した。

宮野木と河合の二人と喫茶店の前で別れて、志津馬は地下鉄駅へ歩いた。

道路の向こう側に、情報処理研究センターのある超モダンな高層ビルの外壁が、夕陽に染まってオレンジ色に輝いている。あのビルの中に、まもなく城を築けるかもしれないという思いが志津馬を高揚させた。方法さえ間違えなければ、板見は志津馬の申し出を受け容れざるを得ないだろう。かずみと板見のスキャンダルは、板見の生命取りになることを板見自身がいちばんよく知っている。次期社長の椅子を狙う板見としては、スキャンダルがいちばん怖い。それに彼には、子会社である情報処理研究センターの人事に容喙するだけの実力はある。

結局は志津馬の切り札に屈して、北村社長の人事構想に反対し、志津馬を研究センターに送り込む――と、志津馬は読んだ。おそらく初めから社長という名目では無理だろう。物産からの出向という形で一社員として送り込むに違いない。そうなればこっちのものだ。二十億の資金があれば、五億のヒモ付きの資本金などすぐにでも断ち切れる。福井の高校を出て青雲の志を抱いて上京してから十五年――ついに夢を現実のものに出来るかもしれないところまで来たのだ。

東大受験に現役で合格し、志津馬の初恋の女・島岡純子を寝取った同級生・山内久司に、これで勝てる――と志津馬は思った。自暴自棄になり、失意のドン底にいた志津馬を、女の肉体で救い上げてくれて、骨までしゃぶらせてくれた圭子にも、これで恩返しができる――と志津馬は思った。

夕陽に映えたビルが、志津馬の眼には夢の中のお城のように見えた。

青山から浅草橋の美智子のマンションに寄って、出勤前の彼女をバスルームで後ろから抱き、二度ほど満足させて一緒にマンションを出たとき、志津馬のポケットベルが鳴った。弟の加津彦のサインだった。美智子をタクシーに乗せて見送ってから、志津馬は近くの公衆電話へ近づいた。

「もしもし、大変です。瀬戸内さんが刺されたんです」

「なんだと?」

「すぐ目黒の慈恵病院へ行ってくださいッ。三階の三〇一号室だそうです」

クソッ!

志津馬は受話器を叩きつけるように戻してタクシーを拾うために通りへ走った。池田組の仕業(しわざ)——と思ったのだった。

3

甚左が襲われたのは午後七時二十分頃だった。夕食の買い物に出たところを、マンションの前の路地で襲われたのだ。

甚左のマンションは目黒通りから五〇メートルほど路地を入ったところにあった。マンションとはいっても、三階建ての小さな建物で、そこに甚左は五十歳になるひとりの女と暮らしていた。どういう因縁の女なのか、志津馬も英夫も知らないが、水商売出の女などではなく、また甚左がコマせた女でもないらしい。梅原竜夫の話によると、甚左が若い頃、田舎の後家さんに生ませた実の子らしい、ということだった。

孝子というその女に、醤油が切れているから買って来てくれと言われて、甚左は気軽に腰を上げた。表通りへ出て百メートルほど行ったところにスーパーマーケットがある。夕食前のいい運動と甚左は思った。

マンション前の路地は、道幅が二メートルもなく、クルマも入れない。雨の日にはタクシーが玄関前までは入れないので不便だとは思うが、そのかわり静かだ。静かすぎて夜は危険な感じさえし、孝子は夜は一人で歩くのが気味が悪いと言っている。道幅が狭いうえに五〇メートルほど先で行き止まりになっていて、人通りも少なく、街灯もまばらにしかないからだ。

甚左は玄関を出て表通りへ向かって四、五メートル進んだところで、ギクッと足を止めた。目の前にいきなり男が現われたのだ。男は電柱の蔭に身を潜めて甚左を待ち伏せしていたようだった。

「誰や」

甚左は不意を衝かれて上ずってしまい、思わず、大阪弁が出た。甚左は大阪の市岡で生まれている。

「わしに何か用かい」
四、五メートル前方に突っ立ったままの男に、甚左は怒鳴りつけた。
「瀬戸内甚左さんだね」

男が口を開いた。地獄の使者のような冷たい声だった。男は志津馬くらいの背丈(せたけ)があった。長身である。身体にぴったりとしたブルゾンと下は白いジーンズだった。顔は電柱の蔭になって黒く塗り潰されている。

「だったら、なんじゃい⁉」

「生命をもらいます」

「なんじゃと⁉　おんどりゃ池田組の者(もん)かい⁉」

「そんなものには、関係ない」

男の手がブルゾンの中へ滑り込み、抜き出された。鋭く光るものが握られていた。

「野郎っ！　やれるもんならやってみいっ。わしを誰だと思っとるんじゃい！」

甚左の枯れかけた胸の中に、若き日、戦後の焼け跡の中で、地廻り(じまわ)や警察を向こうにまわして夜の女たちを護(まも)るために格闘していた頃の、熱い血潮(ちしお)がほのかに蘇(よみがえ)った。

「年齢(とし)はとっても、貴様ら鉄砲玉には負けけん。相手になったるわい！」

甚左は上に羽織ったカーディガンを素早く脱いで左腕に巻きつけた。身構えた。

「死ね」

低い気合とともに、男の身体がすっと沈み込んだ。

甚左は一瞬、反応が遅れた。刃を外に向けて寝かせた白刃が低い軌道を描いて一直線に腹へ向かって突っ込んで来るのを眼でとらえながら、反射神経がそれについて行けなかった。甚左は咄嗟にカーディガンを巻きつけた左腕を顔の前面に突き出した。

白刃が左腕の下をかすめて懐の中へ抉り込んで来たのがわかった。鈍い不快感がドスンっと胸の奥にひびいた。甚左は右腕で男の首を抱えこんだ。

「野郎！」

そのまま甚左は後ろへ倒れこんだ。生垣の内側の盆栽棚が音を立てて倒れた。上になった男の顔がマンションの窓灯りに照らし出された。

「あっ」

甚左は胸の中で叫んだ。見覚えのある顔だった。

「あ、あんたは……!?」

甚左は呻いた。男が甚左の腕を首からもぎ離し、甚左の左胸に食い込んだ白刃を抜いた。

「し、志津馬を狙ったのも……あ、あんたか」

甚左は必死に男のブルゾンにしがみついて呻いた。

「奴にも死んでもらいます」

「あ、あかん。そいつは、ご、ご、誤解だ！　あの、男は……こ、殺したら、あかん！」

マンションの窓が開いた。盆栽の鉢が砕けた音に、一階の住人が気づいたのだ。

「誰だ！　何をしてるんだ！　警察を呼ぶぞ！」

男がブルゾンに絡みついた甚左の腕を振りほどいた。甚左は必死に体をねじって男の足にしがみついた。

「あかん！　ご、誤解だ！　こ、殺したら、あかん！　誤解だ！　誤解だ！」

男の足が甚左を蹴り上げた。甚左は後ろにどっと倒れた。

「ご、誤解だ！　誤解だ……誤解だ……」

甚左は、自分では男を追いかけているつもりだった。あの男に志津馬を殺させてはならない！　なんとしてでも誤解をといてやらねばならない！　甚左は追いながら叫び続けた。やがて、闇が来た。

志津馬が病院へ駈けつけたとき、甚左は手術室の脇のガランとした控室のベッドの上に横たえられていた。顔には白い布がかけられて、孝子が取りすがって泣いていた。部屋の前には制服の警官が二人立哨し、室内には私服の中年の刑事が、孝子の泣き止むのを手持ち無沙汰な顔で待っていた。

「おやじさんッ」

志津馬は甚左の顔を覆った白布をまくり上げた。甚左は穏やかな顔をしていた。顎と頬に白い無精髭がまばらに浮かんで、天井の白っぽい照明に反射して光っていた。ふだんはへの字に引き締められた口が、突如弛んで好々爺のような口許になっていた。志津馬はこんな穏やかな甚左の顔を見るのは初めてだった。

〈おやじさん、誰に殺られたんです！　相手は誰です？　池田組ですか？〉

志津馬は私服の刑事の手前、声には出さずに叫んだ。怒りとも悲しみともつかぬ感情のために、白布をつまんだ志津馬の手がブルブルと慄えていた。

甚左の遺体はただちに司法解剖へ回された。甚左の身体には一カ所の傷しかなかった。左胸部第六肋骨と第七肋骨の間に幅三センチの傷口があり、傷は心臓に達し、甚左の生命を奪っていた。

甚左に一撃で斃されたのだ。胸部の傷口は、縦ではなく、横に開いていた。犯人は凶器の短刀を横に寝かせて甚左の胸部を突いたのだ。短刀を縦にして突くと、刃は肋骨にぶつかってそこから先へは進めない。横に寝かせれば肋骨と肋骨の隙間に滑り込む。プロの殺し屋の短刀捌きだ。ヤクザ同士やチンピラの争いではけっして短刀は寝かせない。相手の生命を取るのが目的ではなく、相手にダメージを与えるのが狙いだからだ。プロの殺し屋でも、相手の生命を取るという目的のとき以外には、けっしてこんな短刀捌きはしない。

甚左の遺体がマンションへ戻って来たのは翌日の午前中だった。

身寄りのない甚左を待っていたのは、孝子と志津馬、英夫、梅原老人とその若い愛人、それにマンションの大家という、甚左と同年輩の男だけだった。通夜と葬儀の手配は英夫と梅原の愛人がてきぱきと差配した。

志津馬は甚左の枕許にどっかと腰を下ろして動かなかった。眼光鋭い眼が白布をかむった甚左の顔を見つめ、太い眉が悲しみに曇っていた。

志津馬の胸の中には、十年前、門前仲町の四畳半一間の志津馬のぼろアパートへ乗り込んで来たときの甚左の姿が去来していた。あのときの甚左には、人を圧倒する迫力が全身に溢れていた。一八三センチの志津馬から見ると、まるで小人のような小さな老人だったのに、志津馬の方がグイグイと圧倒される息苦しさを覚えたものだ。あれは一種の殺気だった。常人の身にはけっして備わらない悪の体臭に違いなかった。

あれから十年。甚左の肉体からは殺気も迫力も消え、生命さえ消失している。甚左はこの日の自分の姿を予見していたのではないだろうか。だから志津馬に、

《並みのスケコマシで満足するな。新しいタイプのスケコマシになれ》
と教え、昭和物産という超一流企業へ入ることを勧め、女たちに貢がせた金を財テクに投資し、資金作りを勧めたのかもしれない。若い頃の甚左は、女に貢がせる金にしても志津馬などは問題ではなく、今の金にして何千万、何億という額だった。それを湯水の如く遊蕩の世界に還元していたのだ。そしてあげくの果てに刃傷沙汰を起こして投獄された。その自省が志津馬に向けられたのだろう。

おかげで志津馬は三十三歳にして二十億の資産を作った。どんな女でも落とせる技術を自分のものにできたし、どんな冷感症の女でも絶頂に導ける性技も習得できた。8の字舐めを教えてくれたのも甚左だし、肛門舐めの秘技を伝授してくれたのも甚左だ。何よりもスケコマシの心得を、甚左は徹底的に叩きこんでくれた。

《女は灰になるまで金になる》
《女は後ろから選べ。前から選ぶな》
《面のいい女を選ぶな。金を生む女を選べ》
《女には鞭を使うな。アメだけ使え》
《女に手を上げるな。暴力はスケコマシには無用》
《女には、愛情三分肉七分》

《ブランドものが好きな女には近づくな。そういう女は自分に金はかけるが、男に金はかけない》
《出会いは疾風の如く。別れるときは一ミリずつ》
《金はできるだけ吸い取れ。女に金を持たせるとすぐに怠ける》
《強くなければスケコマシではない》
《結婚という言葉は辞書から抹殺しろ》
《尻の小さな女は子供は生めるが金は生めない》
《スケコマシは紳士であれ。男であれ。牡であれ》
《女の糞が平気で舐められたら、やっと一人前と思え》
《頭のいい女などいないと思え。いい女が頭がいい女と思え》
《いい女とは、おまえに惚れて、おまえに貢いでくれる女、と思え》
甚左の教えが志津馬の頭の中に次々と浮かんでは消えた。
それにしても、誰が甚左を殺ったのか？
池田組の連中に決まっている。共同事業という虫のいい申し出を志津馬が断われないように、真弓を殺し、さらに甚左を殺して内堀まで埋め、ダメ押しのプレッシャーをかけてきたのだ。そうとしか考えられない。他に甚左の生命を狙う者はいない。

〈クソッ、池田組の野郎ども！〉

志津馬は呻いた。怒りで骨が鳴り、全身の筋肉が軋んだ。

「私が駈けつけたとき、おとうさんは虫の息でした。何か言いたそうに、口をパクパクさせて……。耳を近づけると、妙なことを言ってました……」

甚左の枕頭で孝子が話していた。淋しい通夜であった。孝子は甚左のことを〝おとうさん〟と呼んでいた。

夜になっていた。淋しい通夜であった。大家の老人は一階の自宅へ戻って、甚左の遺体を囲むのは、梅原老人と志津馬、英夫、それに孝子だけだった。梅原の愛人は、明日の葬儀に着る喪服を取りに白金のマンションへ引き上げていた。

「妙なことって、なんだね」

梅原が言った。

「誤解だ……誤解だって……」

「誤解？　どういうことです？」

志津馬が訊いた。

「わかりません。志津馬さんにお訊きすれば、何かわかるのではないかと思いまして――」

誤解――？　いったいなんのことだ？

志津馬は首をひねった。

〈おやじさん、誤解とはどういうことです？　答えてください、おやじさん！〉

白布をかけられた甚左の顔に志津馬は問いかけた。答えはなかった。

〈おやじさん、犯人はこの俺が必ず見つけ出してみせます〉

夜遅く、志津馬は英夫を玄関へ呼んだ。

「おまえは先に帰ってくれ。ここにいても時間の無駄だ。一刻も時間が惜しい。池田組の連中を徹底的に洗うんだ」

「おやじさんを殺ったのは、やはり池田組の人間ですか？」

「他に考えられるか」

「わかりました」

「俺は葬式を済ませるまでここにいる。頼んだぞ」

「はい」

英夫は緊張した顔で頷いて、玄関のドアを出て行った。

九章　誘拐と一億円

1

翌日、葬儀の後、白木の箱の中に納まった甚左の遺骨の前でささやかな精進落としの酒宴になり、志津馬がマンションを後にしたのは午後七時過ぎだった。

「今後のことは何も心配せんでください。おやじさんの代わりに、私が面倒を見させてもらいます」

甚左の霊前で、志津馬は孝子にそう誓った。孝子にはどんな償いをしても償い切れないような気がしていた。

二日ぶりに錦糸町へ戻って来ると、留守番電話に二つの伝言が入っていた。一つは宮野木からの電話だった。

「北村社長の意中の後任人事がわかりました。東和銀行海外調査部の平井義秀という人物です。去年まで東和銀行ニューヨーク支店に勤務し、現在は東京本店勤務。年齢は五十二歳。北村社長の故郷の後輩とのことですが、詳細は不明です。とにかくさっそく、コンタクトを取ってみますので、結果を楽しみに待っていてください」

宮野木の声は自信に満ちていた。

情報処理研究センターの乗っ取り計画は、いよいよ大詰めに近づいている——志津馬にもそう実感させる声だった。

北村社長の後任人事構想を潰せば、板見も志津馬の要求を受け容れ易いだろう。いや、板見としては受け容れざるを得ない。そこから先は、まず板見を完全にこちら側に取り込んで、板見を何がなんでも昭和物産の社長にする。そのための資金は惜しんではならない。そして最終的には研究センターを昭和物産から独立させ、株の過半数を買い占める。おそらくこのときも宮野木が働いてくれるだろう。総会屋という薄暗い世界の経験がモノを言うはずである。資金も充分にある。そして志津馬のために男どもをいつでもたらし込んでくれる女という武器も揃っている。あわよくば、近い将来、昭和物産を手玉に取ることだって可能かもしれない。

問題は、池田組だ——と、志津馬は頭の上に覆いかぶさる暗雲にぶつかって、眉を曇らせた。

二つ目の伝言は、その池田組の幹部・関口雄次からだった。新木場の倉庫で池田宗次郎と会ったとき、池田組長の背後に立って、終始、眉一つ動かさなかった男だ。津村という血の気の多い幹部が一騒動起こしたときでさえ、能面のような無表情な顔でテーブルの上にころがった津村の小指を見下ろしていた。ああいう男のほうがいざという時には怖い。それだけに池田組長は恃みにしているのだろう。

「池田組の関口です。瀬戸内さんがとんだ災難だそうで、お悔み申します。もしや菅原さんは誤解なさっているのではないかと、組長も心を痛めております。瀬戸内さんの件に関して、池田組は一切関係しておりません。念のために、組長になり代わって申し上げておきます。今回のことでお気持ちを惑わされずに色よい返事をくださるものと、組長を始め一同期待しております。ご返事の期限はあと三日。お忘れのないよう」

関口の口上を聞きながら、志津馬の体内でふつふつと怒りの血が滾った。握り締めた拳が顫えていた。おやじさんを殺ったのは俺たちじゃないだと！　ふざけるな！　志津馬は溶岩のように熱した拳をテーブルの上に叩きつけた。テーブルの上のクリスタルの灰皿が三センチも飛び上がってテーブルの下へ落ちた。

志津馬は体内に燃え盛ったどうしようもない炎を鎮めるために、バスルームへ潜りこみ、頭から冷水シャワーを浴びた。カッとなって冷静さを失うことの危険さを、志津馬は剣道の試合で知り抜いていた。カッと頭に血が昇ったときこそ冷静でなければならない。

志津馬はバスタオルを腰に巻きつけてベランダへ出た。千八百グラムの特別製の木刀を手に取り、二日ぶりに手にするその重さをなつかしむかのように二、三度片手で空振りをくれ、大上段の素振りを始めた。

腕の筋肉が小気味よく軋み、サラブレッドの尻のように盛り上がって厚い胸筋が波を打ち、木刀を振り下ろす度にシャワーの水滴が闇の中に飛び散った。いますぐ池田組へ殴り込んで、甚左と真弓を殺した犯人をとっ捕まえ、八つ裂きにしてやりたいという狂暴な感情が、木刀の一振りごとに徐々に剝がれ落ちて行った。いま志津馬が動けば、会社乗っ取りの大望は水泡に帰す。動く前にやらなければならないことがある。喧嘩は、勝てると確信できたとき以外には、やってはならない――。

志津馬は五百本の素振りだけで運動を切り上げて、リビングルームの電話機へ行き、かずみのマンションの電話番号をプッシュした。

「はい、沢村です」

ちょっとハスキーなかずみの声がすぐに出た。

「俺だ」

「あら、あなたなの――」

「例の件、どうなってる」

「あなたの悪企み（わるだく）が失敗したことあって？」

物憂い（ものう）口調だった。その中に、志津馬への非難と、志津馬の言いなりになってしまう自分への侮蔑（ぶべつ）の感情がこめられていた。

「会ってるのかい？」

「明日の夜もね」

「ありがとう。感謝する。きみの恩は一生忘れん」

「感謝なんかしないで。私がいい気持ちでこんなことをしてるなんて思わないで。これが最後よ」

「わかっている。きみのことは一生忘れんが、しかし忘れよう」

「もう私の前に顔を出さないで」

「惚（ほ）れたのか」

「惚れたって、どうにもならないわ」

「きみが望むなら、彼を離婚させてやろう」

「バカなことを言わないで。もし私に感謝する気持ちがあるなら、そっとしておいてちょうだい」

「わかった。約束しよう。――最後に一つ知らせておくことがある。おやじさんが死んだ」

「え？　甚さんが？」

「俺も足を洗う潮時かもしれん。それじゃ、元気で」

志津馬は電話を切った。

同時に電話が鳴った。志津馬は反射的に受話器を取り上げた。

「先輩、女が見つかりました」

英夫の昂奮した声が飛び込んで来た。

「女？」

「真弓ちゃんの友達だと言って先輩に電話をしたと思える女ですよ」

「ほんとうか」

「間違いありません。ウチの女の子が、事件の二、三日前、真弓ちゃんと一緒にいるところを見たって言ってますから。おそらく、池田組の誰かの情婦だと思います」

「いまどこにいる」

「新小岩の駅前です」

「よし。十分で行く。そこで待っててくれ」

志津馬は電話を切って二分後にマンションを飛び出した。

2

新小岩へ着くと、駅前の夜の雑踏の片隅に英夫が昂奮の面持ちで待っていた。

「あのパチンコ屋です」

英夫は駅の北口の表通りに面した大きなパチンコ店へ志津馬を案内した。地階から二階まで、白っぽい蛍光灯の光が溢れたパチンコ屋だった。パチンコ台の前には座り心地のよさそうな回転椅子が並び、台の上にはイヤホーン付きの小型テレビまで組み込まれ、テレビを観ながらパチンコが楽しめる仕組みになっている。英夫は二階へ上がって行き、いちばん奥の通路の入口に足を止めた。

「左側のまん中に座ってる茶色の髪の女です」

女はガムを噛みながらパチンコ玉の動きを眼で追っていた。二十二、三歳だろうか。茶色に染めた髪はふんわりと肩まで流れ、頭の上に黄色いリボンを結んでいた。ガムを噛む横顔は、あまり上品とは言えないが、醜女ではなかった。毒々しいほど赤い唇は上下とも厚く、上唇はいくらかまくれ上がり気味で、鼻の形も悪くはない。朱色の半コートの下には、はち切れそうな乳房が隠されているのが、コートの盛り上がりでわかる。濃い化粧といい、ガムをくちゃくちゃと嚙みながらパチンコをしている姿といい、英夫の推理のように、暴力団員の情婦に間違いなさそうだった。

「真弓と一緒だったというのは本当なのか」

志津馬は空いている台の前に腰を下ろしてパチンコ玉をはじいた。

「高子というウチの女の子が見たそうです。夕方、真弓ちゃんと駅前で立ち話をしていたそうです。真弓ちゃんは迷惑そうな顔をしていたそうです。真弓ちゃんは、女のことを〝ミカさん〟って呼んでたそうです。だから、ミカって女の子を捜してたんです」

「それがあの女か」

「ええ。磯川美香って名前です。南口に女の子が集まるパブがあるんです。そこのボーイに教えてもらったんです。よくこのパチンコ屋に現われるって――」

「正体は?」

「それが、名前しかわからないんです」

「よくやってくれた」

「どうします」

「連れ出すわけにもいくまい。動き出すのを待とう」

志津馬は英夫に万札を渡して、玉を大量に買って来させた。

「おやじさんを殺った奴は、いまのところ何も手掛かりがなくて……」

「あの女が教えてくれるかもしれん」

「真弓ちゃんを殺した犯人と、おやじさんを殺った奴は、同じ人間ですか？」

「いや。別人だろうな」

志津馬はゆっくり首を振った。真弓はネクタイで絞め殺されている。一方、甚左は短刀で一突きだ。短刀を使いこなすプロがネクタイなどは使用しないだろう。甚左を殺った男は志津馬を襲った男と同一人と見て間違いないが、真弓を殺ったのは別人と考えられる。が、いずれにしても池田組の人間か、あるいは池田組に雇われたプロの殺し屋だ。それ以外には、考えられない。

志津馬と英夫のパチンコ玉はすぐになくなった。磯川美香の台の受皿には玉が溢れている。志津馬は二枚目の一万円札を英夫に渡し、それがきれいに台の裏側へ吸い込まれて消えたとき、ようやく女が腰を上げた。女の台が打ち止めになったのだ。女は赤い玉ケースを抱えて景品台へ行き、小さなカセットケースのようなものを数個受け取って店を出た。現金と交換するらしい。パチンコ店から二軒先のラーメン屋の脇に駐車場があり、その入口のプレハブの事務所へ女は消え、出て来たときには数枚の千円札が手に握られていた。

そろそろ十一時になろうとしていた。新小岩の駅前は南口に較べて北口は静かである。女は千円札をスカートのポケットへ無造作にねじこむとガードを潜って南口へ向かった。女はレザーのミニスカートを穿いていた。その下は黒いタイツだ。スカートの尻が盛り上がっていた。身体つきも悪くはない。タイツに包まれた脚も引き締まっている。金になる女だ。どういうわけかヤクザ者にはいい女が付く。そしてヤクザ者に付いたいい女は、あまりいい運には恵まれない。

志津馬と英夫は女に気づかれないように注意すると同時に、どこかでその様子をうかがっているかもしれない池田組の眼を心配しながら後を尾けた。

女は南口の繁華街の裏通りへ入って行き、『ロビン』という小さなスナックを覗いた。人を探しているようだった。探している人間が見つからなかったのか、すぐに踵を返して表通りのゲーム場へ入った。ひょろりと蒼白い蝶ネクタイのマスターが、

「この間はどうも」

と、隅のゲーム機の前から頭を下げた。女は笑顔で答えてカーレースのゲーム台の前に腰を下ろした。あまり大きなゲーム場ではなかった。英夫はともかく、三十歳を過ぎた男が足を踏み入れる場所ではない。志津馬は英夫をゲーム場へ潜入させ、自分は向かい側の喫茶店へ入って窓際のボックスに腰を下ろした。窓の正面にゲーム場のガラス張りの入口

が見えた。持久戦になりそうだった。

余談になるが、東京の東端のこの辺りは、パチンコ屋とゲームセンターの多いところである。JR総武線の錦糸町駅から県境の小岩駅まで、どの駅前の盛り場にもパチンコ屋とゲームセンターが軒を並べている。特に総武快速電車が停車する新小岩駅前の盛り場は、駅頭に降り立つと同時にパチンコ店の玉の音と店内に流れる軍艦マーチが聞こえて来そうなほどパチンコ店とゲームセンターが多い。五年前までは錦糸町の駅前もそうであった。

駅前に江東楽天地という大きな遊興街を抱え、おまけに場外馬券売場という公的なギャンブル施設があって、土曜・日曜には近辺に人が溢れるから、パチンコ屋、ゲームセンター、ゲーム喫茶、飲食店などが蝟集していた。江東地区が東京都の場末と呼ばれていたゆえんであるが、場末なりの荒っぽい活気が渦巻いていた。

そういう風土は、都市としての開発の手が立ち遅れたという機構的な背景とともに、仁侠・侠客道の発生の地とも言える浅草に隣接し、なおかつ江東の砂町界隈は江戸から明治へかけての新開地であり、そこに気の荒い馬喰や渡世人が集まって来たという歴史的背景にもよると考えられる。仁俠・俠客・渡世人＝平たく言えばヤクザは、お上の管理・統制の行き届いた地区には決して発生しない。庶民の熱気・活気、つまり欲望が渦巻くカオスの中から自然発生的に芽生えるものだ。下町・場末・新開地と言った庶民の基盤がヤクザを生み出すのであって、山の手の住宅街からは決して生まれない。

現在の錦糸町はロッテや西武等大企業の資本が投入され、かつての江東楽天地は取り潰されて若者たちの好みそうな明るくモダンなレジャー施設に塗り変えられた。周辺の繁華街からも場末の雰囲気は一掃されて、そこに集まる人々の外見も様変わりしてしまったが、再開発の手も新小岩まではいまだに届かず、駅周辺にはどことなく胡散臭い、カオスが残っている。

ちなみに錦糸町の盛り場を主なシマとしていた池田組の焦り、凋落は、そういった街の変化、近代化に取り残されたところに起因していた。


ゲームセンターから女が出て来たのは、午前一時過ぎであった。女の後から英夫が現われて、喫茶店の窓に視線を送って寄こした。志津馬はレシートをつまんで腰を上げた。

「どっかから女のところへ電話があったんです。呼び出しだと思います」

通りへ出て英夫に並ぶと、英夫が囁いた。女は百メートルほど行ってすぐに薄暗い路地へ入り、どぶ川の橋を渡って小さなマンションの玄関へ消えた。四階建ての、エレベーターもなさそうな低層マンションだった。スニーカーを履いている英夫が後を追ってマンションの玄関へ飛び込んだ。スニーカーは足音を吸収するから、こういう場合には便利だ。

五分も経たぬうちに英夫が玄関に現われた。

「二階のいちばん奥のドアに入って行きました」

英夫が報告した。各階に四つ部屋があって、二階の南端の角部屋の窓に灯が映っていた。

「表札は見て来たか」

「それが、表札らしいものは何もないんです。鍵穴から覗いてやろうと思ったんですが、何も見えなくて」

マンションの南の角に電柱が立っていた。マンションは敷地のぎりぎりまで建っていて、二階のベランダが電柱にほとんど接している。志津馬は電柱に近づいた。

「何をするんですか」

「覗(のぞ)きだ」

志津馬は靴を脱いでコンクリートの電柱に取りついた。電柱にはよじ登るための足がかりが付いていると思っていたのに、三メートルくらいの高さまでは、何も手掛かりがないのを志津馬は初めて知った。頭のはるか上には、電柱にちゃんと手掛かりの鉄棒が差し込まれているのに、そこから下はツルンとして何も手がかりはない。子供や不届(ふとどき)者がよじ登るのを防いでいるのかもしれない。英夫に抱え上げられてやっと鉄の棒に取り付き、志津馬はよじ登った。

周囲は住宅街で路上に人影はなく、見咎められる心配はなかった。電柱の位置はマンションの角になっているので、マンションの窓からも死角になっている。志津馬は二階のベランダに取り付いた。ベランダと電柱の間は約一メートル。全身バネのような筋肉の持主の志津馬には、飛び移るのが困難な間隔ではなかった。

ベランダの窓にはレースのカーテンが引かれていた。窓の向こうにはあかあかと蛍光灯の光が溢れている。ベランダには植木鉢一つなく、志津馬は窓の端に進んで中を覗いた。すぐ眼の前に白い肉が動いていた。あまりの近さに、志津馬は思わず顔を引っ込めたほどだ。女の裸体だった。それも素っ裸の尻が前後に動いていたのだ。型のいい尻だった。四つん這いになっているから胴のくびれが強調され、それだけに尻の曲線がもろに浮き立っている。突き出された尻の先端が丸味を持っていた。尻頰に肉がたっぷりと付いた尻でないと、こういう曲線は描かない。

女はまさに四つん這いになって——それも男の裸体の上に——男のペニスを口に咥え、フェラチオの最中だった。言うまでもなく、さっきまで志津馬と英夫が尾行をしていた磯川美香だ。

志津馬はあまりいい気分ではなかった。形のいい尻がこういう作業をしているのを見るのはあまり好きではない。こういう尻には、男が奉仕すべきだ。志津馬ならおそらくそうするであろう。志津馬は見ている内に、自分の大事なものが汚されているような不快感を覚えた。

しかし、女の尻の陰になって見えなかった男の顔が起き上がったとき、その不快感は一挙に消えた。柔毛に覆われた女の股倉を舐めようと起き上がった顔に、志津馬は見覚えがあった。四日前の夜、志津馬を待ち伏せて新木場の倉庫へ拉致(らち)した池田組の秋山(あきやま)という男だ。秋山は女の股間に顔を密着させ、やみくもに顔を動かした。池田組では幹部面をしているようだが、女に対する愛技(テクニック)は、あまり上等とは言えなかった。女が呻いて秋山のペニスから口を離した。

「⁉」

志津馬は秋山のペニスを見て、吐き気を覚えた。雀蜂(すずめばち)に刺されたような形をしていた。ペニスに真珠を入れているのだ。それもかなり大きな真珠を三つほどペニスの皮の下に埋めこんでいるらしい。そそり立ったペニスがぼこぼことして、まるで茸(きのこ)のお化けだ。いかにも女の趣味の悪い極道のやりそうなことだ。

こういうペニスは、女に不快感を与えこそすれ、けっして快感は与えない。女がよろこぶと考えるのは、男の独断にすぎない。これは甚左の意見だが、スケコマシを稼業にする男で、ペニスに異物を埋めた奴はいないという。真珠など埋めこめば、ペニスの海綿体はもちろん、女の膣まで傷つけることになるだけだ。志津馬は地上へ降りて英夫に報告した。

「どうします?」

英夫が言った。

「どうもせん」

志津馬はタバコに火を点けて答えた。

「どうもせんって、どういうことです。ほっとくんですか」

「ああ」

「それはないですよ。あの女が秋山の情婦だとしたら、秋山があの女を真弓ちゃんに接近させ、真弓ちゃんから先輩の家の電話番号を聞き出し、先輩のところへニセの電話をかけ、事件の当日も、あの女に真弓ちゃんのマンションへ案内させた――そう考えられるじゃないですか。犯人は秋山ですよ。間違いないですよ」

「おそらく、おまえの言うとおりだ。だが、秋山に手を出せば池田組と全面衝突だ。喧嘩をするのは、絶対に勝てるときだけだ。まだその準備が出来ていない」

「それじゃ、どうするんですか」

「ごくろうだが、秋山から眼を離すな」

志津馬が言ったとき、志津馬のブレザーの中でポケットベルが鳴った。加津彦からの呼び出しだった。志津馬は表通りへ走って電話を探した。五十メートルほど走って黄色い電話に飛びついた。

「もしもし、俺だ」

「宮野木さんという人から私のほうに電話がありました。兄さんのところへ何度かけても留守なので、私の電話番号を調べたんだそうです。至急、事務所のほうへ電話をほしいということです」

加津彦の声は切迫したものを伝えていた。

志津馬は電話を切って、折り返し宮野木の事務所のナンバーをプッシュした。呼び出し音が一度鳴っただけですぐに宮野木の声が返って来た。

「菅原です」

志津馬は冷静な声で言った。

「いますぐ私の事務所へ来てくれませんか」

宮野木の声は不自然なほどのんびりとしていた。

「何かあったんですか?」

「たいしたことではないんですが、詳しいことは後ほど」

のんびりとした口調がかえって志津馬を不安にした。

「わかりました。すぐに参ります」

志津馬は答えて、通りかかった空車に向かって走った。

3

宮野木の事務所は、九段下(くだんした)の交差点の近くにある。高速5号線の高架に面した五階建てのビルの三階だった。《宮野木情報サービス》と書いたドアの前に立ったのは、午前二時四十分だった。ドアのガラス窓には室内の灯が映えていた。

「宮野木さん――」

ノックをしても声をかけても、返事はなかった。人の気配もない。志津馬はドアのノブに手をかけた。ドアはなんの抵抗もなく開いた。数坪ほどのワンルームの部屋(オフィス)だった。正面にデスクがあって、その石手に小さな三点セットが据えられガラステーブルの上のクリスタルの灰皿に、二、三本の吸い殻がころがっていた。

志津馬は部屋の中へ身体をすべりこませた。デスクの上にキャスターと百円ライターとキイホルダー、それに書きかけの書類が投げ出されている。

トイレへでも行ったのだろうか？　それとも、志津馬を待つ間、近くへ一杯ひっかけに出たのだろうか。しかしこんな時間に店を開けている飲み屋は、この辺にはあるまい。それに人を呼び出しておいて留守をするような宮野木ではない。宮野木の身の上に何事か起こったのか？　そうとしか考えられない。

志津馬は事務所のまん中に突っ立ったまま十分ほど待った。長い時間に感じられた。濃密な時間が耳許をミシミシと音を立てながら通過して行く。５号線を走るクルマも絶えたのか、息苦しいほど静かだ。周辺のビル街は寝静まって都心とは思えぬ圧縮された静寂が事務所（オフィス）を包みこんでいる。志津馬は部屋の灯を消して廊下へ出た。

〈どうする――〉

志津馬は路上に出て足を止めた。小さな事務所が蝟集する九段下のこの一帯は、夜になるとたちまち人気（ひとけ）が絶えるところだ。午前三時になろうとするこの時刻、人を呼び寄せる店屋の灯も人影もない。路上を走るクルマの姿もない。志津馬は靖国（やすくに）通りまで歩いてタクシーを止めた。重苦しい予感が腹の底に沈んでいた。

〈いったい、何が起ころうとしているのだ？〉

タクシーは西神田（にしかんだ）から首都高速に乗って、二十分足らずで錦糸町へ着いた。錦糸町の町も一日の活動を終え、朝の通勤時間までの短い眠りの時間に入っていた。

志津馬は〈マラゲーニヤ〉の前でタクシーを降り、通用口のドアをキイで開け、階段を昇って行った。マラゲーニヤが閉店になると同時に、用心のために通用口のドアもロックされる。部屋のドアを開けてリビングルームへ行き、壁際のスイッチを入れて、志津馬はアッと息を呑んだ。ソファの上に、黒いダブルを着こんだ血色のいい男が、まるで塑像のように腰を下ろしていたのだ。

「菅原志津馬さんですね」

男はゆっくりと立ち上がった。でかい男だった。志津馬より背丈がある。一九〇センチはあるだろう。短く刈り上げた髪には白いものがまじっているが、顔の艶はよく、首が太く、全身から鍛え抜いた武道家のような殺気を発散させている。男は土足だった。それを見て、志津馬はカッと頭に血が昇った。

「何者だ、貴様！」

「誠和会・一の巣組の湊川と言う者です。お待ちしておりました」

男は動ずる様子もなかった。

「誠和会だか東正会だか知らないが、ここは貴様らの来るところじゃない。さっさと出て行け」

志津馬は横に動いて、サイドボードの脇に立てかけた木刀を掴んだ。

「あまり大声を出さんでいただきたい。階下の御舎弟夫婦が不審に思って駈けつけると、面倒なことになります」

「黙れ！」

志津馬は間合を縮めて木刀を下段に構えた。男の背後に影が動いた。志津馬が下から斜めに撥ね上げた木刀が、宙に泳いだ。男の背後に現われた黒い影が、鈍く光るピストルの銃口の狙いを志津馬の胸板に定めていた。志津馬の背後にも人の気配が動いた。志津馬は振り返った。黒スーツの男が二人、38口径のリボルバー式の拳銃を腰に構えて突っ立っていた。志津馬は振りかざした木刀をおさめた。木刀で太刀打ちできる相手ではなさそうだった。

「靴を、脱げ！」

志津馬は木刀を投げ捨てて男と向かい合ったソファに腰を下ろした。

「これは失礼しました」

男は慇懃に言って黒いブーツを脱ぎ、三人の手下たちにも目顔で脱ぐように合図した。

「俺に何の用だ」

「お受け取りいただきたい」

男はそう言って、ソファの上のアタッシェケースをテーブルに載せ、蓋(ふた)を開いて志津馬の眼の前に差し出した。一万円札の束がぎっしりと詰まっていた。すべて新券で銀行の封印がついたままだ。

「一億あります」

「一億⁉」

志津馬の脳裏に仄(ほの)めくものがあった。

「昭和物産からお預りした、あなたの退職金です」

やはりそうだ。こいつらは板見専務が差し向けた暴力団だ。クソ、板見の野郎……。

「お納(おさ)め願えますね」

「いやだと言ったら？」

一見柔和な男の視線を、志津馬は正面から跳(は)ね返した。

「あなたは友達を失くすことになります。腕のいい情報屋という友達を……」

クソッ！　宮野木はこの連中の手に落ちているのか。

「私の友達が無事だという証拠はどこにある？」

「情報屋さんには指一本触れていませんよ。都内某所に大事にお預りしてありますので、ご安心を」

「ふざけるな。極道の話をハイそうですかと信じろと言うのか」

志津馬は喰い下がった。むなしい抵抗とはわかっていた。わかっていながら、どこかに突破口はひらけないかと模索していたのだ。

「いいでしょう」

男が立ってサイドボードに近づき、受話器を取り上げた。

「俺だ」

電話が繋がって、男が送話口に声を送り込んだ。

「菅原さんがお客さんと話をしたいそうだ」

男はそう言っておいて、志津馬に受話器を差し出した。志津馬は腰を上げて受話器を受け取った。

「もしもし……」

「菅原さん、申し訳ない。ドジを踏んだらしい」

宮野木の声だった。傷ついた声ではなさそうだった。

「無事ですか?」

志津馬は急き込んで訊いた。

「残念ながらピストルを突きつけられちゃ、手も足も出ません。だから擦傷一つなしです。しかし菅原さん、こっちのことは心配しないでください。計画を進めてくださってけっこうです。私には女房も子供もいないんで」

「今、どこに――」

そこまで言いかけると、男の手が伸びて電話機のフックを指先で押さえた。

「もういいでしょう」

志津馬は受話器を戻した。

「どうなさいます、菅原さん」

男がソファに坐りなおして志津馬を見据えた。

「情報屋の友人を見捨てて昭和物産の専務を相手に乱暴なさいますか？　それもけっこうですが、板見専務の後ろには誠和会がいることをお忘れなく」

忘れろと言っても忘れるものか。誠和会と言えば、東正会と並ぶ全国組織の暴力団だ。錦糸町にも誠和会系の中岡組というのが駅の向こう側に勢力を張っている。

「言っておきますが、警察に泣きついても無駄と言うものです。聞くところによると、菅原さんも色事稼業では大(だい)を成(な)した人のようですから、よもや警察に駆け込むこともないとは思いますが、念のために忠告しておきます。どうです、領収書にサインと捺印(なついん)をお願い出来ますね？」

志津馬の眼の前に、一億の金額が入った領収書がひろげられていた。

志津馬は土壇場に追い込まれた。遠い昔に、これと同じような気持ちをどこかで味わったのを思い出した。初恋が夢と散った日だった。初恋の女が、東大に現役で合格した志津馬の友人と寝ているのを目撃したときだ。初恋の女の白い腿が積極的にひらき、怒張した友人のペニスを迎えるのをアパートの窓の外から見てしまったとき、今と同じようなきない臭い匂いを鼻の奥に感じて、目眩いを覚えながら窓辺から立ち去ったのだった。

「あんたはまだ若い。これからの人だ。その気になれば、この世界でいくらでも伸びられる人だ。生命を粗末にしてはいけません。友人を粗末にしてはいけません。これからいくらでもチャンスはあるでしょう」

クソ！　極道に慰められてたまるか！

志津馬は全身の血が逆流するのを覚えた。だが、彼の手は領収書にサインをするべく、ボールペンを摑んでいた。

「そのかわり、私の友人に毛筋一本の傷でもあったら、この一億円はただちに宅急便で送り返します」

「その心配はありません」

男は穏やかに答えた。

志津馬はサインをした。ボールペンを動かしながら、表通りに築き上げた事業の夢が、ガラガラと音を立てて崩れていくのが耳の底に聞こえていた。

4

「誠和会が動き出すとは思ってもいませんでした。迂闊でした。申し訳ありません」

宮野木がソファの上から頭を下げた。眼が充血していた。品川のホテルの一室に監禁されていたという。一睡もせずに一夜を明かしたらしい。朝方、スーツの裏側に拳銃を忍ばせた二人の男にホテルから連れ出され、クルマで奥多摩まで連れて行かれ、人気のない奥多摩湖の畔で解放されたという。そこからバスと電車を乗り継いで事務所へたどり着き、その足で錦糸町の志津馬のマンションへやって来たのだ。

「申し訳ないのは私のほうです。昭和物産ともあろう一流企業の専務が暴力団と繋がっているなんて、そこまでは気がつかんでした。私の不注意でした。お詫びします」

「日本の一流企業はすべてなんらかの形で裏の組織とコネクションを持っていると考えて間違いありません。一流企業になればなるほど、コネクションは強力です。表側の力では解決できないごたごたは、すべて裏側の力——つまり暴力団が解決していると考えて間違いありません。それがわかっていながら、板見専務を甘く見たのが私のドジです。菅原さんには、なんとお詫びしていいのか、言葉もありません」

「お詫びなどとはとんでもない。無事で何よりでした」

「この償いはいずれさせてもらうとして、とりあえずこれはお返しいたします」

宮野木はスーツの内ポケットから取り出した札束を、テーブルの上に指先ですべらせた。三日前、青山の喫茶店で志津馬が渡した百万円の札束だった。

「そいつは受け取っておいてください。いや、受け取ってもらわないと困ります。拳銃を突きつけられて、一晩監禁された代償としては安すぎるかもしれませんが、どうか納めてください」

「その前に、一つお訊きしてもかまいませんか?」

宮野木の充血した眼が、改まった様子で志津馬を見つめた。

「どうぞ。なんなりと訊いてください」

「菅原さんは、これからどうなさるおつもりですか?」

「どう、と言いますと?」

「何か企(たくら)んでいるのではありませんか?」

「いや、別に」

志津馬は答えながら、宮野木の勘の鋭さにドキリとした。

「企業の乗っ取りは、諦(あきら)めたんですか？」

「諦めました。拳銃を持った連中には、とても太刀打ち出来ませんからね」

「菅原さんとも思えんお言葉だ」

「私は勝てない喧嘩は絶対にやらないことにしています」

「私を見殺しにすれば、勝てたかもしれない。そうしようと思わなかったんですか？」

「思いませんでしたね」

「会社を乗っ取ろうという人が、それでは困ります」

「これから修業しましょう」

「手伝わせてもらえませんか」

「何をです？」

「菅原さんがこれからやろうとしていることです」

「何もやるつもりはありません。とうぶん、おとなしく女漁(おんなあさ)りでもしていますよ」

「菅原さん、私の鼻は、血の匂いや悪事の匂い、それに殺気などには敏感でしてね。自慢ではないが、一度も狂ったことはありません」

「負け馬には乗らない主義ではなかったんですか？」

志津馬の顔に微笑が浮かんだ。親しみのこもった、人を吸い込むような微笑だった。宮野木の表情が固く引き締まった。

「やはりそうですか。ここへ入って来てあなたを見た瞬間、血の匂いと殺気をこの鼻が感じ取ったんです。たまには負け馬に乗ってみるのもいいもんです。乗せてくれませんか」

宮野木の眼は真剣だった。だが、志津馬がこれからやろうとしていることに、宮野木を引き込むわけにはいかない。

「今度、何かあったら、ぜひ、宮野木さんに乗ってもらいます」

志津馬はシラを切って突っぱねた。

「そうですか。残念です。いい相棒——と言っては失礼ですが、生命(いのち)を賭けるに足るお人とめぐり会えたと思っていたのですが——」

宮野木はそう言って腰を上げた。

「お忘れものです」

志津馬はテーブルの上の札束を手に取って差し出した。

「そいつに預かっておいてください。また今度、私の名前を思い出してくださったときに頂戴(ちょうだい)いたします」

「宮野木さんの名前は忘れません」

「何をなさろうとしているのかわかりませんが、生命だけは大切にしてください。こいつだけは、一度落とすと二度目が利きませんからね」

宮野木は最後にもう一度にっこり笑って、玄関のドアの外へ消えた。

志津馬はリビングルームへ戻ってベランダへ出た。宮野木に見抜かれた殺気が、自分でも体内に手に取るようにわかった。全身を包んだ鋼鉄のような筋肉がミシミシと音を立てて蠢動している。筋肉の細胞が軋み合って熱を発し、熱が血の逆流を呼んでいる。

〈おやじさん――〉

夕暮れかけた冬の空に向かって、志津馬は呟いた。おやじさん、と呼んで、もう答えてくれる人はいない。甚左の手綱から解き放たれて、独りで歩いて行かねばならないという実感がひしひしと志津馬の胸を焼いた。

『よく聞け、志津馬。スケコマシに暴力は不要だ。腕力・暴力はスケコマシの敵と思え』

『よく聞け、志津馬。人を殴れば罰せられる。人を殺せば懲役だ。だが女を喰っても法には触れん。こいつを忘れるな』

甚左の戒めが、志津馬の頭の中を駈けめぐった。

志津馬は木刀を手に取った。大上段に構えて、気合もろとも振り下ろしながら志津馬は宙に向かって叫んだ。

〈おやじさん、これからは俺の流儀でやらせてもらいます！〉

5

〈俺はどうかしている――〉

沢村かずみのマンションの玄関を出ながら、立花警部は暗い気持ちに陥った。妻や子がありながら水商売の女に溺れる警察官がたどる運命を、立花は思い浮かべるのだ。いつもそうだった。最初の夜、東陽町から彼女をマンションへ送って来て、思いがけない成り行きに進展し、彼女のベッドへ入ったときには有頂天だった。これは単なる浮気――浮気とも言えぬゆきずりの快楽、と解釈していた。ところが肉の交わりを終えてマンションを出た瞬間、大きな不安に捉えられたのだ。それなのに一昨日の夜も彼の足は、四谷三丁目の彼女の店へ向かっていた。その夜も立花は、かずみの匂い立つような熟した肉体に溺れた。これは浮気だ、恐れることはない、と自分に言い聞かせて、甘い肉汁を堪能した。その後の不安な気持ちを承知の上だった。

〈もう止そう。二度と足を向けまい――〉

一昨夜も、マンションを出たときはそう思った。それでいて、今日の午後、かずみから署に電話がかかって来ると、浮き浮きした声で今夜の逢引(あいび)きを約束していた。かずみのちょっとハスキーな声には抗(あらが)えなかった。あの声は彼女の柔らかで、よく練れた、好色で淫蕩な肉体に似ていた。立花はかずみのような女は初めての経験だった。処女のように瑞々(みずみず)しいかと思うと、娼婦のように大胆で好色だった。妻とのセックスでは味わえない新鮮さと、ソープランドなどでは望むべくもないサービスを、三度の交わりで立花はたっぷりと味わいつくしていた。

〈このままでは、泥沼へ落ちこむ――〉

立花警部は襟を正すような気持ちで思った。

〈これを最後にしよう――〉

その決意が結局はすぐに破られるだろうと思いながらも、そう自分に言い聞かせたとき、立花は眼の前に近づいて来る人影に気づいて、ドキッと足を止めた。四谷三丁目の表通りに出ていた。

「妙なところで会いますね」

夜の闇そのものが凝縮(ぎようしゆく)したような質感のある大柄な人影が皓(しろ)い歯を見せて微笑(わら)った。まるで少年のように邪気のない笑顔だった。菅原志津馬である。

「こんな時間に、お仕事ですか?」

「あんたこそ、こんな所へ何しに?」

　立花は息苦しいような圧迫感を押し返しながら言った。

「先日、吉祥寺ではまんまと警部に尾行されましたんでね、今夜はそのお返しです」

「私を尾行?」

「ハハ、冗談ですよ。でも顔色が変わりましたね。尾行されてはまずい仕事ですか?」

「答える必要はない」

　立花は地下鉄の階段の方へ歩き出した。

「どうです。その辺で一杯付き合ってくれませんか。口説いてる女をここまで追って来たんですが、逃げられちゃいましてね。厄落としをしようと思うんですが」

「菅原さんでも女を逃がすことがあるのか」

　立花は内心ほっとして軽い口調になった。油断のならないこの男は、どうやら立花を尾行したわけではないらしい。

「女には年中逃げられてますよ。女十人に声をかけて一人喫茶店へ付き合ってもらえれば上々です。十人喫茶店へ付き合ってもらって、そこからラブホテルまで進むのは、まあ一人です。つまり百人狙って一人抱ければいいほうでしてね。気楽な稼業に見えるかもしれませんが、根気のいる仕事ですよ」

菅原志津馬は偶然出会った立花に気を許したのか、そんなことを言いながら、三丁目の交差点に近い喫茶店に入って行った。広々とした喫茶店だった。午後十一時になろうというのに店内には若い二人連れが溢れている。喫茶店に隣接したコンビニエンス・ストアやスナックレストランに人が集まり、そこから若者たちが流れて来るらしい。立花が無防備に菅原志津馬の後に従いて行ったのは、やはり心のどこかに、かずみのマンションを訪ねたことを知られたのではないかという不安があったからかもしれない。色事にかけては名うての菅原志津馬のことだから、どんなことで立花の秘め事に気づいているかもしれない。立花はそれを確かめたかったのだ。

「話は違いますけど、井上真弓の事件は、まだ手掛かりなしですか」

片隅のボックスに向かい合って腰を下ろすと、菅原志津馬はボーイにビールを注文して、そう切り出した。

「鋭意捜査中とだけしかお答えできんね」

「錦糸町の池田組の連中もお調べになったんでしょうね」

「なぜそんなことを訊くんだね？」

「まさか、佐々木刑事が池田組の担当というわけじゃないでしょうね」

「そんなことにはお答えできん」

「もし佐々木刑事が担当なら、百年経っても犯人など上がりっこありませんね」

「なぜだね?」

「佐々木刑事が池田組とべったりと癒着(ゆちゃく)しているのは、警部もご存じのはずですが」

「知らんね。もっとも刑事が情報収集のために暴力団関係者と接触するのはよくあることだが」

「暴力団との癒着は、必要悪、見て見ぬふりというわけですか」

「警察が取締まるのは、犯罪であって暴力団ではない」

「その犯罪を取締まってもらえませんか?」

「どういうことだ?」

「井上真弓を殺した犯人らしい男を、見つけたんです」

「なんだと?」

「むろん池田組の野郎です」

「聞こう。そいつの名は?」

立花が身を乗り出した。

「いや。そいつらの名前を教えるために打ち明けたんじゃないんです」

菅原志津馬はビールを一口音を立てて喉の奥へ流しこみ、立花の眼を正面から見据えた。色事稼業の薄汚い男にしては、不思議に深く澄みきった眼が、獲物を狙いすますよう に輝いていた。

「何が狙いだ?」

「奴らを人質にして、池田組と一騒動起こそうかと思いましてね」

「どういうことだね?」

「警部の耳にも、佐々木刑事を通して届いているかもしれませんが、池田組が私の稼業に横槍を入れて来てるんです。このままでは稼業が立ち行かなくなるんで、こっちから仕掛けて池田組を根こそぎ潰してやろうかと――」

「大きく出たな。一介のスケコマシが、暴力団相手に勝てると思うのか?」

立花の鼻先に笑いが浮かんだ。

「勝てる方法が一つだけあります」

「ほう? どんな方法かね。参考のために聞かせてもらおう」

「城東署の実力者、つまり立花警部のことですが、警部をこちらの味方につけるんです」

立花は思わず吹き出しそうになったのをこらえて、含み笑いを洩らした。

「菅原さん、そいつは無理と言うものだ。吉祥寺でお会いしたときにも言ったはずだ。私はあんたの見えない悪業を暴いて手錠をかけるのを楽しみにしてるんだ。これが話が逆で、あんたを潰すためなら池田組に肩入れも出来るが、話が逆さまでは、ご要望にお応えしかねる」

「見返りに、井上真弓殺しの犯人と、覚醒剤の売人を差し上げます。こいつは手柄になると思いますが」

「この間は二百万円のワイロで、今度は手柄のワイロか。あんたらしいやり方で実に面白いが、舐めてもらっては困る。そいつが生命取りになるかもしれん」

「こいつはどうしても引き受けてもらわねばなりません」

「くどい」

「金と女——こいつが刑事が身を持ち崩す二大原因だそうですね」

「それがどうかしたか」

「金では失敗したが、女では成功しましたよ」

立花は菅原志津馬の言ったその言葉の意味がわからなかった。わからないままに、彼は本能的に戦慄した。

「どういうことだ?」

「私のような男が昭和物産という超一流企業の社員なんで、警部もずいぶん不審に思われたと思いますが、実は十年前、ある女が身体を張って私を物産に入社させたんです。私の二人目の情婦でした。当時、年齢は二十四歳。いい女でした。肉体も心根も一級品で、そんな女が私の望みを叶えるために、物産のお偉いさんをたらし込み、愛人になって私を入社させてくれたんです。今は愛人もやめ、この先のビルの地階で〈酔人〉という小さなバーをやっていますが、私はいまだに感謝しています。彼女から受けた恩は生涯忘れられるものではありません――」

「やめろ」

立花警部が呻いた。顔面が蒼白となって、唇の端がわなわなと痙攣していた。

「貴様――私をハメたのかッ」

立花の眼が殺気を帯びていた。

「警部、あなたは清廉潔白の人だ。そういう人物には、金は通用しない。二百万円を叩き返されて、つくづくあなたを見直したんです。いや、失礼な言い分かもしれないが、あなたを見込んだんです。失礼だが、あなたはいずれ警視、警視正、警視長と、必ず大きく出世なさる方――そう見込んだわけです。そのためのお手伝いならいくらでもしたいと考えてたわけです。ところが皮肉なことに、見込んだ人には金は通用しない。そこで仕方なく、女を使わせてもらったんです。こいつは私にとっても賭けです。どうでもいいような有象無象は、金にはひっかかるが女にはひっかかりません。女を餌にしたって、タダ喰いされた逃げられるのがオチです。だが、ひとかどの人物は、金にはひっかからないが女には弱い。金には見向きもしないが、女は放っておけない。――そう見込んで、見込んだとおりになってくれて、実のところ、私は自分の眼に狂いがなかったと喜んでいるんです」

志津馬の弁説は的を射ていた。立花警部の弁明を代弁し、警部の行為を正当化してやったようなものだ。

「どこまで薄汚い男だ――」

「忘れてもらっては困ります。私はスケコマシです。天下の大道をまともに歩けん男です。そんな男が生き抜いて行くには、奇麗事なんて言っておれません。清廉潔白に生きる人間の陰には、薄汚く、小汚く生きる人間がいるってわけです。光があれば影がある――それで世の中成り立ってると思いますが」

「私に、何をしろと言うのだ」

立花が呻いた。額に汗を浮かべていた。

「池田組を潰すのに、力になってもらいたいんです」

「もし、いやだと言ったら――」

「沢村かずみは、いい女です。私はこれまで十人の女を操ってきましたが、その中でもずば抜けた女です。今回のことは、私が泣いて頼んでやらせたことです。骨が折れました。

かずみは警部に惚れちまっているんです。いや、嘘やでたらめではありません。警部のことを、私と真反対の男だと言って——。彼女の男を見る眼に狂いはありません。今後も、けっして警部の重荷になるようなことはないでしょう。食うに困らない稼ぎと財産はあるし、万が一、金に困るようなことがあれば、私は無償で援助を惜しまんつもりです。誤解のないように言っておきますが、私とかずみは、十年前に別れて以来、一度も接触してはおりません。その点だけは、信じてやってください」

志津馬は誠意を持って嘘八百を並べ立てた。一つの嘘も百の誠意を以てすれば、真実となる。立花警部の端整な顔が大きく歪んだ。

「菅原さん、私はあんたを、殺してやりたい」

テーブルの上に置いた立花の拳が固く握りしめられ、細かく慄えてビールのグラスを揺らしていた。志津馬は上体を乗り出すようにして言った。

「思いきり、気の済むまでやってください」

同時に立花の腰が浮いて鉄拳が志津馬の顎に飛んだ。大きなハンマーに下から掬い上げられたような衝撃が脳天に突き抜けて、志津馬の身体は一瞬浮き上がった。眼の前のテーブルが飛び、志津馬の身体はボックスから放り出されて通路の向こう側の低い衝立を倒し、若い二人連れが向かい合っていたボックスまで押し倒してようやく止まった。若い客たちの悲鳴の中で、志津馬はアイスクリームとサンドイッチとコーヒーが散乱した床の上に顔から落ちた。しかしその顔が妙に満足げな微笑を浮かべていた。

十章　敗北と勝利

1

〈マラゲーニヤ〉の入口にはシャッターが降り、《本日臨時休業させて頂きます》と書いた細い看板がシャッターの桟に鎖でぶら下げられていた。近所のアパートやマンションに住む常連客の学生や予備校生たちは、日曜祭日でもないのに妙だな、と首をひねりながら踵を返して行った。

シャッターの降りた玄関前に、英夫が運転する志津馬のＢＭＷが駐まったのは、午後九時半だった。後部座席には池田組の秋山と、その子分・井本美智也というボクサー崩れのチンピラが乗っていた。お近づきの印に志津馬がいい女を紹介したいと言っている――そう英夫が伝えると、秋山はすぐに乗って来た。それでも少しは不審に思う気持ちがあったのか、用心棒代わりに腕っぷしだけは誰にも負けないという子分を同行して来たのだった。

「今日は、喫茶店は休みかい」

ＢＭＷを降りながら、秋山がシャッターの降りたマラゲーニヤの入口を見上げて言った。英夫はドキッとして、

「ええ。マスターの奥さんの実家で不幸があって、急に二人で出かけることになったんです」

とっさに口から出まかせを答えた。秋山は疑わなかった。英夫はほっとして階段口へ二人を案内して先に立った。

「二階は誰が住んでるんだい」

階段を昇りながら秋山が言った。

「マスターのご夫婦です」

「三階は菅原さん一人かい」

「ええ」

英夫は答えながら志津馬の部屋のインターホンを押した。

「はい――」

女の声がインターホンから飛び出した。

「英夫です。秋山さんをお連れしました」

「どうぞ。ドアは開いてるわよ」

華やいだ声だった。秋山の獰猛な顔から緊張感が消えて、皓い歯を見せた。

「先日はどうも——」

リビングルームへ入って行くと、志津馬はテーブルの上にブランデーの用意をしていた。秋山の顔を見ると、目を細めて挨拶した。

「さすが菅原さんだ。いい家に住んでますね。女もいいし、羨ましい」

秋山は部屋の中を見まわし、最後は身体の曲線にぴったりとフィットしたタイツ姿で、ベランダでエアロビクスの真似ごとをしている京子の尻に視線が落ち着いた。

「気に入ってもらえましたか」

志津馬が囁いた。

「え？　私に紹介してくれるってのは、あの女ですか？」

秋山の顔が輝いた。

「まあどうぞ。掛けてください」

志津馬から勧められて秋山はソファへ腰を進め、

「こいつは私の舎弟で井本って野郎です。ボクサー崩れの半端者ですが、お見知りおきを」

極道らしく子分を志津馬に紹介し、子分のほうも、

「井本美智也と申します。よろしくお引きまわしのほどを」

と、かしこまって頭を下げ、ソファの端に腰を下ろした。

「いい女ですね。菅原さんのこれでしょ?」

秋山はブランデーグラスを傾けながらベランダの京子の方に視線を流し、右手の小指を立ててみせた。京子はこれ見よがしに形のいい尻をこちらに向かって突き出し、エロチックにゆすり立てていた。むろん志津馬の言いつけどおりに動いているのだ。

「よかったら譲りますよ。因果は含めてありますから」

「ほんとですか?」

今にも涎をたらしそうに口許が弛んだ。

「噂によると、秋山さんは真珠を入れてるそうですね」

「府中に入ってた頃、ちょいといたずらに入れてみたんですよ」

府中というのは、府中刑務所のことである。東京近県の極道は、たいがいここへ入れられ、そこから刑の軽重に従って、北海道とか東北の刑務所へ移される。ペニスに真珠を入れるのも、極道の場合は刑務所に服役中に、という例が多い。むろん刑務所内では真珠

など手に入らないから、プラスチック製の歯ブラシの柄を折って、それを房のコンクリート壁などで丸く磨き上げたものを真珠の代用品にする。あるいは、プラスチックならまだしも、竹や木、あるいは石を代用することもあるという。つまりこれらは手製の粗悪品であって、決して真珠のようになめらかな表面ではなく、しかも球型ではなく、角が残っていたりするから、女と激しい摩擦行為をすれば、埋めたものがたちまちペニスの表皮を破り、なおかつ女性器の粘膜を傷つけるということになる。

昨夜、立花警部が別れ際に教えてくれたところによると、警察は報道機関にも発表していない犯人の重要な手掛かりを一つだけ摑んでいた。

『井上真弓さんの解剖所見によると、膣(ちつ)の粘膜内に何かでひっかいたような傷があったそうです。警察では、これを爪かペニスの先に埋めこんだ異物によるものではないかと見ている――』

秋山のペニスの先に埋めこまれた三つの異物が、刑務所でいたずらに入れられた粗悪品だとしたら、立花の教えてくれた手掛かりとぴたり一致する。志津馬は全身の血がカッと沸騰して熱くなった。

「あの女、こっちへ呼んでくれませんか」

秋山がやに下がって言った。早くもペニスの異物が蠢(うごめ)いているらしい。

「その前に、秋山さんに頼みたいことがあるんだが――」

「なんです？」

「覚醒剤(シャブ)を分けてもらえませんか」

「覚醒剤を？」

　秋山の逆三角形の顔に不穏な影が走った。

「もう一人、美智子って女がいるんですが、こいつがお宅の誰かに覚醒剤をすすめられたのが病(や)みつきになりましてね。ですからこいつは、半分池田組の責任ですぜ」

　志津馬は軽口を言って笑ってみせた。

「浅草橋の女ですか？」

「ご存知ですか？　まさか秋山さんがすすめてくれたんじゃないでしょうね」

「あれは俺じゃない」

「どっちにしても、明日からは私も池田組の共同事業者です。覚醒剤があれば女も扱い易いですからね」

「そりゃ、そうだな」

「どうです。今、誰かに持って来てもらえませんか」

「これからかい？」

「今夜、美智子のところへ持って行ってやると約束してるもんで——」

「いいだろう」

秋山の気持ちは京子に向いて、他のことはどうでもいいようだった。なんの疑いもなく、サイドボードのそばへ行って、受話器を取り上げ、どこかへ電話を入れた。

「もしもし、武藤か。秋山だ。今、菅原さんのマンションへ来てるんだ。共同事業の前祝いってとこだ。井本も一緒だ。……そういうことだ。ところで、覚醒剤はあるかい?……いや。菅原さんが少しばかり分けてほしいと言ってるんだ。なんとかしてやってくれ。あ、大至急だ。……わかった。待ってるぜ」

秋山は電話を切って上機嫌な顔で振り返った。

「三十分ほどしたら事務所を出られるそうです」

「それまでゆっくり楽しんでください」

志津馬は愛想のいい顔で言った。ベランダの京子がラジカセを抱えて入って来て、奥の洋間へ消えたところだった。

「いいんですかい?」

秋山の目尻が下がった。

「女もその気になってますよ」

志津馬が片目をつぶってみせると、秋山はへへっと笑って立ち上がり、腰を振りながら京子の消えたドアへ行き、軽くノックをしてからドアの内側へ消えた。

「こっちは酒と行きましょう」

英夫が調子のいい声で言って、井本のグラスにブランデーを注ぎ足した。志津馬はサイドボードの脇に立てかけた木刀に手を伸ばした。武藤が現われるまでに事を片付けなければならない。井本を早く片付けなければ京子が危ない。粗悪品の異物が入ったペニスなどで京子の上質な粘膜を傷つけられてはたまらない。

「ボクサー崩れの兄ちゃん」

志津馬は鼻の潰れた井本の背後に回って声をかけた。さすがに振り向くのが早かった。振り向いたときにはソファの向こうに立ち上がり、軽く握った両手を腰のあたりに構えていた。

だが、志津馬の木刀のほうが速かった。ビュンと重い音とともに井本の右肩の上に振り下ろされた。井本が右肩からソファの上に落ちた。左の脇腹に隙が出来た。木刀が軽く脇腹の肋骨の下を横に払った。井本はほとんど声も立てずに身体を丸く縮めた。脇腹を払われて息が詰まったのだ。これでおそらく五分は抵抗力を失っている。

「縛り上げろ」

英夫がネクタイで井本の両手を後ろ手に縛り上げておいて、口に雑巾を咬ませてその上からネクタイで締め上げ、横に転がして足首を縛った。すべて計画どおりだった。

志津馬は木刀をぶらさげて奥の洋室のドアを開けた。鍵が掛かっていたら蹴破るつもりでいたが、鍵は外れたままだった。ベッドの上で下半身裸になった秋山がもがいていた。秋山の下で、タイツを穿いたままの京子が抵抗していた。ラジカセから流れるロックの騒音が京子の悲鳴を消している。秋山はドアが開いたことにも気づかず、京子の唇を求めていた。志津馬はベッドの裾に近づいて、秋山の薄汚れた尻を木刀で小突いた。秋山がびっくりして首だけ後ろへねじった。

「な、なんだい⁉」

志津馬の手に握られた赤樫の根の木刀を見て、秋山もさすがに悪い予感に打たれたようだった。

「取りこみ中のところをすまないが、聞き忘れたことがあるんだ」

志津馬は床の上のラジカセのスイッチを木刀の切っ先でオフにして言った。

「何を聞きてえんだッ」

言いながら秋山の眼が微かにベッドの下に脱ぎ捨てたスーツに動いた。志津馬は本能的に一歩踏み出しざま、木刀の先にスーツを引っかけて上へ払った。スーツはふわりと跳んで志津馬の手の上に落ちた。スーツの内ポケットにコルトの小型拳銃が忍ばせてあった。

「何をしやがる!」

「うるせえ!」

志津馬は怒鳴り返した。秋山はベッドの脇に竦(すく)み上がった。

「井本! 井本! 何してやがるんだ!」

「呼んでも無駄だ。ノックアウトされてころがっている」

「クソ! ハメやがったな!」

「貴様のそのチンポに聞きたいことがある」

秋山のペニスは縮み上がっていた。小ぶりなウインナソーセージのようになりながらも、埋めこんだ三つの異物がはっきりと見てとれる。異物の重さでペニスがいくらか曲がっているように見えた。志津馬はベッドの上に起き上がって顫えている京子に手を差し伸べた。

「すまなかったな。いやなことをさせちまって。もういいんだ。おまえは今のうちに帰るといい」

「これから、何が始まるの?」

「後で話す」

井上真弓のことを京子に聞かせるわけにはいかなかった。

「危ないことをしないでね！」

「わかっている」

志津馬は英夫を呼んで、京子をタクシーまで送るように言いつけた。

「こんな真似しやがって、タダですむと思ってるのか！」

京子と英夫が出て行くと、秋山がジリッと出口の方へ動いた。志津馬の木刀がその眼の前に突き出された。秋山がたたらを踏んで動きを止めた。

「井上真弓を殺（や）ったのは誰だ」

「なんだと!?」

「東陽町の俺の情婦（おんな）を殺ったのは、おまえかと訊いてるんだ」

「ふざけるなッ。てめえ誰に口を利いてるのかわかってるのか。池田組がどんな組か、てめえわかってるのか。ヤクザに喧嘩売って勝てると思ってやがるのか」

「！」

志津馬は無言で木刀を振り下ろした。眼にも止まらぬ速さだった。木刀は秋山の小手を捉えた。秋山も何が起こったのかほとんど理解できずに、悲鳴に似た叫び声を上げて、左手で右手を抱えこんだ。右手の先が力なくだらりとたれ下がるのを見て、秋山はギャッというような声を発してその場にへたりこんだ。右手が手首の五センチ上で骨折したのだろう。

「訊いてることだけに答えろ。真弓を殺ったのは貴様だな」

「し、し、知らねえ……」

「オッパイのでかい磯川美香という女に真弓を接近させて、美香の案内で真弓のマンションへ押し入った。そうだろう？」

「う、うるせい！　知らねえと、言ってるんだ！」

「！」

志津馬は下段の構えから体を沈めて上段の構えに移行して、右膝を床に突いて木刀を振りおろした。木刀は秋山の額をかすめて、右手を庇（かば）う左手を強烈に襲った。骨の砕ける鈍い音が聞こえた。

「ゲッ！」

秋山の口から喉の破れるような声が迸（ほとばし）り出て、へたりこんでいた身体が五センチほど浮き上がった。

「クソ！　殺せ、こ、殺しやがれ！」

京子をタクシーに乗せて戻って来た英夫が、両手を前にだらりと下げて壁を背にのたうつ秋山の姿を見て顔面蒼白になった。

「もう一度訊く。真弓を殺したのは、貴様だな」

「う、うるせえぞ、スケコマシ野郎！　てめえみてえなクズに！　誰が言うか」

秋山は苦痛のあまりに涙を流していた。涙を流しながらも志津馬を見返した眼が怒りに赤くなっていた。粗暴なだけが取り柄のこの男に、志津馬は激しい憎悪を覚えた。

「英夫、そいつのチンポをつまみ上げろ」

志津馬は命じた。英夫はおそるおそる秋山に近づいた。

「な、何をしやがる！」

秋山は足だけで抵抗した。その度に手の骨折箇所に激痛が走ると見えて、すぐに英夫に押さえ込まれた。英夫は片手で秋山のペニスをつまみ上げて、志津馬を見上げた。

「よく聞け、秋山。真弓のおまんこは傷だらけだったんだ。貴様のその薄汚いチンポに埋めこんだ真珠がつけた傷だ。今後のために教えてやろう。女ってのは、そんなペニスは喜ばないんだ」

志津馬の木刀が床上三十センチのところを水平に払われた。英夫の指先につまみあげられていた秋山のペニスが薙ぎ倒されて、血玉が飛んだ。血の玉と一緒に血まみれの赤い玉がペニスの皮を破って飛び出し、白い壁にカチンッとぶつかって、カーペットの床上に転がった。三つともプラスチックの、玉というより、ただ丸い形をしているというだけのものだった。壁に三つ、小さな血の痕が残った。

秋山は腰をくの字に曲げて足をばたつかせた。獣のような呻き声を発して床の上を転がった。皮を打ち破られたペニスから鮮血が流れ落ちた。

「いくらでも喚け。いくら喚いても外へは聞こえない」

そのために加津彦夫婦には店を休業させ、無理矢理一泊旅行へ追い立ててあった。

「た、頼むッ。救急車を――呼んでくれッ。出血多量で、し、死んじまうよ！」

ついに秋山が泣きを入れた。

「出血多量で死にたくなければ、真弓殺しを白状しろ」

「お、おれが殺った――」

「誰に頼まれた」

「お、おやじに言われて――俺が殺った」

「おやじとは誰だ」

「組長だ。――池田組の組長だ」

「よし。もう一度、はっきりと言え」

志津馬はラジカセの録音スイッチをオンにして、マイクの部分を秋山に突きつけた。秋

山は言われたとおり、もう一度自白を繰り返し、

「は、早く救急車を呼んでくれ。くそ。痛えよ！」

「もう一つ訊く。瀬戸内甚左を殺ったのもおまえか」

「な、なんだと？　ふざけるな！　そんなこと知らねえよ。早く、救急車を呼んでくれ！」

「答えろ。瀬戸内甚左を殺ったのは誰だ」

「知らねえと言ってるだろう！」

「思い出せ！」

志津馬は、片膝の姿勢のまま、秋山の脚の上に木刀を振り下ろした。秋山がギャッと言って気を失った。

「チンポの根元を縛ってやれ」

志津馬は英夫に言いつけた。

英夫が秋山のペニスの根元を縛り終えたとき、玄関のチャイムが鳴った。

「武藤ですよ」

英夫が蒼白な顔で志津馬を見上げた。志津馬はネクタイを持ってきて秋山にサルグツワを咬ませて、

「入れろ」

と命じた。

2

英夫に案内されて入ってきた武藤は、ソファの下に転がされた井本に気づいて顔色を変えた。

「なんの真似だッ」

武藤は黒い革ジャンを着ていた。下は白いジーンズだった。奥の部屋から出て来た志津馬の手に、ごつごつとした木刀が握られているのを見て、武藤の手が素早くブルゾンの胸へ動いた。

「動くな！」

志津馬が木刀の尖先を武藤の喉首に突きつけた。武藤の手が胸の上に止まった。木刀に恐れたのではなく、志津馬の殺気さえ思わせる迫力に負けたのだ。

「秋山の兄貴はどこだ」

「こっちだ」

志津馬は木刀を突きつけたまま武藤を奥の洋室のドアの前へ案内した。井本が武藤の声を聞いて、サルグツワを咬まされた口で呻き、足をばたつかせた。秋山は裸の下半身を血で染めて、ぼろ着のように動かなかった。

「兄貴……」

「動くな」

志津馬の木刀が武藤の喉元を軽く突いた。武藤は後ろへよろめいた。

「菅原さん、気でも狂ったのか。こいつは、どういうことなんだいッ」

「井上真弓という俺の大事な情婦（おんな）を虫けらみたいに殺した報（むく）いだ。貴様らの言葉で言えば、おとしまえを付けさせてもらったのさ。あんたにも、美智子に覚醒剤（シャブ）を無理矢理射たせたおとしまえを付けてもらう」

「なんだとッ」

武藤の右手が喉元に突きつけられた木刀に伸びた。志津馬の手首が素早く返って木刀が上へ逃げた。武藤の手が空を掴む恰好になり横へ泳いだ。武藤の顔の上で円を描いた木刀が、宙に泳いだ武藤の手の甲（こう）に打ち下ろされた。

ピシッ！

手の甲が乾いた音を立て、武藤はウッと呻いて下腹の中へ右手をくの字に抱えこんだ。

「野郎！」

武藤が獰猛な声で呻いて、下から志津馬を睨み上げた。右手を庇った左手が革ジャンの下へ潜りこんだ。志津馬の木刀が左肩の付け根に激しく突き込まれた。武藤の身体が後ろへひっくり返った。

「英夫、ジャンパーを脱がせろ」

英夫がジャンパーを剝ぎ取った。武藤は抵抗しなかった。腕の付け根を突かれた痛さに一瞬息が止まっていた。ジャンパーの内ポケットには、秋山が持っていたのと同じ型の拳銃が忍ばされ、もう一方のポケットには、ビニールの袋に入った白い薬包が突っ込まれていた。

「こんな真似をしやがって、ただで済むと思うなよ」

武藤が呻いた。志津馬は無言で武藤を縛り上げ、井本とともに秋山が転がされた奥の部屋へ引きずった。

「俺たちを――どうする気だ」

「警察へ引き渡す」

「そんなことが、出来ると思うのか。俺と秋山の兄貴がいなくなれば、組は黙っちゃいない。俺は若い者にここへ来ると言い残して来たんだ。十二時までに帰らねえと、組長が総動員をかけて押しかけて来るぞ」

「そいつが狙いだ」

「……!?」

「池田組を根こそぎ壊滅させるのさ」

「ふざけるなッ。極道を舐めると生命がないぜ」

「スケコマシを舐めるとどうなるか、ゆっくり見物してもらおう」

武藤にサルグツワを咬ませておいて、志津馬と英夫はリビングルームへ出た。

英夫がソファの上にへたりこんだ。蒼白な顔をひきつらせて、眼だけが泣いた後のように異様に濡れ光っていた。極度の緊張と不快感に耐え切れない顔だった。

「大丈夫か」

「ええ――」

「ご苦労だったな。よくやってくれた。熱いコーヒーを淹れてやろう」

志津馬はキッチンへ入って、コーヒーの仕度をした。

「先輩――」

舌の根がもつれるような声で英夫が言った。

「このまま、あの三人を警察へ渡してしまったほうが、いいんじゃないですか?」

「そうはいかん」

「警察へ渡して、ほとぼりの冷めるまで、どこかへ身を隠したほうがいいんじゃないですか？　連中は、ピストルを持ってるんですよ。それも一人や二人じゃないですよ。池田組には、三十人の組員がいるんですよ。勝ち目はないですよ。俺と先輩なら、どこへ行ったって女相手に食って行けますよ。身を隠したほうがいいですよ。京子ちゃんや美智子さんを連れてったっていいじゃないですか。加津彦さんと奥さんも連れて――」

英夫は怯えていた。大学でコンピューターを学びながら、パソコンでデートクラブを経営する英夫には、暴力と血は刺激が強すぎるのである。

「よく聞け、英夫。逃げるのは簡単だ。おまえの言うとおり、どこへ逃げても俺たちなら食っていける。だが、逃げたら負けだ。それに俺は、錦糸町って街が好きなんだ。おまえだってそうだろう。江東地区は二十一世紀の街だって、俺に教えてくれたのは、おまえだ。俺はこの街に根を張りたい。この街に根を下ろして稼業に励みたい。オヤジさんは、スケコマシに暴力は無用と言ったが、今は違う。暴力団みたいな組織を持たない、吹けば飛ぶようなスケコマシと思われているが、俺達を舐めるとどうなるか、極道連中に見せてやる。スケコマシと極道ははっきり別物だってことを思い知らせてやるときだ」

「…………」

英夫は、父親の教えに耳を傾ける少年のような生真面目な顔で聴いていた。

「池田組を根こそぎ潰すには、これしか方法がないんだ。あの三人を警察に渡したところで、池田組は生き残る。だが、あの三人を餌にして、ここへ連中を殴り込ませれば一網打尽だ。三十人まとめてここへ乗り込んで来て、ドンパチやれば、住民の手前、警察だって軽い罰則で済ますわけには行くまい。そこが狙いだ。わかるだろう」

「だけど、その前に殺られちまったら、元も子も失くなりますよ」

「そのための手は打ってある」

「でも、警察が駈けつけるのが十分——いや、一分でも遅れたら、どうなるんです?」

「そのときは、そのときのことだ」

志津馬は答えながら、背筋に冷たいものを感じた。こいつは無謀な賭けではないだろうか——。志津馬がすがっている糸は、立花警部というただ一本の細い糸だけだ。この糸は確実に志津馬と立花を結んでいるのかどうかもわからないし、またいつ切れるかもしれない。しかし今は、この一本の糸に賭けてみる以外に手はなかった。

「おまえはコーヒーを飲んだら美智子のマンションへ行ってくれ」

「俺だけ、逃げろって言うんですか」

「そうじゃない。連中は美智子のマンションを知っている。万一のことがあるといかんから、美智子を護ってもらいたいんだ」

「いやです。俺もここに残ります」

「ここは俺一人でたくさんだ」

「いやです。俺は先輩のおかげでここまでやってこれたんです。こんなときに、先輩を残して逃げられるわけがないでしょ」

「そんな科白はヤクザにまかしておけ。おまえは大学生だ。そいつを忘れるな。警察にパクられりゃ、おまえの経歴に傷がつく。傷のついた経歴を背負っていちゃあ、表通りを歩けないいんだぜ。いい会社にも就職できないし、いい嫁さんももらえないいんだぞ」

「表通りなんか歩こうなんて思っちゃいませんよ。俺は先輩みたいな立派なスケコマシになろうと思って修業して来たつもりです」

「くどいぞ。おまえなんかにいられては、足手まといだ。さっさと美智子のところへ行け」

志津馬は一喝した。英夫は弾かれたように立ち上がった。

「俺のＢＭＷを使え。言っておくが、舞い戻って来たら、おまえとの縁を切る。行け」

英夫は志津馬の迫力に圧倒されて後じさり、ドアの外へ消えた。

同時に志津馬の背後で電話が鳴った。志津馬は気息を整えて受話器を取った。

池田宗次郎だった。池田の声は上機嫌だった。この部屋で起こったことには、まだ気がついていない。

「やあ、菅原さん。その折はどうも――」

「はい、菅原ですが」

「ウチの秋山と武藤がお邪魔しているそうですな」

「明日から共同事業者ということになりますんで、前祝いです」

「ほう。それはそれは。すると明日は、形式的な調印式というわけですな」

「一つだけ条件があります」

「なんですか?」

「井上真弓と瀬戸内甚左を殺した犯人と、私の情婦(おんな)に覚醒剤を射った野郎を警察に引き渡していただきたいんですが」

「ハハ、なんのことかわかりませんね」

「こちらではわかっております。秋山さんが自白しましてね。あなたに頼まれて井上真弓を絞め殺したそうです」

「菅原さん、悪い冗談は止(よ)しにしましょう。秋山がそんなことを言うわけがないでしょう」

「言い忘れましたが、秋山と武藤と、それに秋山の子分とかいう井本って男は、ここにとっ捕まえて転がしてあります」

「なんだと!?」

ようやく事の重大さを悟ったらしい。

「どうです、親分。取引きと行きませんか」

「なんの取引きだ」

「私もこの三人を警察へ渡したってなんの得にもなりませんからね。おたくが所有している麻薬・覚醒剤を全部いただきたいんです。三人と交換ということで、どうです」

数秒の間があって、怒りに動顚（どうてん）した池田組長の声が返って来た。

「わかった。取引きは、一時間後だ」

「いいでしょう」

志津馬は受話器を戻して、ほっと息を吐いた。午後十一時だった。

3

玄関のドアをロックしておいて、志津馬はブランデーの壜とグラスをテーブルへ運んだ。ドアをロックしてしまえば、この部屋は頑丈な砦になる。入口は玄関しかないし、非常階段はベランダに付いているが、地上からは登れない。安心して休息できる。それに池田組も、深夜までは手を出して来ないだろう。ネオンが点いているうちから拳銃を振り回すような真似は出来っこない。夜が更けて、この界隈から人影が消える頃を狙って押しかけて来る——志津馬はそう読んでいた。そして暴力と知略の戦いが繰りひろげられる。

だが、どんな展開になるのか、志津馬にもわからなかった。わかっているのは、池田組がどんなことをしてでも秋山と武藤という、組の犯罪の生き証人を取り返しに来るだろうということだけだ。この二人が警察の手に渡れば、池田組は手ひどい損害を蒙ることになる。秋山の殺人の件はともかく、覚醒剤を扱っていたとなると警視庁や厚生省の麻薬Gメンが黙っちゃいない。それでも池田組そのものは生き残るだろう。池田組長にしても、殺人教唆で起訴されるかどうかもわからない。だが、秋山と武藤を取り返すためにここへ殴り込んで来たとすれば、確実に起訴される。拳銃不法所持、不法侵入、器物損壊など、罪名にはこと欠かない。ひょっとして、殺人未遂も加わることになる。おそらく実刑は免れまい。だからこそ志津馬はこの策を選んだのだ。だが、武闘派といわれる池田組が、どういう手で乗り込んで来るのか、それが読めなかった。

どちらにしても、素直に取引きに応じる展開だけにはならないだろう。取引きに応じると見せかけて、三人の人質を奪い返すと同時に志津馬を殺しにかかるか――。あるいは玄関のドアを蹴破って、一挙に雪崩れ込んで来るか――。それとも、思いもつかないような奇襲で来るか――。

　志津馬が恃みに出来るのは、立花警部しかいなかった。立花は池田組が動くと同時に行動を開始してくれるはずである。だが、英夫の言うように、ここへ駆けつけるのが一分遅れれば――。立花にとっても、志津馬は邪魔者である。立花の不倫という秘密を握った目障りな存在である。志津馬がこの世から消えてくれたら、どれほど立花も楽に呼吸が出来るかしれない。志津馬がこの世に存在する限り、立花はいつ秘密を暴露されるかと怯えていなければならない。そんな立場の人間を、恃みに出来るか？

　志津馬は不安を振り払うようにブランデーを喉の奥に流し込んだ。琥珀色の液体は喉の粘膜に快い刺激を残して腹の底へ落ちて行った。

〈圭子、俺を守ってくれ〉

　無意識に、最初の女――貧しい大学生だった志津馬を助け、志津馬に女の扱い方を身をもって教えてくれた圭子の名前を、胸の中に呟いていた。甚左に言わせると、圭子は志津馬が甚左の留守の間に横からかっさらい、骨までしゃぶって生命まで喰いつくした――ということになる。だが、志津馬にとっては、今でも圭子は守護神だった。圭子だけではない。他の九人の女たち全てが、志津馬の守護女神だった。女たちに守られて生きているという実感がいつも志津馬の胸の底から離れなかった。ただ、圭子だけは志津馬のために生命を縮めている。志津馬を援助し、志津馬を育てながら、志津馬がスケコマシとして一人立ちした姿を見ずに死んでしまった。おそらく志津馬の行く末に思いを残して息を引き取ったに違いない。その思いがこの世に残って、志津馬をどこかから見守ってくれているのではないか——そんな気持ちが志津馬の潜在意識の底に眠っていたに違いない。

午前零時半——。

窓の向こうのネオンが一つ消え、二つ消え、駅前のローンデパートの大きなネオンが消えたとき、玄関のインターホンが鳴った。

志津馬はインターホンのボタンを押した。

「池田だ」

怒りを含んだ野太い声が返って来た。

「どうぞ。ドアは開いている。ただし一人で入って来い」

志津馬は玄関を見据えて答えた。玄関の灯は消してある。いつでも暗闇を作り出せるように、リビングルームの灯しか点けていない。玄関の闇の中から池田宗次郎の大きな図体が現われた。ドアの閉まる音はなかった。ドアの外側の闇の中に、いつでも乱入できるように子分どもが忍び込んでいるのだろう。志津馬は玄関から池田組長の身体の陰になるような位置に立って組長を迎えた。

「約束の物は持って来てもらえましたか」

「ここにある」

池田は、手に提げた小さなボストンバッグを叩いた。

「秋山と武藤は？」

「こちらです」

志津馬は奥の部屋の前に池田を案内し、ドアを開けて電灯のスイッチを入れた。池田の口から、小さな呻き声が洩れたようだった。蛍光灯の白い光の下に現われた血まみれの秋山の姿に、愕然としたのだろう。だが、さすがにうろたえる様子はなかった。

「ずいぶん痛めつけてくれたな」

池田は無言のままソファに戻って、志津馬と向かい合って口を開いた。

「私の女と大事な恩人を殺した罰、とでも言っておきましょう」

「恩人とは、瀬戸内とかいう爺いのことか？」

「そうだ」

「そんな爺いのことは知らん。殺ったのは池田組ではない」

「いずれわかることだ」

「このことは、警察には知らせたのかい」

「いや」

「そうか。それなら話のつけようもある。どうだい、菅原さん。今度はこっちも煮え湯を呑まされたが、黙ってこのまま眼をつぶろうじゃねえか。悪い条件じゃないと思うぜ。ウチの連中は話を聞いて、あんたと、英夫とかいう若僧の生命を取れと勇み立っている。それを抑えて、今度のことは、何もなかったことにしようと言うんだぜ」

「そのかわり、私たちの首根っ子を摑まえて、稼ぎのピンハネをしようというのか」

「情婦を殺されたおとしまえは、あれだけ秋山を痛めつければ、ついたと言えるだろう。秋山にも武藤にも、復讐なんてことはさせやしねえ。もしあんたが望むなら、池田組の盃をやってもいい。秋山や武藤より上の代貸に取り立ててやってもいいんだぜ」

「池田さん、スケコマシってのは女のおまんこを舐めるのが商売だ。暴力団に舐められるってのは商売に反するんだ」

「断わるってのかい?」

肉厚の口許が歪んだ。ゾクッとする戦慄が志津馬の背筋を走った。戦慄が炎に変わった。闘争心の炎に突き上げられて、志津馬は答えた。

「断わらせてもらいます」

「野郎ども！」

組長の右手が背後の玄関に向けてサッと上げられた。同時に志津馬は、壁際へ飛んでスイッチを切ると同時に、ソファの脇の木刀を摑んで床に転がった。足音が乱入して来た。

「灯を点けろ！」

池田組長が怒鳴った。その声をめがけて、志津馬は木刀を斜め上に跳ね上げた。切っ先に肉と骨を打つ手応えがあった。池田が悲鳴を上げて倒れた。志津馬はすぐにソファの陰へ転がった。拳銃が数発、立て続けに志津馬のいたあたりのカーペットに撃ち込まれた。

「バカ野郎！　灯だ！」

「ぶっ殺せ！」

怒号が入り乱れて、誰かがライターを点けた。ライターの灯で電気のスイッチを探そうというらしい。志津馬は床を蹴りざまライターを待つ手に木刀を振り下ろした。手首の骨を打ち砕く手応えが木刀を伝わって、志津馬は強烈な快感に襲われた。男根が痛いほど勃起していた。今にも射精しそうな充足感が尻のあたりから背筋へ這い上がっている。志津馬は勇気づけられた。全身の筋肉がめりめりと音を立てて志津馬を『生』へ駈り立てているように思えた。

志津馬は闇の中を縦横無尽に転がり、飛び、木刀を振り下ろし、横に払い、上へ逆袈裟に斬り上げた。骨が打ち砕かれる音と肉がはじける音が、怒号と悲鳴の中にまじった。

「親分！」

誰かが池田を抱えて外へ連れ出そうとしているようだった。志津馬は声の方へ転がりざま、木刀を水平に払った。

ギャ！

木刀が横面を捉えたらしく、息絶えるような絶叫が室内にこだまし、同時に志津馬は太腿に焼け火箸を突き刺されたような激痛を覚えた。

「ここだ！　いたぞ！　ここだ！」

若い声が狂ったように叫んだ。志津馬は木刀を摑んだままキッチンの方へ転がった。瞬間、灯が点いた。一瞬、志津馬は眼が眩んだ。

胸倉をつかまれた。ピストルの銃床が志津馬のコメカミに飛んだ。土足の足が脇腹に食い込み、顔を踏みねじり、志津馬はめった打ちにされた。

「殺すな！」

池田が男どもの背後で叫んだ。

「野郎ッ、俺がぶっ殺してやる！」

顎から血を流した池田が子分どもを押しのけて志津馬に近づいて来た。

「クソッ！」

志津馬は木刀を振り上げた。腿の激痛のために、振り上げた木刀を振り下ろす力がなかった。

「舐めやがって！　礼を言うぜ」

池田組長の凶悪な顔が接近して来て、38口径オートマグの銃口が志津馬の眉間に押しつけられた。

〈圭子――〉

志津馬は圭子の名を胸の中に呟いて、眼を閉じた。

「動くな。警察だ！」

立花警部の凜とした声が遠くに聞こえ、志津馬は深海に沈むように気を失った。

終章　新たな出発

1

江東病院で鉛の弾（たま）の剔出（てきしゅつ）手術を受け、病院から毎日、城東署へ通って取調べを受け、ようやく釈放されたのは、事件から十日目――真弓が殺されてから二十五日目のことだった。若い婦人警官に支えられ、片方だけの軽合金製の松葉杖（まつばづえ）をついて城東署の玄関を出ると、夕闇の中に英夫と宮野木が迎えに来ていた。

「新聞を見て、やっぱりと思いましたよ」

宮野木が近づいて来て目を細めた。

「あんたの勘（かん）の鋭さにはびっくりした」

「なぜあのとき話してくれなかったんです？　少しはお役に立てたと思いますが」

「ケガをするのは一人でたくさんだ」

「傷はどうですか」

英夫が心配そうな顔で言った。

「たいしたことはない。一週間もすれば普通に歩けるそうだ」

「ついにやりましたね。真弓ちゃんも、おやじさんもあの世でほっとしてると思います」

英夫が眼を輝かせた。

池田組は立花警部の手によって一網打尽にされていた。池田組長は殺人未遂の現行犯で起訴され、少なくとも五、六年は喰らいこむだろうと、立花が密(ひそ)かに教えてくれた。秋山と武藤も、殺人罪と麻薬取締法違反によって起訴された。

もっとも秋山は未(いま)だに江東病院のベッドの上に横たわっている。志津馬の木刀で打ち砕かれたペニスは根元から切断されたとのことだった。これでおそらく秋山は一生女に悪さはできまい。むろん志津馬も、過剰防衛で起訴は免れないだろう。それは覚悟のうえだった。

それよりも、志津馬にはもっと気にかかることがあった。甚左を殺した犯人が池田組の中にはいなかったということだ。

「私の勘では、池田組はシロだ。犯人は他の筋ではないか」

立花警部は、暗に甚左を怨む者が他にいるのではないかと匂わせた。だが、甚左が他に誰から殺意を抱くほど怨まれるというのか？

「どうしたんです、先輩」

英夫が志津馬の顔を覗きこんだ。

「いや。――美智子と京子はどうしてる」

「元気にしてます。岡一証券の女性も社を辞めて梅原さんの店へ出ているそうです。一昨日、梅原さんから電話があったんです」

すべて順調に運んでいるようだった。

「この先にＢＭＷを駐めてあります。まっすぐ家へ帰りますか」

「いや。おやじさんに報告に行く」

「私もご一緒させてください。いやだと言っても付いて行きます。これからは菅原さんから離れないことにしたんです」

「それならまず、お預かりしたものを受け取ってもらわねば」

「よろこんで受け取らせてもらいます」

志津馬と宮野木の間に微笑が交わされたとき、英夫が志津馬の腕を小突いた。英夫の視線の先に、黒光りのするベンツが近づき、音もなく三人が立つ歩道に近づき、五メートルほど前方に止まった。

助手席のドアが開いて、黒いダブルを着こんだ身だしなみのいい三十五、六歳の男が降りて来て、三人の方へ歩み寄って来た。スーツの着こなしもそうだが、身のこなしや歩き方に、一分の隙もなかった。

「菅原志津馬さんですね？」

男は三人の一メートル前方で立ち止まり、軽く頭を下げて言った。かすれてはいるが、粘着力のある低い声だった。

「そうですが――」

志津馬は身構えた声で答えた。身体が身構えたとしても、ここで襲われたら簡単に殺られる。腿の傷はまだひと暴れ出来るほどは治癒していない。

「東正会京葉支部長の坂本と申します。お迎えに上がりました」

東正会とは、池田組の上部組織である。池田組を根こそぎ壊滅させた志津馬の前に現われるとすれば、用件はひとつしかない。

「お迎え？――地獄のお迎えですか？」

志津馬は怯む気持ちを抑えるために冗談を言ったつもりだった。が、男は眉毛一つ動かさずに丁重に言った。

「会長がお目にかかりたいと申しております。どうぞ。ご案内いたします」

「会長が？　いいでしょう。お伴しします」

志津馬は怯む気持ちを見透かされまいと、ためらいを見せずに言った。

「菅原さん――」

宮野木が横から制止した。

「宮野木さん。東正会が私を焼いて食うのか煮て食うのか、見てください」

「わたしもお伴します」

「それは遠慮願います」

坂本と名乗った男が宮野木を一瞥した。人を射すくめる力を持った鋭い眼つきだった。

「英夫、宮野木さんをおやじさんのマンションへご案内しろ。待っててくれ。俺も後から行く」

志津馬は言い残して坂本の後に従い、黒光りするベンツの後部座席に潜り込んだ。運転席と助手席のシートの背に、東正会の代紋らしい、旭日の型が金糸で縫い込んであった。運転席には角刈りの男が坐り、志津馬が乗り込むとすぐにベンツをスタートさせた。

ベンツは亀戸へ向かっていた。亀戸駅前の繁華街を通り抜けて、池田組の本部事務所のあるビルの前で止まった。運転席の角刈りの男が素早く路上に降りて、後部ドアを開けてくれた。志津馬はアルミニウム製の軽い松葉杖を頼りにベンツを降り、坂本に案内されてエレベーターに乗り込んだ。

事務所は五階にあった。エレベーターを降りた左手に、《池田組本部事務所》と横書きされたドアがあり、ドアを入った左手に、衝立で仕切った広い応接室がひろがっていた。

志津馬は一歩応接室に足を踏み入れて、思わず足を止めた。正面のソファに腰を下ろした白髪の老人の、電光のように鋭い眼に射すくめられたのだ。穏やかな顔をした小柄な老人だった。焦げ茶の大島を着て、瘤の握りの付いた木の根の杖を股の間に立て、頬には微笑さえ浮かべていた。それでいて志津馬を見つめる視線には心を見透すような鋭利なパワーが込められていた。

「お連れいたしました」

坂本が老人に一礼した。

「ご苦労さん。――さ、お掛けなさい」

老人が言った。銀色に輝く白髪には似合わない若々しい声だった。志津馬は老人の声に操られるようにソファに腰を下ろした。

「東正会の八頭会長です」

老人の背後に立った坂本が、老人を紹介した。

「菅原志津馬です」

志津馬は名乗って頭を下げた。

「傷の具合はどうですか」

老人が優しい眼で言った。優しい眼でありながら冷たく相手を見据えている。これが数々の修羅場をくぐってきた極道の究極の眼付きなのだろうか。

「十日もすれば走れるようになるそうです」

「ハハ、十日で走れますか。――なるほど、いい根性をしておる」

八頭会長は口許で笑って、しかし眼が笑っていなかった。志津馬は息苦しさを覚えた。

「私に何の用でしょうか」

息苦しさを撥ね返すように志津馬は挑むように相手を見た。

「どうです、菅原さん。あんたが潰した池田組を、あんたが肩替りしてみませんか?」

「――どういうことですか?」

「池田の代わりに、この組をあんたに取り仕切ってもらいたいということですよ」

「なんですって? 私に池田組の組長になれというんですか?」

「池田組というのはもうありません。あんたに潰されてしもうた。菅原組、あるいは他に名前を考えてもいいが――」

「この私に、ヤクザになれと――?」

志津馬はわけもなく笑いがこみ上げた。

「あんたのことは、坂本から全て聞いております」

「失礼ながら、池田からあなたのことを伺って、全て調べさせていただきました。あなたの色事稼業は見事なものです。大学生を使ってパソコンでもってデートクラブなどというのは、残念ながら我々の世界では出来ないことです。私はあえて池田の計画に横槍は入れませんでしたが、私の眼にはこの勝負、初めから見えていました」

坂本が言った。初めて坂本の眼許が綻んでいた。

「菅原さん、ヤクザも変わりつつあります。これまでのヤクザは、集まって来た連中をどう使いこなすかでしたが、これからのヤクザは人材を集めなければ生き残れません。どうです。池田の代わりに、私のために働いてくださらんか。池田のシマを空シマにしておくわけにはいかんのですよ」

「池田組を潰した件については、お咎めなしというわけですか？」

「あれは会則を無視して覚醒剤を扱っておった」

「ヤクザの人情とは、そんなに薄いもんですか」

「会則あっての人情です。人情だけでは誰も従いて来んです。会則を破る者があれば、たとえ坂本でも破門です。池田は古い男です。乱暴者だが人情家で、私も坂本もずいぶん目をかけてやりました。しかし古い男は消えて行く運命にある。時代に取り残されたわけです」

「私は一介のスケコマシです。ヤクザになろうとも、なりたいとも思ったことはありません」

「ここはぜひともなってもらわないと困ります」

八頭会長の顔に微笑が浮かび、眼だけが志津馬の心を射すくめていた。

「池田組は潰れても、若い者は残っています。彼らを路頭に迷わすわけにはいきません。路頭に迷ったあぶれ者は必ず悪さをする。これだけは防がねばなりません。あんたの下で働かせてやってください」

「これが池田組を潰したおとしまえですか」

「おとしまえとは物騒なことを——。しかし、そう思ってくれてもけっこうです」

老人の顔は相変わらず微笑を浮かべていた。

2

錦糸町駅のステーション・ビルの屋上に、ガラス張りの眺めのよい喫茶コーナーがある。その窓際の丸いテーブルに、志津馬は宮野木と向かい合っていた。

総ガラス張りの窓の外には、よく晴れ上がった冬の空と、錦糸町の街並が広がっていた。五年間、錦糸町に住みながら、志津馬はステーション・ビルの屋上から街並を眺めるのは初めてだった。

十年前、門前仲町の四畳半一間のぼろアパートに住んでいた頃、安いコーヒーを飲むために歩いて錦糸町まで通ったことがあるが、錦糸町の駅周辺の様相は、その当時とは一変している。ごみごみとした飲食街が姿を消し、江東楽天地が取り払われてその跡(あと)に大手のデパートが進出していた。ごった煮のカオスの空気がなくなったかわりにずいぶん風通しがよくなり、明るく若者向きの街に変貌している。街の再開発がさらに進み、英失が言うように、江東地区は二十一世紀に向けて始動しているというのが、実感として受け取れる。

「そうですか。この街を取り仕切れと——」

眼下の明るい街並に眼をやりながら、宮野木が呟いた。

「それで、菅原さんはなんて答えたんです」

「断わりの利(き)かない話だろう」

「そうですね。断われば確実に生命はないでしょう」

「宮野木さんは、どう思う？」

「そろそろ、潮時かもしれませんね」

「潮時とは、どういうことです」

「物には潮時というものがあります。菅原さんはスケコマシとしては成功された。そろそろ次のステップへ進むチャンスかもしれないってことです」

「しかし、あんまりゾッとしないんだ。スケコマシってのは一人でやっていけるが、ヤクザの組長ともなると、そうはいかん。それとも、宮野木さん、あんたが片腕になってくれますか」

「百万円受け取りましたからね。私は菅原さんから離れないと言ったはずです」

宮野木が照れくさそうに言って微笑（わら）った。

「私にできると思うかい」

「あなたなら、必ず立派な親分になれます」

「フフ、親分か――」

志津馬は頬を綻ばせて眼下に広がる錦糸町の街並に顔を向けた。その精悍な横顔が宮野木には眩（まぶ）しかった。

〈この男は、ひょっとすると大物になる――〉

宮野木はそう思った。このとき、菅原志津馬が宮野木の予想をはるかに越えて大きく暗黒の世界に飛翔(ひしょう)するとは、宮野木も夢にも思わなかった。

あとがき（新書判・初版より）

じつのところ、スケコマシというものについては、暗いイメージしか持っていなかった。アメとムチを使い分け、女をシャブ漬けにして肉体を売らせ、その稼ぎをそっくり奪って酒と女とギャンブルにうつつを抜かす——そんなものだと思っていた。

ところが、面白い男がいる、と知人に紹介され実在のスケコマシ氏に会ってみて、私の認識は一変した。彼の話は驚天動地（きょうてんどうち）、青天（せいてん）の霹靂（へきれき）だった。

彼は二人の女を抱え、三人目を口説いている最中だった。年齢は三十八歳。これまでにコマシてきた女は七人（単にベッドを共にした女ということで言えば三百人余）。七人の女に貢（みつ）がせた金で、彼は事業に野心を燃やしていた。非情で、冷酷で、強靭（タフ）で、悪党でありながら、意外なことに、別れた女たちを一人として不幸にしていなかった。

女を誑（たぶら）かして食い逃げをする奴はいくらでもいる。だが彼は違った。ある女には結婚相手を見つけてやり、またある女には酒場を出させ、愛人志向の女には大会社の重役氏を紹介し——という具合である。

私は憎めなかった。憎むどころか、私は話を聞いて「これだ！」と思った。これこそ現代の超英雄（スーパーヒーロー）ではないか——。

ひたすら女を歓ばせるために肉体を鍛え、ペニスを自在に操る訓練をし、性技に磨きをかける男、これはもう従来言われてきたスケコマシなどではない。彼の話を聞き終わったとき、私の頭の中には新しい英雄像が出来上がっていた。

菅原志津馬――現代のスーパー・スケコマシ。

武者震いの出るような感動とともに書き始めたが、書くという作業は苦しく、辛かった。菅原志津馬という主人公が、書いているうちに一人歩きを始め、あまりに大きく成りすぎたからだ。正味三カ月をかけて書き終わった今も、ホッとした安堵感はかけらもない。志津馬が私の肩の上にどっかと根を下ろし、それが重い。出来上がったゲラを読み直してみても、まだまだ書き足りないと、肩の上で志津馬が叱る。

菅原志津馬は今後も成長していく。どのように育っていくのか、私自身も定かにわからないが、おそらく暗黒の世界で、これまでになかった新しいタイプの極道として、その悪党ぶりにさらに磨きをかけ、彼の英雄ぶりはますます光り輝くはずである。

最後に、取材にご協力くださった私の友人や佐賀元氏、堰根氏、伊沼氏、ならびに祥伝社の編集部諸氏に紙面をお借りして心から感謝の念を述べるとともに、今後ともご協力くださるようお願い申し上げます。

広山義慶

（本書は、平成六年二月に刊行した作品を、
大きな文字に組み直した「新装版」です）

女喰い　新装版

一〇〇字書評

切・り・取・り・線

購買動機（新聞、雑誌名を記入するか、あるいは○をつけてください）

□（　　　　）の広告を見て	
□（　　　　）の書評を見て	
□ 知人のすすめで	□ タイトルに惹かれて
□ カバーが良かったから	□ 内容が面白そうだから
□ 好きな作家だから	□ 好きな分野の本だから

・最近、最も感銘を受けた作品名をお書き下さい

・あなたのお好きな作家名をお書き下さい

・その他、ご要望がありましたらお書き下さい

住所	〒				
氏名		職業		年齢	
Eメール	※携帯には配信できません		新刊情報等のメール配信を 希望する・しない		

この本の感想を、編集部までお寄せいただけたらありがたく存じます。今後の企画の参考にさせていただきます。Eメールでも結構です。

いただいた「一〇〇字書評」は、新聞・雑誌等に紹介させていただくことがあります。その場合はお礼として特製図書カードを差し上げます。

前ページの原稿用紙に書評をお書きの上、切り取り、左記までお送り下さい。宛先の住所は不要です。

なお、ご記入いただいたお名前、ご住所等は、書評紹介の事前了解、謝礼のお届けのためだけに利用し、そのほかの目的のために利用することはありません。

〒一〇一‐八七〇一
祥伝社文庫編集長　坂口芳和
電話　〇三（三二六五）二〇八〇

祥伝社ホームページの「ブックレビュー」からも、書き込めます。
http://www.shodensha.co.jp/bookreview/

祥伝社文庫

女喰い 新装版

平成28年9月20日　初版第1刷発行

著　者　広山義慶

発行者　辻　浩明

発行所　祥伝社

東京都千代田区神田神保町3-3
〒101-8701
電話　03（3265）2081（販売部）
電話　03（3265）2080（編集部）
電話　03（3265）3622（業務部）
http://www.shodensha.co.jp/

印刷所　萩原印刷
製本所　ナショナル製本
カバーフォーマットデザイン　芥 陽子

 ISBN978-4-396-34248-7 C0193

祥伝社文庫の好評既刊

広山義慶　女喰い　絶技編

〝麻薬は御法度〟。米国マフィアのコカイン密売の申し出を断わった志津馬を襲う、巧妙に仕組まれた罠！

広山義慶　女喰い　志津馬の獲物

女のトラブルで東正会を破門され、無一文となった志津馬。古都金沢で再起を期すが、新たな敵が出現！

広山義慶　おとこ殺し　女喰い・横浜の性戦

日本一の色事師が精を絞り尽くされ衰弱死。女の正体は中国四千年の性技を操る名器だった！

広山義慶　復活　女喰い

金の成る女たちに巣喰う裏社会を舞台に、志津馬が「落とし」の絶技を駆使するエロスとアクションの快作！

広山義慶　女喰い　天衣無縫

女のことは『超スケコマシ』菅原志津馬に訊け！　男にとって最大の謎、〝女〟の果てなき深淵を今日も探る。

広山義慶　女坂　新生・女喰い

十二年ぶりに出所してきた男、西城和馬。彼は志津馬の落とし種なのか？　新しい「女喰い」の旅が始まる！

祥伝社文庫の好評既刊

広山義慶
悪名伝（あくみょうでん）
高校野球界のスターから極道界に身を投じた水城吾郎。知恵と腕力でのし上がる男の波瀾万丈！

広山義慶
黒虎〈ブラックタイガー〉
国際的トラブル・シューター、東金虎仙（とうがねこせん）。巨大総合商社から調停の依頼を受け、シンガポールへ飛ぶ！

広山義慶
絶倫坊
出所した伝説のヤクザ・村井法源（むらいほうげん）は娑婆の変わり様に愕然。追い打ちをかけるように、恩人の刑事が殺されて……。

安達　瑶
悪漢刑事（わるデカ）
「お前、それでもデカか？　ヤクザ以下の人間のクズじゃねえか！」罠と罠の掛け合い、エロチック警察小説の傑作！

安達　瑶
悪漢刑事（わるデカ）、再び
女教師の淫行事件を再捜査する佐脇（さわき）。だが署では彼の放逐が画策されて……。最強最悪の刑事に危機迫る！

安達　瑶
警官狩り（サツがり）　悪漢刑事（わるデカ）
鳴海署の悪漢刑事・佐脇は連続警官殺しの担当を命じられる。が、当の佐脇にも「死刑宣告」が届く！

祥伝社文庫の好評既刊

安達 瑶
禁断の報酬 悪漢刑事（わるデカ）

ヤクザとの癒着は必要悪であると嘯（うそぶ）く佐脇。マスコミの悪質警官追放キャンペーンの矢面に立たされて……。

安達 瑶
美女消失 悪漢刑事（わるデカ）

美しすぎる漁師・律子（りつこ）を偶然救った佐脇。しかし彼女は事故で行方不明に。背後に何が？ そして律子はどこに？

安達 瑶
消された過去 悪漢刑事（わるデカ）

過去に接点が？ 人気絶頂の若きカリスマ代議士・細島（ほそじま）vs佐脇の仁義なき戦いが始まった！

安達 瑶
隠蔽の代償 悪漢刑事（わるデカ）

地元大企業の元社長秘書室長が殺された。そこから暴かれる偽装工作、恫喝、責任転嫁……。小賢しい悪に鉄槌を！

安達 瑶
黒い天使 悪漢刑事（わるデカ）

病院で連続殺人事件!? その裏に潜む闇とは……。医療の盲点に巣食う〝悪〟を〝悪漢刑事〟が暴く！

安達 瑶
闇の流儀 悪漢刑事（わるデカ）

狙われた黒い絆――。盟友のヤクザと共に窮地に陥った佐脇。警察と暴力団、相容れてはならない二人の行方は!?

祥伝社文庫の好評既刊

安達　瑶
正義死すべし　悪漢刑事（わるデカ）
現職刑事が逮捕された!?　県警幹部、元判事が必死に隠す司法の〝闇〟とは？　別件逮捕された佐脇が立ち向かう！

安達　瑶
殺しの口づけ　悪漢刑事（わるデカ）
不審な焼死、自殺、交通事故死……。不可解な事件の陰には謎の美女が。ワルデカ佐脇の封印された過去とは!?

安達　瑶
生贄の羊　悪漢刑事（わるデカ）
佐脇に警察庁への出向命令が。半グレ集団の暗躍、警察庁の覇権争い、踏み躙（にじ）られた少女たちの夢——佐脇、怒りの暴走！

安達　瑶
闇の狙撃手　悪漢刑事（わるデカ）
汚職と失踪——市長は捕まり、若い女性は消える街、眞神（まがみ）市。そこに乗り込んだ佐脇も標的にされ、絶体絶命の危機に！

安達　瑶
強欲　新・悪漢刑事（わるデカ）
最低最悪の刑事・佐脇が帰ってきた！だが古巣の鳴海署は美人署長の下、人心一新、すべてが変わっていた……。

阿木慎太郎
闇の警視
広域暴力団・日本和平会潰滅を企図する警視庁は、ヤクザ以上に獰猛（どうもう）な男・元警視の岡崎に目をつけた。

祥伝社文庫の好評既刊

阿木慎太郎　闇の警視　縄張（シマ）戦争編

「殲滅目標は西日本有数の歓楽街の暴力組織。手段は選ばない」闇の警視・岡崎に再び特命が下った。

阿木慎太郎　闇の警視　麻薬壊滅編

「日本列島の汚染を防げ」日本有数の覚醒剤密輸港に、麻薬組織の一員を装って岡崎が潜入した。

阿木慎太郎　闇の警視　報復編

拉致（らち）された美人検事補を救い出せ！非合法に暴力組織の壊滅を謀（はか）る闇の警視・岡崎の怒りが爆発した。

阿木慎太郎　闇の警視　最後の抗争

警視庁非合法捜査チームに解散命令が出された。だが、闇の警視・岡崎は命令を無視、活動を続けるが……。

門田泰明　ダブルミッション（上）

東京国税局査察部査察官・多仁直文（たになおふみ）。偶然目撃した轢（ひ）き逃げが、やがて政財界の黒い企みを暴く糸口に！

門田泰明　ダブルミッション（下）

№1査察官・多仁らによって暴かれる巨大企業の暗部。海外をも巻き込む巨大な陰謀の真相とは？

祥伝社文庫の好評既刊

新堂冬樹 **黒い太陽（上）**

風俗王を目指す若き男。立ちはだかるキャバクラ界の帝王。凄絶な闘いの行方は？　業界の裏側を描いた暗黒小説。

新堂冬樹 **黒い太陽（下）**

三兆円産業を制するのは誰だ？　ＴＶドラマ化され、キャバクラ店長が絶句した圧倒的リアリティ！

新堂冬樹 **女王蘭**

夜の聖地キャバクラに花を咲かせるのは……。復讐を誓う女、伝説のキャスト。女たちの妖しくも華麗な闘い！

新堂冬樹 **帝王星**

カリスマ風俗王vs若き夜の覇者。熾烈さを増す歌舞伎町を制する闘い、ここに完全決着！

矢月秀作 **D1** 警視庁暗殺部

法で裁けぬ悪人抹殺を目的に、警視庁が極秘に設立した〈暗殺部〉。精鋭を擁する闇の処刑部隊、始動!!

矢月秀作 **D1 海上掃討作戦** 警視庁暗殺部

遠州灘沖に漂う男を、Ｄ１メンバーが救助。海の利権を巡る激しい攻防が発覚した時、更なる惨事が！